아이를 키우며 함께 크는
80년대생 엄마 이야기

엄마보다
나은 어른으로
키워줄게

이효재 이아름 심은희 김채은 이보라
박민지 오효진 방민희 이지희 김미연

부모교육 전문가 샤론코치TV의 샤플작가프로젝트
엄마가 되어야만이 할 수 있는 이야기들이 있다

대경북스

엄마보다 나은 어른으로 키워줄게

1판 1쇄 발행 2024년 1월 5일
1판 2쇄 발행 2024년 1월 15일

발행인 김영대
기획 브랜딩포유 장이지, 퍼블루션
표지 디자인 CCCXSTUDIO
펴낸 곳 대경북스
등록번호 제 1-1003호
주소 서울시 강동구 천중로42길 45(길동 379-15) 2F
전화 (02)485-1988, 485-2586~87
팩스 (02)485-1488
홈페이지 http://www.dkbooks.co.kr
e-mail dkbooks@chol.com

ISBN 979-11-7168-011-5 03810

들어가는 글

이미애
(샤론코치연구소 대표, 글로벌사이버대학교 교수)

"**아**이가 위험하네요. 안정을 취하셔야
합니다."

의사의 말 한 마디에 회사를 퇴직했습니다.
나의 사회적 경력은 아이의 생명 앞에 물거품
처럼 사라져 버린거죠. 그때가 내 나이 서른
이었습니다. 에너지 많은 아들과 말수가 적은

딸을 키우면서 하루하루 바삐 살았습니다. 좋은 음식을 만들어 먹였
고 좋은 책도 많이 읽혔습니다. 유치원도 안 보내고 '엄마표'로 공부
시켰습니다. 그러나 밤이 되면 고장 나서 길가에 버려진 자동차 같
은 내 모습이 보였습니다.

"밴쿠버로 갑시다."

남편은 외국에 살고 싶어 했습니다. 아이들도 어리니 영어공부도 할 겸 좋은 기회라고 생각했죠. 내 인생에 유학은 생각도 못했는데 마흔 한 살에 그렇게 비행기를 탔습니다. 늦은 밤까지 공부하는 내 모습이 신기하기도 하고 대견하기도 했습니다. 엄마인 나는 이제 꿈을 꿀 수 있게 되었습니다. 밴쿠버에서 시작한 블로그 활동은 삶을 인플루언서의 길로 이끌었습니다. 인생 행로에 작은 점 하나가 찍혀진 것이지요.

"안녕하세요? EBS 다큐에 출연 가능하세요?"

블로그 글을 유심히 본 EBS 작가가 섭외를 요청했습니다. 이어서 한 출판사에서 출판 제의를 했고 첫 책이 나왔습니다. 2012년 당시 가장 핫했던 tvN 스타특강쇼에 출연하면서 내 인생은 완전히 바뀌었습니다. 블로거가 저자가 되었고, 이어서 스타강사가 되었습니다. 내 나이 쉰 둘이었습니다. 이렇듯 인생은 나도 모르게 한 점 한 점 연결되어 멋진 작품이 만들어집니다.

이 책에 나오신 열 분의 저자들은 자녀 교육을 위해 최선의 노력을 하는 분들입니다. 저는 이 분들이 책을 출판하면서 더욱 더 성장하시길 바랍니다. 블로그 한 편, 책 한 권의 힘을 잘 알기에 이 프로젝트를 기획한 것이고요. 아이를 한창 키울 때는 긴 터널 안에 있는 것처럼 느껴집니다. 출구를 향해 돌진하는 거죠. 터널 밖을 나갔을 때 쏟아지는 햇빛 속에서 여러분의 모습도 찬란했으면 합니다.

이 책은 대한민국 80년대생 엄마들이 얼마나 열정적이고 헌신적인지를 보여줍니다. 열 분의 저자가 겪었던 아픈 상처도 고스란히 보여주셨고요. 읽으면서 몇 번이나 울컥했는지 모릅니다. 한 분 한 분 고생했다고 안아드리고 싶네요. 이 책은 솔직하고 진솔한 에세이 모음입니다.

독자 여러분도 조금 더 용기를 내어 '기한이 있는 에듀맘 시절'을 즐기시기 바랍니다. 자녀교육과 엄마 성장의 두 마리 토끼를 꼭 잡으셨으면 좋겠습니다. 샤론코치가 응원합니다.

차 례

6

이효재

미래가 아닌 오늘을 선택합니다

증권사에서 채권 트레이딩, 기획, 리스크관리, 연금컨설팅 등의 업무를 수행했다. 그간 꿈꿔왔던 소박하고 소중한 행복을 채워가며 에듀맘으로서의 오늘을 열심히 살아가고 있다.

인스타그램 **@hj_lee_edu**

퇴근 후 친구에게 술을 한 잔 얻어먹었다. 이런저런 이야기를 나누다 보니 벌써 11시. 평소 같으면 버스를 탔을 텐데. 모처럼 택시를 잡아 주는 친구 성의를 봐서, 그래 오늘은 좀 편하게 가 보자.

뿌연 안갯속을 택시가 달리고 있다. 창밖에 아른거리는 불빛은 분명 내가 매일 바라보았을 풍경일 텐데. 낯설고 몽환적인 안갯속을 헤치며 택시가 나를 다른 세상으로 데려가고 있다. 슬픈가 하면 생각보다 슬프지는 않다. 그래, 이 정도면 되었지. 나도 할 만큼 했으니까. 분명 잘한 일이라는 것은 알고 있지만, 그래도 저 뒤편에 남겨놓은 그 무엇에 대한 쓸쓸함을 거부하기 어렵다. 오늘 '아깝다'라고 딱 한 마디 해주던 어떤 선배의 마지막 인사가 눈물 나게 고마웠다. 나의 마지막 퇴근길.

"그렇게 열심히 해서, 임원 되시려고?"

"왜 그러세요? 임원 되셔야 할 분이."

사원 때부터 위건 아래건 남자들에게 이런 이야기를 귀에 박히도록 들었다. 뭔가 열심히 하는 내 모습이 야심 많은 여자로 비쳐 고까워하며 하는 말이었겠지. 알고 보면 난 그런 것들 일찌감치 포기했는데. 일을 좋아하고 열심히 하는 것은 그저 나의 성격이자 취향이건만, 야심 많다는 오해로 경계의 대상이 되니 억울한 면도 있었다. 그럼, 일을 좀 대충 해 줘야 안심이 될까? 그들의 우려와 달리 난 레이싱의 시작점부터 이미 넘어졌는데. 임원? 그런 말은 출발선에서 무릎이 깨지고 먼지를 뒤집어쓴 나에게 뒤돌아보며 뿌려대는 조롱일 뿐이었다. 회사에서 나의 창대한 꿈이라곤 사원, 대리를 거쳐 그저 과장이 되는 것이었다. 아, 그러고 보니 그 꿈을 이루긴 했네.

20대 사원 시절, 나는 트레이더가 되고 싶었다. 그런데 증권사 내에서도 그런 부서들은 진입장벽이 꽤 높았다. 돈도 백도 인맥도 없는 내가 할 수 있는 일이라곤 오로지 자격증을 따고 기회를 엿보는 것이었다. 27세 결혼과 동시에 3년 이상 걸리는 자격증 공부를 시작했다. 몇 년간 주말 내내 학원과 독서실을 다녔고, 평일에는 야근이 많아 새벽까지 공부했다. 2년에 걸쳐 1, 2차 시험에 무난히 합격한 후 공부를 시작한 지 3년째, 마지막 3차 시험을 앞두고 있었다. 지긋지긋한 공부에서 벗어나 남들처럼 봄에는 벚꽃 구경도 가고 장미가 흐드러질 때 산책도 하고 싶었다. 그 간절함으로 막판 체력 관리를 위해 한의원에서 총명탕을 한재 지어먹었는데, 약발 때문이었을까? 그 부작용으로 시험을 한 달 남겨놓고 예상치 못한 입덧이 시작되었다. 제길! 당연히 그 해 3차 시험에 떨어지고, 출산휴가 기간에 승진 발표가 있어 대리 승진도 하지 못했다. 첫 출발부터 꼬여버린 나는, 참담한 마음에 자격증이라도 따고 복직하겠다고 굳게 마음먹었다. 수유 쿠션 위에 신생아를 올려놓고 젖 물리며 인터넷 강의를 듣기 시작했다. 당시 내 앞에서 식사하시며 본의 아니게 인터넷 강의를 주워듣던 그 아이의 태명은 총명이. 그때 그 총명탕 약발이 잘 받았는지 나름 총명한 큰딸, 그 아이가 태어난 날은 수능 날이었다.

"간호사님, 아기가 곧 나올 것 같은 느낌인데 제발 의사 선생님 좀 빨리 불러주세요."

"수능 날이라 담당 선생님 출근이 좀 늦으세요. 초산이니 아직 멀었어요. 조금만 더 참아보세요"

"아니, 지금 애가 나온다고요! 아무나 당장 부르라니까!"

출산이 처음이긴 했지만, 고통이 이루 말할 수 없었고 느낌으로 알았다. 뭔가 진행이 빠르다는 것을. 내가 울부짖으며 소리를 지르니, 곧 처음 보는 의사 선생님이 달려왔다.

'아 이제 살았구나.'

"어이쿠, 애가 곧 나오게 생겨서 무통은 안 되겠네요. 그냥 바로 진행합시다."

한참 죽기 살기로 힘을 주고 있는데, 이번엔 흰 가운을 입은 여대생들이 어떤 교수와 함께 우르르 몰려 들어왔다. 한 열 명쯤 되었던

가. 이건 또 무슨 상황인지. 나이가 지긋해 보이는 교수가 눈알이 튀어나오게 발악하고 있는 나를 가리키며 의대생들에게 차분히 설명했다.

"저 산모의 경우 초산임에도 불구하고 빠르게 진행이 되고 있군요. 이런 게 일반적이지는 않아요. 벌써 아기 머리가 저렇게 나오고 있죠?"

나는 그렇게 첫 출산을 관찰당했다. 지금 생각해 보면 도무지 이해가 가지 않는 상황이지만, 이왕 그렇게 된 거 좋게 생각하려고 딸에게 이렇게 말하곤 한다.

"넌 총명탕 먹고 수능 날 낳았으니 어쩔 수 없는 수능 대박이야. 더군다나 엄마가 그날 의대생들에게 생생한 교육까지 해주었거든."

이렇게 갑작스레 엄마가 되긴 했어도, 나는 사실 매우 운 좋은 사람이었다. 나보다 더 총명이를 잘 키워주는 친정엄마가 있어서이다. 내가 일에 몰입하며 회사를 즐겁게 다녔던 이유는 순전히 나 대신 가정을 돌봐주는 엄마가 있었기 때문이었다. 회식이나 야근이 있어도 발을 동동거리지 않아도 되고, 윗사람이 번개를 치면 아이 걱정 하나 없이 따라갈 수 있었다.

그 얼마나 특권이던가. 마무리 안 된 일이 있으면 주말에도 아이를 맡겨놓고 일하러 나갈 수 있고, 스트레스를 받으면 퇴근 후 집 근처 백화점이라도 잠시 한 바퀴. 집에 돌아오면 언제나 깔끔하게 치워진 집에 갓 지어낸 따뜻한 밥이 나를 위해 차려져 있는데, 그보다 더한 호사가 어디 있을까! 그때는 그게 당연한 줄만 알았다. 그저 내가 잘나서 일과 육아를 둘 다 잘해 내는 위대한 여인이라 착각하면서.

그렇게 운 좋은 나는, 자격증을 취득한 후 몇 년 지나 바라던 채권 트레이더가 되었다. 신임 트레이더를 회사 내 다른 부서에서 선발하는 것이 흔히 있는 일은 아니었는데, 인트라넷에 올라온 사내 공모에 큰 기대 없이 지원했다가 합격을 하고 만 것이다. 세상에! 이런 날이 오다니. 트레이더는 주로 외부에서 경력직을 채용하거나 내부에서도 관련 일을 했던 사람들만 알음알음 갈 수 있는 자리였다. 알고 보니 그 사내 공모는 어떤 남직원을 자연스럽게 부서로 데리고 오기 위한 작전이었고, 그 사람을 뽑으려다 나도 곁다리로 선발한 것이었다. 나중에 트레이딩 부문 대표님이 나에게 알려주시길,

"사실 난 애초에 여직원은 뽑을 생각이 없었어. 손실 봤다고 질질 짜거나 여직원끼리 트러블이나 일으키고 그러면 곤란하지. 그래서 여직원 하나가 명단에 있길래 맨 마지막에 얼굴이나 한번 보자고 했거든. 근데 면접 후에 팀장이 자기가 쓸 테니 이 친구를 추가로 뽑자고 하더구나. 멘탈 하나는 강한 친구라면서"

팀장님께 물어봤다. 어떻게 알지도 못했던 나를 뽑았던 건지.

"내가 몇 년 전에 사내 직원들을 대상으로 채권 교육을 하러 간 적이 있는데, 내 앞 시간에 어떤 여직원이 무슨 강의를 하고 있더라고. 새파랗게 어린 직원이 선배들 앞에서 말하는 게 하도 당돌해서 기억에 많이 남았지. 멘탈이 아주 세 보였거든."

부서를 이동한 나는 세상을 다 얻은 듯했다. 예정에 없던 나를 추

가로 선발해 준 팀장님께도 고마운 마음이 컸다.

'이제야 내가 그토록 소망하던 전문가의 길을 걸을 수 있겠구나. 어렵게 찾아온 기회니까 열심히 해서 멋진 트레이더가 되어야지!'

당시 채권시장의 장외 매매는 야후 메신저로 이루어졌기에, 야후 ID를 새로 만들어야 했다. 무엇이 좋을지 곰곰이 생각해 봤다. 그러다 문득 예전 어떤 여자 선배님이 채권 브로커로 일하실 때 'bondgirl'이라는 아이디로 꽤 유명했다고 이야기를 들었던 게 기억이 났다. 일단 난 girl은 아니고 이 바닥에 흔치 않은 아줌마니까. 이왕 발 들인 거 채권시장의 대모가 한번 되어 보자는 의미, 그렇게 내 ID는 'bondmama'가 되었다.

업무는 오후 여섯 시면 끝났지만, 나는 집에 일찍 돌아가지 않았다. 처음 발을 들인 세상에 빨리 적응하고 싶었다. 증권사 직원이면 모두가 부러워하던 포지션. 이런 기회가 나에게 왔다는 것이 기적과도 같았으니까. 장이 끝나면 한국은행에서 발간된 자료들을 샅샅이 정독하며 자금시장에 대해 깊이 파고들었다. 블룸버그 데이터와 신문 기사도 운용에 도움이 되도록 열심히 분석했다. 운용하는 펀드의 금리 민감도를 분석해 수익을 정확히 예측하는 시뮬레이션도 만들었으며, 이자율 스와프나 시장의 주요 이슈 등 본부 내 스터디 자료도 최선을 다해 작성했다. 자격증을 공부하며 이론으로만 접했던 내용을 실무에 적용해 보니 너무 재미있었다. 누가 시키지 않아도 매일 9시 넘어 회사를 나섰다.

어느 금요일 저녁, 오랜만에 직접 딸을 샤워시킨 후 침대에 눕혀

로션을 발라주고 있었다. 그런데 아이의 복부 하단에 야구공 같은 모양이 눈에 들어왔다. 뭔가 예감이 좋지 않았다. 다음날, 자주 다니던 소아과에 갔다. 인품 좋으신 할아버지 의사 선생님. 딸을 많이 예뻐해 주시던 선생님의 모니터에는, 우리 딸이 "사랑해요."라고 삐뚤게 적은 하트 모양 색종이가 붙어 있었다. 아이의 배를 만져보시던 선생님의 표정이 갑자기 어두워졌다.

"미안합니다. 제가 유아 건강 검진할 때 전혀 알아채지 못했네요. 얼른 정밀 검사를 해보세요."

복부 검사 결과 아이의 뱃속에는 지름 8.5센티미터의 종양이 자라고 있었다.

아이를 데리고 큰 병원으로 갔다. 40대 초반으로 보이는 여자 의사 선생님이었다. 손기술이 좋기로 유명한 분이라고 했다. 빨리 수술해야 할 것 같다 하셨고, 최선을 다해 보겠지만 종양 크기가 너무 커서 개복을 하게 될 것 같다고 했다. 모양은 괜찮아 보이지만 악성인지는 수술 당일에야 정확히 알 수 있다며.

개복. 그 단어가 내 가슴에 들이박혔다. 8.5센티에 맨눈으로도 쉽게 보이는 크기. 내가 조금만 더 일찍 알았더라면 어땠을까. 크기가 조금만 더 작았다면 어땠을까. 내가 진작 회사에서 일찍 돌아와 아이를 씻기고 만져주고 로션을 발라줬다면 어땠을까. 나는 왜 아이를 뒤로하고 일에 빠져 있었을까. 나는, 미친 걸까.

종양의 크기가 너무 커서 그 뿌리가 어디인지 사진에 보이지 않았다. 어떤 기관에서 발생한 종양인지 열어봐야만 알 수 있다고 했다. 그러나 나는 만져지는 부위로 종양의 위치를 대략 짐작할 수 있었다.

수술실에 들어갔다. 남편은 아이를 안고 있었고, 마취약이 들어가면서 아이가 아빠 품에서 잠들었다. 수술대로 데려가는 세 살배기 딸을 바라보며 남편은 주저앉아 엉엉 울었다. 그렇게 남편은 몇 시간을 울었지만 나는 울지 않았다. 딸이 저 안에서 애쓰고 있는데, 문밖에서 엄마가 강하게 버티고 있어야 한다고 생각했다. 그래야 그 힘이 딸에게도 전달될 것 같아서. 수술 진행 상황을 알리는 전광판을 바라보며 마음속으로 아이에게 수백 번 외쳤다.

'괜찮을 거야, 엄마가 곧 안아주러 갈게. 힘내야 해.'

세 시간 반 정도 흘렀다. 수술을 마치고 온 선생님이 나에게 차분히 이야기했다.

"어머니, 좋은 소식 두 가지 그리고 나쁜 소식 한 가지가 있답니다. 개복은 하지 않았습니다. 다행히 복강경으로 마무리되었어요. 악성도 아니었고요. 그런데, 부득이하게 중요 기관 하나를 제거했습니다."

"네. 사실 저도 이미 예상은 했어요. 그래도 감사하게 개복은 하지 않았군요."

개복하지 않았다는 말. 나의 잘못을 덮어주는 신의 선물처럼 느껴졌다. 그래도 신께서 나를 살려주시는구나, 너무 아프지는 말라고.

회복실 안에서 나는 소리에 귀 기울이며, 대기실에서 아이가 깨어나길 기다렸다. 얼마 뒤 회복실에서 아이의 목소리가 들렸다.

"엄마, 무서워요! 어디 있어요."

하면서 아이 우는 소리가 들렸다. 이건 분명 내 딸의 목소리. 피가 거꾸로 치솟는다. 내 딸이 지금 울고 있구나. 다행히 잘 깨어났어. 눈 뜨자마자 고맙게도 못난 엄마부터 찾아주네. 내가 많이 돌봐주지 못했는데도. 그래, 나는 이렇게 너의 곁에 있어야 하는 거구나. 이것이 나의 자리였구나. 아이를 품에 안은 나는 그제야 울 수 있었다.

회사를 당장에 그만두려고 했다. 트레이더고 뭐고, 꿈이니 뭐니, 이제는 눈에 들어오지 않았다. 가족들 모두 충격에 빠져 나에게 회사를 그만두는 게 어떠냐고 물었다. 다행히 딸은 복강경으로 수술해서 빠르게 회복했다. 3일 만에 퇴원했고, 4일째부터는 뛰어다녔다. 그래서 나는 또 잊어버렸다. 회사를 나갔고, 하루 이틀 나가다 보니 그게 1년, 2년이 되었다. 다섯 살 터울의 둘째를 낳기로 결심한 것은 불안해서였다. 일을 하며 하나만 낳아 키워야지 생각했던 나. 퇴원하던 날, 의사 선생님께서 나에게 이런 말씀을 하셨다.

"난소 하나를 제거했기 때문에, 남은 하나도 아이가 클 때까지 계속 관심을 가져야 할 거예요."

"대리님, 진짜 다시 생각해 봐. 둘은 정말 아니야."
둘째를 낳고 복직한 장 과장님이 고개를 절레절레하며 나를 설득했다.
"자기는 커리어도 좋고 일도 잘하잖아. 내가 진짜 답답하고 안타까워서 하는 말이야. 일하면서 애 둘 키우는 거는 진짜 아니라고!"
과장님이 슬픈 눈으로 절규하듯 나에게 했던 그 말. 정신 차리라는 듯 다그치던 그 말. 그때는 그게 선배의 뜨거운 진심인 줄 미처 몰랐다. 저렇게까지 남의 일에 열을 내는 게 이상하다 싶었다. 내 손으로 큰아이를 안 키워 봤기에, 그 고된 시간을 헤아리지 못하고 아이 하나 더 낳는 것을 단순하게만 생각했던 것 같다. 나는 첫째를 키울 때만큼 친정엄마가 젊고 건강하지 않다는 사실도, 엄마에게도 살아 보고픈 인생이 있다는 것도 생각하지 못했다. 그리고, 장 과장님은 얼마 뒤 조용히 회사를 그만두었다.

* * *

"이 개 같은 년이, 어디 갔어? 시아버지 차가 들어오는데 대문을 열지도 않고!"

2층과 3층 사이 계단에 앉아 언제나처럼 작은 창문으로 망을 보던 여섯 살의 나는, 엄마를 찾기 위해 후다닥 2층으로 내려갔다.

"엄마, 빨리 나가봐! 할아버지가 엄마한테 또 개 같은 년이래."

스물두 살 어린 나이에 큰집으로 시집을 온 엄마는, 말 그대로 그 집의 식모였다. 엄마가 시집오자마자 집에서 일하던 입주 식모를 내보냈으니 어련했을까. 집 밖으로 나가면 버릇 나빠진다며 시장 보러 나가는 것조차 못하게 하고. 나의 어린 시절 엄마의 일상은 새벽에 할아버지 할머니 방에 들어가 묵직해진 요강을 비우는 것부터 시작하였다.

그때부터 밤늦게까지 엄마는 늘 부엌에 서 있었다. 우리 집에는 늘 고모들과 그들의 자녀들, 고모할머니 이모할머니 작은할아버지를 포함해 온갖 친척들과 그 자식들까지 수시로 드나들었다. 그들은 참 편안하게 웃고 떠들고 먹고 마시면서 온종일 엄마에게 일을 시켰다. 어느 하나 부엌에 있는 내 엄마를 도와주는 사람이 없었다. 그들은 모를 것이다. 그 순간이 그들에게는 큰집에서의 그리운 옛 추억이겠지만, 누군가에는 치 떨리는 악몽 같은 시간이었다는 것을. 아랫도리에 커다랗게 구멍 난 내복을 입고 머리는 거지처럼 산발한 내가, 가련한 엄마의 잔심부름을 도와줄 뿐이었다. 너무 바쁜 나머지 딸의 머리도 빗겨주지 못하고 옷도 갈아입히지 못한 채 시녀 노릇을 했던 나의 엄마. 변비가 심했던 할머니는 종종 변을 보는 중간에 엄마를 불러 자기 항문에 낀 똥을 손가락으로 파내라고 시키기도 했다. 그런 날이면 나는 엄마 손으로 해주는 밥을 먹고 싶지 않았다.

2층과 3층 사이 계단에 앉아 대문이 내다보이는 창문 밖을 바라보는 것은 어린 나의 중요 일과였다. 엄마가 개 같은 년이라고 불리는 게 싫어서 매일 할아버지 돌아오는 저녁 시간에 그 창문으로 망을 보았다. 엄마를 지켜주고 싶은 마음에. 어쩌다 엄마가 외출이라도 하게 되면, 혹시 너무 힘들어 나를 버리고 가버린 게 아닐까 두려워서 엄마가 돌아올 때까지 하염없이 창문을 바라보았다. 할머니는 나를 하녀의 자식 취급을 했다. 같이 사는 손녀인데도 다정한 눈길 한 번 건넨 적 없고, 예뻐하며 안아준 적도 없었다. 내가 3층 할머니 방으로 후다닥 올라가는 소리가 들리면, 먹고 있던 에이스 과자와 귤을 장롱 속에 재빨리 숨기던 할머니. 왜 그랬을까? 나에게는 그나마도 아까웠던 거겠지. 기껏해야 대여섯 살밖에 안 된 아이에게. 할머니가 외출하면 나는 살며시 할머니 방으로 들어가 장롱 속 자개로 된 과자 상자를 열어 에이스를 입에 한가득 쑤셔 넣곤 했다. 내가 할 수 있는 최대한의 복수였다고나 할까.

그런 할머니가 중풍으로 쓰러지면서 엄마의 삶은 더욱 고되어져 갔다. 몸이 마비된 할머니는 아무것도 할 수 없었다. 매일 밥을 떠먹이고 수시로 기저귀를 갈아주어야 했다. 며칠에 한 번씩은 번쩍 들어 욕조에 물을 받아 목욕을 씻기고, 그렇지 않은 날에는 엄마가 따뜻한 물에 적신 수건으로 할머니의 아랫도리까지 정성껏 닦아주었다. 엄마가 늘 깨끗이 하려고 노력했어도 우리 집에서는 늘 지린내와 비릿한 냄새가 났다. 나는 집이 싫었다. 우리만 왜 이렇게 살아야 할까? 병든 할머니를 보겠다며 빈손으로 찾아와 엄마가 해준 밥을 맛있게 먹고 손님처럼 왔다 가는 친척들이 미웠다. 누구 하나 엄마에게 고생한다, 고맙다고 말하는 이가 없었다. 오히려 동네 사람들이 엄마에게 요즘 세상에 보기 힘든 효부라며 따뜻한 격려의 말을 건넬 뿐. 엄마의 식모살이 이야기를 하자면 책 한 권을 써내야 할 판이다. 그러니 이쯤에서 관두자.

* * *

어느 날 퇴근 후 집에 들어갔는데, 주방에서 큰 소리가 나며 다섯 살 둘째의 울음소리가 들렸다. 주방에 내동댕이쳐진 쓰레기통 앞에 친정엄마와 아이가 울며 서 있었다. 바닥에 흩어진 쓰레기와 친정엄마의 씩씩거리며 화를 내는 모습에 마음이 고통스러웠다. 눈빛은 분노에 가득 차 반짝거리고 약간 섬뜩하기까지. 우리 엄마가 왜 저렇게 되었지. 둘째가 생긴 후 아이 둘을 길러내던 엄마. 회사가 합병하게 되면서 기획실로 부서를 옮긴 후 나는 매일 늦게 들어갔고, 엄마는 혼자서 집안일을 견뎌야 했다. 주말이고 명절이고 회사로 나가는 딸로 인해 엄마는 또다시 식모가 되었다. 디스크는 터지고 무릎에는 물이 찼다. 어깨는 회전근이 다 닳아 고통이 심해졌고 똑바로 누우면 어깨 통증이 심해서 의자에 앉아 잠을 자야 했다. 몸과 마음이 한계에 달하니 엄마는 모든 사람을 미워하게 되었다. 시집살이로 괴로웠던 옛 기억까지 떠올리며 극도로 분노를 표출하는 날이 점점 더 많아졌다.

울고 있는 둘째와, 우울증이 극에 달해 분노에 가득 찬 엄마. 눈치를 보며 동생을 달래주는 큰애 앞에서 들고 있던 가방을 내려놓았다. 그래, 이쯤에서 그만하자. 그렇게 싫었는데 나까지 엄마를 가둬놓고 식모살이를 시키다니. 나도 지금 하나도 행복하지 않거든. 나 하나만 그만두면 가족 모두가 편안한데. 나도 이제 편히 지내고, 커가는 아이들 모습 바라보며 행복하게 지내고 싶어. 엄마도 이제 식모살이 그만하고 엄마 인생을 좀 살아.

택시 안에서 타임머신을 탄 것 같은 이상한 기분을 은근히 즐기고 있는데, 어느새 집 근처에 도착했다. 차에서 내려 문을 야무지게 탁. 그 경쾌한 소리가 왠지 모르게 속 시원했다. 뭔가 마무리를 단단히 한 느낌으로 집을 향해 씩씩하게 걸어보는데, 저 멀리 어렴풋하

게 누군가 보였다. 그가 나에게 다가오더니,

"괜찮아?"

하면서 웬일로 가방을 쓱 들어주었다. 오늘에서야 모든 걸 다 내려놓고 돌아온 내가, 불쌍했는지 아니면 안쓰러웠는지. 15년이 넘도록 회식이건 야근이건, 마누라 마중 한 번 안 나와 보고 먼저 자고 있던 사람. 거기서 그만 울음이 터져버렸다.

내일 인사발령에 퇴사 표시가 된 채 내 이름이 올라올 텐데, 한 가지 마음에 걸리는 것이 남아있었다. 내 주변의 여직원들. 그간 내가 위로하고 격려하던 그들이 내 이름 석 자를 보며 어떤 감정을 느낄까. 조금이나마 실망을 안겨준다면, 혹시 나의 뒷모습 때문에 용기를 잃는다면. 제발 그러지 말았으면. 잠시 망설이다가 컴퓨터를 켰다. 마지막 이메일이라도 남겨볼까 해서.

안녕하세요, 여러분. 퇴사하면서 회사 관련하여 다른 것은 아무것도 신경 쓰이는 게 없는데, 딱 한 가지 여러분들이 마음에 걸려요. 제가 퇴사하는 걸 보면서 혹시 아주 조금이라도 기운이 빠지거나 씁쓸한 생각이 들지는 않았을까, 하루하루 워킹맘으로 열심히 버티는 여러분이 실망하지는 않았을지 걱정이 됩니다. 그간 제가 잘난 척하며 여러분을 격려하기도 하고 위로하기도 했기 때문에 약간의 책임감 같은 것이 제 마음속에 자리하고 있나 봐요. 부탁드리는데, '결국은 한계로구나'라고 생각하지 않았으면 좋겠습니다.

저는 단순히 한계를 느껴서 그만두는 것은 아니랍니다. 그저 아이들과의 시간을 선택했을 뿐이에요. 친정엄마의 남은 청춘도 자유로이 살게 하고 싶고요. 결국 그게 제가 행복할 것 같아서요. 코로나를 계기로 휴직하면서 아이들과 함께 생활하다 보니 앞으로의 삶을 엄마로 한번 살아보고 싶어졌어요. 아이들과의 시간에 방해가 되는 회사 일을 이제 그만하기로 한 것뿐이랍니다. 중요한 것에 집중하고 싶어서 저에게 덜 중요한 것을 중단하는 것이지요. 그런데 어떤 사람에게는 일과 명예나 금전이 더 중요하거나 시급할 수 있습니다. 그럼 또 그게 정답이에요.

떠나는 사람의 오지랖일 수 있지만, 혹시 여러분 중 새색시가 있다면 꼭 승진한 직후에 아기를 가지라고 말해주고 싶어요. 시작부터 진급이 꼬이면 만회하기가 꽤 어렵답니다. 처음부터 밀리면 앞으로도 계속해서 밀리게 되지요. 아이가 미취학 상태라면 아직 엄마 손이 꼭 필요한 것은 아니니 그때 열심히 일하고 돈도 많이 모아두라고 말씀드리고 싶어요. 값비싼 교구나 전집 같은 것에 돈 쓸 필요도 없답니다. 그때가 사교육비가 가장 적게 들고 경제적으로 넉넉한 시기라는 것도 기억하세요. 호화 여행이나 외식은 조금 줄이고 미래를 위해 저축해야 할 때이지요. 아이가 하나거나 쌍둥이 엄마라면 육아 기간이 그래도 짧은 편이니 조금만 힘내서 커리어를 이어가는 게 어떨지 권해드리고 싶어요. 둘째를 낳을지 말지 고민하는 분이 있다면, 일을 계속하고 싶거나 해야 할 경우, 낳지 말라 하고 싶어요. 아이들 터울이 많이 생기면 엄마도 힘들고 조력자도 힘들어지니 그것도 생각했으면 좋겠고요.

그리고 본인이 직접 키울 게 아니라 친정엄마나 시어머니께 맡길 거라면 반드시 미리 허락받으세요. 분명 첫애를 봐주실 때보다 늙으셨고 몸도 아프실 거예요. 정신적으로도 훨씬 나약해지셨을 거고요. 아이가 초등학교 3학년을 올라간다면 지금부터 몇 년간은 회사 일을 조금 줄일 방법을 마련해 보라고 말해주고 싶어요. 그때부터 엄마 손이 가장 필요한 때거든요. 제가 말씀드린 것들이 회사 눈치도 보이고 내 마음대로 할 수 없는 일도 많겠지만, 노력해 보시면 좋겠어요. 오지랖도 이런 오지랖이 없습니다만.

저는 이렇게 일을 중단하기로 했지만, 저와 여러분의 행복 기준, 각자의 상황이 다르기 때문에 같은 선상에 두고 여러분의 삶을 바라보지 않으셨으면 하는 게 저의 바람입니다. 그리고 다 잘하겠다고 너무 힘들게 살지는 말아 주세요. 누가 그럽니까? 둘 다 잘해야 한다고. 그것을 가장 엄격하게 요구하는 사람은 바로 나 자신입니다. 그건 욕심이에요. 불가능에 도전하는 것이지요. 사회는 자꾸 우리에게 최면을 걸려고 해요. 누구나 일과 육아를 다 잘할 수 있다는 식으로요. 그건 모두 거짓입니다. 별 탈 없이 다 잘하는, 그게 이상한 거예요. 힘든 당신이 보통이고 정상입니다. 육아서나 유튜브에 나오는 성공 사례, 그건 정말 특이하고 이상적이니 책도 쓰고 방송에도 나오는 것이겠지요. 그런데 그런 분들 이야기를 자세히 들여다보면 일과 육아를 잘 병행할 수 있을 만한 직업을 가졌거나, 근무 여건이 여유롭고 유연한 경우가 많아요. 그러니, 열심히 따라 해보더라도 능력 밖으로 무리해서 자신을 너무 힘들게 하지 말아 주세요. 지금도 당신은 충분히 노력했고 애썼을 테니까요.

저도 많이 노력하며 살긴 했어요. 그래서 은근히 '나는 일과 육아 둘 다 잘하는 사람이야.'라고 착각하기도 했던 것 같아요. 주변 분들도 저를 그렇게 보았을 수 있겠지만, 저는 친정엄마 도움을 받으며 살았기 때문에 가능했던 것이었지요. 워킹맘으로서는 최고의 조건이었어요. 만약 여러분이 주변의 도움 없이 오늘 하루 별 탈 없이 보냈다면, 여러분은 저보다 훨씬 더 대단하고 위대한 엄마랍니다. 제가 여러분 앞에서 감히 너무 힘들었다고 말할 수 있을까요? 저 스스로 그동안 꽤 잘 해왔다고 자부할 자격이 있을까요?

우리는 하루하루 지혜롭게 선택을 잘해야 하지요. 시간은 한정되어 있고, 나의 체력도 한계가 있으니까요. 오늘, 이 순간 나에게 더 중요한 것을 선택했다면 그것으로 된 거예요. 그 나머지에 대해 후회하지 말아 주세요. 그럴 필요 전혀 없답니다. 내일 나머지 반쪽을 선택하고 또 그것에 집중하면 될 테니까요. 그렇게 순간순간 지혜로운 선택으로 일을, 아이들을, 내 삶을 이끌어가면 그만입니다. 아이들이 아픈 날, 야근해야 하는 날, 회식이나 야유회가 있는 날에도 우리의 마음 한편은 늘 괴로움이 동반되지만 결국 여러분은 분명히 그 상황에 맞는 가장 옳은 선택을 했을 거예요. 우리는 선택하는 데는 아주 전문가이니까요. 오늘을 그렇게 보내고, 나머지 한쪽은 내일 또 잘하면 됩니다.

수많은 선택의 연장선에서 저는 이제 퇴사까지 선택했지만, 이 것은 정말 쉬운 결정이 아니랍니다. 나의 성향, 경제적 여건, 아이 들의 학습과 건강 상황, 남편의 의견, 양가 부모님의 상황, 부부의 건강 이 모든 것을 다 고려했어요. 따라서 여러분도 조금 냉정해 질 필요가 있어요. 퇴사라는 것은 물릴 수 없는 현실이니까요.

저는 제가 사랑하는 사람들이 편안하고 행복하게 지내는 모습 을 바라보며 지원해 주는 것이 당분간 제가 추구하는 행복이라는 것을 깨달았어요. 그간 정반대로 살아보았고, 그 속에 분명 즐거 움이 있었으나 그것이 그렇게까지 행복하지는 않았답니다. 저는 아이들이 조금이라도 어릴 때 엄마 노릇을 해보고 싶었어요. 제 나이에 10년 더 일하면 둘째가 다 커서 대학에 가게 되지요. 저 는 아마 퇴직을 바라보고 있을 거고요. 그때를 상상해 보니 아이 들 어린 시절을 함께 하지 못한다면, 뒤늦게 많이 후회할 것 같았 어요.

어릴 때 시집와서 고된 시집살이에 시부모님 똥오줌 병시중하 다가, 딸의 애들까지 키우며 60이 넘은 저의 친정엄마. 얼마 남 지 않은 젊은 시절, 조금이라도 자유를 선물하고 싶었어요. 10 년 후 아이를 키우다 늙어버린 70대 엄마의 모습을 바라보게 된 다면, 그것도 제 가슴속에 큰 후회로 남을 것 같았답니다. 남편도 처가살이에서 벗어나 어른들 눈치 안 보고 집안에서 좀 편안하게 쉬었으면 좋겠다는 그런 생각도 들었지요. 제가 집에 있다면 남편이 하고 싶은 취미생활이나 운동도 마음 편히 할 수 있을 거예요. 이런 것들이 제가 지금 진심으로 바라는, 저에게 행복한 일이랍니다.

물론 전보다 경제적으로 여유는 없어지겠지요. 사실 돈벌이는 남편보다 제가 더 좋았거든요. 그렇지만 저는 딱히 취향이나 취미도 없는 사람이에요. 쇼핑, 각종 스포츠, 문화생활, 비싼 외식 같은 것 안 해도 크게 스트레스가 없어요. 입맛도 저렴한데다 명품, 액세서리, 인테리어, 패션 그런 것에도 관심이 별로 없답니다. 못 할 것은 없지만 딱히 저에게 중요한 가치는 아니니까요. 남에 대한 관심도 없고 비교도 딱히 하는 편이 아니고요. 만약 저와 반대의 성향이라면 일을 계속하는 편이 좀 더 행복하지 않을까 생각해보아요. 그런 성향이 나쁘다는 것은 아니에요. 행복의 기준이 다르다는 의미니까요.

몇 년간 매일 퇴사를 고민하며 회사에 다녔답니다. 원래 일하는 엄마들은 늘 그런 마음으로 하루를 살아가지요. 혹시라도 진지하게 퇴사를 고민하시는 분이 있다면 저는 이렇게 말하고 싶어요. 다른 무엇보다 "나를 기준으로" 생각했으면 좋겠다고요. 내가 결국 행복하기 위해 어떤 선택이 더 나을 것인지 냉정하게 비교해 보셨으면 해요. 어차피 어떤 길을 선택하더라도 다른 하나에 대해 후회하게 될 테니까요. 다만, 그 후회와 아쉬움의 크기가 더

작을 수 있는 그런 선택, 나의 행복감이 더 큰 것에 중심을 두면 좋겠어요. '아이를 위해' 이건 절대로 아니랍니다. 오히려 그걸로 핑계 삼는 건 아닌지 진짜 나의 마음을 점검해 보세요.

많이 고민하면서 작성해 본 글이었지만 차마 이메일을 보낼 수는 없었다. 내가 뭐라고. 그냥 떠나가는 수많은 여직원 중 한 사람, 그뿐일 텐데. 그렇지만 내 마음은 진심으로 그녀들을 향해있다. 어쩌면 그들이 미래의 내 딸들의 모습일 수 있으니까. 나는 딸의 아이를 돌보다가 우울증에 걸린 친정엄마 모습이 되고, 나의 딸들은 지금의 내가 될 수 있기에. 그들이 너무 많이 힘들지 않았으면 좋겠다는 나의 마음은 참으로 뼈아픈 진심이다.

초등학교 하교 시간에 맞춰 학교 앞에 서 있는 것도 이제 2년이 넘어간다. 다행스럽게 큰아이 초등학교 졸업 전 내 가슴속 한이던 '하교 마중'을 실컷 해줄 수 있었다. 어린이집, 유치원, 초등학교, 학원까지 내 손으로 보내거나 받아보지 못해서 그것이 가장 해보고 싶던 일이었다. 저 멀리 엄마를 발견하고 신난 걸음으로 학교를 빠져나오는 딸의 모습. 오늘 학교에서 어떤 일이 있었는지 만나자마자 나에게 조잘거릴 그녀를 기다리는 건 꽤 가슴이 두근거리는 일이었다. 집으로 가는 길에 그녀의 가방을 짊어지고 나란히 아이스크림을 입에 물면 진짜 엄마가 된 듯한 기분이 들었다.

초등학생이 된 둘째와도 이런 하교 데이트를 매일 이어가고 있다. 학원 가기 전 핫도그나 떡볶이를 사줄 수 있고, 시간이 남으면 도서관에 들러 뒹굴뒹굴 책도 읽는다. 작고 귀여운 두 발로 줄넘기 연습을 하는 모습을 지켜볼 수 있고, 알림장에 적힌 학교 준비물을 뒤늦게 확인하게 되어도 이제 걱정이 없다. 아이가 깜빡 잊고 안 가져간 준비물이 있으면 학교 신발장에 슬며시 놓고 올 수 있게 되었다. 그 틈에 슬쩍 수업에 집중하는 모습을 엿보는 재미도 있다. 비가 오면 우산을 가져가 교실이 들여다보이는 창문 앞에 서서 대기한다. 엄마가 이쪽에 와있을 것을 아는 둘째가 바깥을 바라보며 나에게 씽긋 윙크한다.

큰아이 때 못 해준 받아쓰기 연습도 제때 해줄 수 있고, 연산도 꾸준히 시킬 수 있다. 학원 셔틀이 없어서 큰애를 보내보지 못했던, 유명 사고력 수학 학원에 둘째를 보내고 있다. 학교 운영위원회, 체육대회, 학부모 참관수업, 녹색 어머니와 폴리스도 기회가 될 때마다 마음껏 참여해 본다. 오전에는 청소나 빨래, 장 보기, 반찬을 하며 유튜브 교육 채널을 즐겨 듣고, 아이들에게 도움이 될 만한 정보를 검색하거나 책 읽고 공부하는 시간을 가져본다. 이젠 바꾸고 싶지 않은 행복한 나의 일상.

간간이 큰애 3~4학년 때가 떠오른다. 그때 한참 합병한 회사의 기획실 일을 할 때라 회의도 많고 일의 난이도, 강도가 높았다. 오후만 되면 하교한 큰딸에게 두세 번씩 전화가 왔었는데, 그때마다 나는 "엄마 지금 바빠서, 나중에."라고 말했다. 저렇게 할 말이 많은 아이에게 다시 전화도 안 했다. 퇴근해서 돌아오면 이미 할 말은 없어진 상태. 엄마는 '감정받이'라는데 그 감정이란 게 하루 중 잠깐의 찰나다. 가끔 나 자신을 잊고 살아 마음이 허하다는 엄마들에게 나는 이렇게 이야기하곤 한다.

"오전 내내 낮잠을 잔 엄마여도, 오후에 아이를 반갑게 맞아주며 간식 챙겨주고 이야기 다 들어주고 엉덩이 두들기며 학원버스 태워주는 거. 그게 정말 중요한 일 한 거예요. 저는 그런 게 하고 싶어서 회사를 그만둔 건데요."

과거로 돌아가 딸의 전화번호를 '회장님'이라고 저장해 놓고 10분 정도라도 성의 있게 들어줄 걸 하는 상상을 하곤 한다. 물론, 그땐 너무 바빠 그렇게까지 못했겠지만.

우울증에 걸렸던 친정엄마는 이제 어떠시냐고? 엄마는 언제 그런 일이 있었냐는 듯 청춘을 불태우고 있다. 이곳저곳 몸이 안 아픈 곳 없지만 그래도 평생 처음 자유를 얻었으니까. 엄마는 가끔 나에게 전화를 걸어, 이렇게 이야기한다.

"나 지금 친구들이랑 어디 놀러 나왔는데, 우리 딸이 애들 키우느라 한창 고생하고 있을까 봐."

"엄마, 그런 소리 하지 말고 실컷 놀아. 지금이 엄마 인생의 황금기잖아. 시간도 되고 돈도 여유가 많이 생겼잖아. 이제는 이 시간을 최대한 즐겨야 해"

물가도 올랐는데 외벌이에 애들 학원비 대느라 딸과 사위가 고생한다며, 가끔 들러 알뜰살뜰 모은 돈을 슬쩍 놓고 가시는 엄마. 그러고 보니 우리 집 냉장고는 여전히 친정 엄마표 반찬으로 가득하다.

이제 식모 노릇은 그만 좀 해도 될 텐데. 나의 음식 실력이 여전히 늘지 않는 건 다 엄마 탓이다.

옛날 그 집 2층과 3층 사이 계단에 내가 앉아있다. 창문 밖을 바라보니, 스물두 살의 꽃다운 아가씨가 앞치마 대신 하늘거리는 원피스를 입고 대문 밖을 나서고 있다. 나를 여기 두고 가버리는 엄마의 뒷모습에, 40대 딸의 가슴속에 행복만이 가득하다.

 **엄마가 엄마에게**

여러분을 가장 행복하게 만드는 일은 무엇인가요? 먼 훗날 여러분이 가장 후회할 만한 일은 무엇인가요?

다른 이를 위해 살아가는 것이 목표라면 그 끝에는 섭섭함과 원망이 남을지 몰라요. 결국 나 자신을 챙겨야 할 사람은 나뿐이니까요. 그러니 내가 어느 길에 서 있는지 한번 돌아보세요. 10년 후 나 자신을 행복하게 만들기 위한 그 길에 서 있는지요. 잃어버려서는 안 될 것들을 잘 붙잡고 있는지요.

만약 너무 힘들다면 다 감내하려 하지 말고 용기 내어 덜 중요한 것부터 덜어내세요. 나의 행복을 위한 일들로 그 자리를 채울 수 있도록요.

오늘의 질문 　지금 나의 상황에서 내려놓아야 할 것과 반드시 붙잡아야
할 것은 무엇인지 적어보세요.

32

이아름

나, 엄마, 그리고 '나'

매 순간순간 찰나에서 새로운 의미를 배우고 읽고 쓰기를 좋아하는 11년 차 딸 쌍둥이 엄마. '나'와 '아이들'이 함께 성장하며 차곡차곡 쌓아갈 아름다운 이야기들이 기대된다.

인스타그램 @rewritethestory

사진 속의 엄마가 미소 짓고 있다. 불과 일주일 전 푸른 잔디 밭에서 까르르 웃는 아이들과 찍은 사진이었다. 그 사진이 이렇게 쓰일 줄이야. 장례식에 가본 적이 거의 없어서 향을 피우는 게 먼저인지, 국화꽃을 내려놓는 것이 먼저인지도 헷갈리던 내가 검은 상복을 입고 그곳에 서 있었다.

[부고] 이아름 모친상
9월 23일(화) 오후 5시 24분 사랑하는 저희 엄마가 세상을 떠나셨습니다. 급성 뇌출혈이라 아직 빈소 영정사진도 못 차릴 정도로 우왕좌왕인 상황이나 우선 지인들께 알립니다.

급한 대로 우선 친한 지인들에게 문자를 보냈다. 중환자실에 있는 엄마를 보며 곧 다가올 일을 예상했지만, 도무지 내가 지금 여기에 왜 있는지 실감이 나지 않았다. 가족들과 상의해서 수의, 관, 납골함 등을 골랐다. 향년 57세. 아직도 할머니 소리를 듣는 게 어색할 정도로 고왔던 우리 엄마는 그렇게 세상을 떠났다.

소위 말하는 명문대를 졸업하고 대기업에 취직하고 결혼했다. 난임으로 마음고생을 한 시기가 있었지만 결혼 2년이 채 되지 않아 임신했고 딸 쌍둥이를 낳았다. 절대 손주는 키워주지 않겠다던 엄마였다. 하지만 내가 임신과 출산 과정부터 녹록하지 않고, 둘째가 생후 3일 만에 심장 시술을 했기 때문에 엄마는 마음을 바꿨다. 입원한 둘째를 산후조리원에 있는 나 대신 병원에서 간호했던 우리 엄마.

"엄마 힘들지?"

미안해하는 내게 엄마는 말했다.

"우리 아름이 어릴 때랑 정말 비슷하게 생겼어. 꼭 예전에 너 키우던 때로 돌아간 것 같아."

쌍둥이가 22개월이 될 때까지 주 5일 일산과 서울을 왕복 운전하며 쌍둥이 육아를 함께해 주셨던 엄마가 2014년 가을, 친구분들과 야유회를 가셨다가 갑자기 뇌출혈로 쓰러지셨다. 엄마가 뇌사 판정을 받고 숨을 거두기까지, 그 사흘은 잠금장치를 달아놓은 비밀일기장처럼 가슴 한구석에 묻어두었다. 나는 두 아이의 엄마이니까.

2014년 9월 20일. 언니와 동생이 오랜만에 우리 집에 와서 즐겁게 시간을 보내고 있었다. 그런데 갑자기 엄마 친구분이 나와 언니의 '카카오스토리'에 댓글을 달았다. 지금 엄마가 구급차를 타고 응급실에 왔다며 자신들은 가족이 아니라 수술동의서에 서명할 수 없으니 빨리 와달라고 했다. 엄마 핸드폰이 잠겨있어서 우리에게 연락할 방법을 찾느라 한참 고민을 했다고.

하필 토요일이었고 나들이 차량 때문인지 꽉 막힌 외곽순환도로를 지나며 나는 온갖 생각을 했다. 구리 한양대병원으로 이송된 엄마를 일원동 삼성병원으로 전원시키며 나도 따라 구급차에 올랐다. 구급차의 사이렌 소리, 요리조리 곡예 운전하는 기사님, 덜컹덜컹 간이침대가 흔들리는 소리에도 미동도 없는 엄마, 엄마 손을 꼭 잡고 온갖 신에게 기도했던 순간. 그렇지만 어쩌면 그때도 직감적으로 알았다. 그게 엄마의 마지막이라는 것을.

삼성병원에 도착했을 때, 생사를 오가는 환자를 여럿 봤을 사설 응급차 기사님은 내게 요금 10만 원을 요청하며 꽤 난감한 표정을 지었다. 응급실에 도착하자마자 의료진들은 바삐 움직이며 CT를 찍었고, 이리저리 엄마를 검사했다. 담당 의사는 엄마가 지금 뇌사 상태라며 아마도 3~4일 이상은 버티기 힘들 것 같다고 하셨다.

"혹시라도 다시 깨어나실 확률은 얼마나 될까요?"

내 물음에 의사는 단호히 말했다.

"그럴 확률은 없습니다."

병원에서 쪽잠을 자며 중환자실 면회 시간마다 엄마를 보았다. 예쁜 우리 엄마. '엄마가 왜 여기에 누워있을까. 아직 엄마와 함께하고 싶은 것들이 정말 많은데.' 자식에게는 하루에 수십 번을 하는 '사랑한다'라는 말을 엄마에게는 정작 해본 적이 없다는 것이 슬프고 후회가 되었다. 엄마가 숨을 거두기 전 가족들을 불러서 장기기증 할 생각은 있는지 묻던 의사가 야속하게 느껴지기도 했다.

정신없이 장례를 치렀다. 그때는 오히려 현실감이 없어서 슬픔을 느낄 겨를도 없었다. 그저 악몽을 꾸고 있는 기분이었다. 집으로 돌아왔다. 평일 오전이면 함께 커피를 마시고, 교대로 운동을 다녔는데 이제는 엄마가 없다. 시시콜콜한 문자나 카톡도 더는 주고받을 수 없다니. 냉장고에 있는 엄마가 만들어 준 마지막 멸치볶음을 먹으며 눈물이 났다. 엄마의 멸치볶음은 과자처럼 바삭바삭했다. 간단한 방법이라며 몇 번 가르쳐주셨는데, 내가 하면 그 맛이 안 났다. '더는 이걸 먹을 수 없구나.' 지나가는 모녀만 봐도 부럽고, 노인들을 보면 너무 짧았던 엄마의 생이 아쉬웠다.

한 달쯤 지났을까? 엄마가 유모차에 채웠던 자물쇠의 비밀번호가 뭐였는지 한참을 맞춰보다 울어버렸다. 내 생일, 가족 생일, 아이들 생일, 전화번호 뭐였지? 불과 한 달여 전에 엄마가 말해줬었는데, 기억나지 않았다. 엄마랑 나누었던 많은 이야기, 추억들이 그렇게 희미해져 가는 게 두려웠다.

갑자기 매일 보던 할머니의 부재를 이해 못 할 아이들은 할머니가 어디 있냐고 물었다. "할머니 보러 하늘나라에 가면 안 되냐?"는 상상도 하기 싫은 말도 하고. 중환자실 대기, 장례를 치르는 동안 난 생처음으로 엄마와 일주일이나 떨어져 있었던 아이들의 분리불안은 더욱 커졌다. 엄마와 함께 유모차를 끌고 산책하던 공원, 엄마와 커피를 마신 카페, 모든 것이 그대로인데 엄마만 없었다.

세 딸의 엄마로서 늘 강인한 모습을 보여주려 했던 엄마가 알고 보니 소녀 감성의 여자였단 걸, 엄마의 유품이 된 핸드폰을 보고 나서야 알게 되었다. 카메라에는 매일 오가는 공원의 꽃과 나무, 파란 하늘이 담겨있고, 다운로드 폴더에는 아름다운 시들이 있었다. 엄마의 마지막 카톡 프로필에는 화단의 팬지꽃이 담겨있다. '팬지: 나를 생각해 주세요.'라는 꽃말이 있는.

아이들을 위해서 슬픔을 묻어두어야 한다고, 웃어야 한다고 나를 다독였다.

일주일 내내 고열의 아이 둘을 돌보느라 제대로 잘 수 없던 적도 있었고, 폐렴에 걸려 입원한 아이를 간호하다 폐렴에 옮아 폐병 환자처럼 기침하기도 했다. "성인은 잘 옮지 않는데 이상하네."라는 의사 선생님의 말씀을 들으니, 체력이 바닥까지 떨어진 내 신세가 처량하게 느껴졌다. 좋은 것을 볼 때도 엄마 생각이 났지만 힘들 때 엄마 생각이 더 간절했던 걸 보면 나는 여전히 엄마의 도움의 손길을 찾는 철부지 딸이었다.

아이 둘을 번갈아 안아주다 보니 손목이 시큰거리고 허리도 아파서 틈틈이 한의원, 정형외과 치료도 받았다. 밥 한 끼조차 편하게 먹을 수 없던 시절이었는데, '카카오스토리'에는 아이들의 성장 일기를 적으며 뿌듯해했고, 멋진 장소에 가거나 좋은 음식을 먹으면 사진을 찍어 올렸다. 외출할 때도 예쁜 원피스를 챙겨 입고 '아직도 아가씨 같다.' 혹은 '예쁜 엄마'라는 지인들의 댓글을 읽으면 기분이 좋았다.

친했던 이전 회사 동기로부터 내 SNS를 보면 '유한마담의 삶' 같아서 거리감이 느껴진다는 이야기를 들었다. '유한마담'의 뜻을 사전에서 찾아보니 '생활이 넉넉하여 놀러 다니는 것을 일삼는 부인'이라고 한다. '남들 눈에 지금 내 삶이 구질구질하거나 궁상맞아 보이지 않은 게 어디냐며 다행이다'라는 생각도 했지만 '유한마담의 삶'과는 판이한 내 삶이 왠지 억울하게 느껴지기도 했다.

나는 과자처럼 바삭한 식감의 '덜 익은 라면'을 좋아한다. 맛없는 음식을 먹고 살찌는 것을 너무 싫어하는 내게 '푹 익은 라면'은 최악의 음식이다. 어느 날 남편도 집에 늦고 혼자서 아픈 아이들을 돌보다 겨우 라면 하나를 끓였는데, 앉아서 먹을 단 5분의 자유도 주어지지 않자, 눈물이 나왔다.

'난 정말 푹 익은 라면을 싫어한다고!'

먹다 남은 라면을 싱크대에 쏟아버리며 펑펑 울었다. 그깟 라면이 뭐라고.

친구나 지인들의 SNS를 보며 승진 소식이 들리거나, 해외 출장을 다니고, 바쁘게 사회생활 하는 모습을 볼 때마다 부러웠다. 그럴 때면 오히려 아이 육아와 교육에 몰두하며 그 속에서 보람을 찾으려 했다. 유기농 재료로 아이의 삼시 세끼 밥을 정성스레 차렸다. 우리 아이들은 미숙아로 작게 태어나 어려서부터 먹는 양이 적었다. 입맛은 또 어찌나 까다로운지 열심히 만든 음식을 버리는 게 태반인 적도 있었는데, 그럴 때면 아이들에게 벌컥 화가 났다.

그런데도 나는 그럭저럭 잘 지내는 줄 알았다. 아이들에게도 밝은 모습을 보여주려 노력했고, 주변 사람들에게는 늘 '부지런하고 육아와 교육에 열성적인 엄마'라는 이야기도 들었다. 항상 끊임없이 공부하거나 책을 읽었고 당장 필요도 없는 공인 어학 점수도 기한이 만료되면 재시험을 보며 갱신했다. 오죽하면 우리 남편이 나를 보고 "아름이는 빈둥빈둥 대거나 쉬는 것을 죄악으로 여기는 것 같아."라고 했을 정도였다.

바쁘고 활기차게 살기 위해 노력했지만, 이상하게도 매번 엄마 기일이 돌아오는 가을이면 시름시름 아팠다. '대상포진', '소양증'을 비롯해서 각종 염증으로 항생제를 달고 살았고, 젊은 사람은 잘 걸리지 않는다는 질환이 생겨서 수술도 했다. 전신마취 수술을 하기 전, 수술복을 갈아입고, 수술 모자를 쓰고, 수술실로 이송되는 침대 위에서 남편과 헤어질 때는 갑자기 눈물이 나왔다.

"오빠 나 무서워. 이게 내 마지막이면 어쩌지? 오빠나 아이들에게 남기고 싶은 말을 비디오라도 남겨놓아야 하나?"

울먹이는 내게 남편은 그런 생각은 하지도 말라며 손을 꼭 잡아주었다.

엄마의 산소에 가는 날은 아침부터 기운이 없다. 예쁜 꽃바구니를 들고 가고 싶은데 묘지에 둘 꽃을 사야 하는 현실이, 엄마의 생일이 아닌 기일을 챙겨야 하는 현실이 싫었다. 결혼하고 시부모님 생신상은 직접 차린 적이 있었는데, 엄마에게는 한 번도 그렇게 해드린 적이 없어서 후회되었다. '엄마가 있어야 할 곳은 저곳이 아닌데, 우리 엄마는 추운 걸 정말 싫어했는데' 엄마를 그곳에 놓아두고 와야만 하는 발걸음이 떨어지지 않았다. 3년 전 어느 날, 엄마의 기일이 지나고 둘째 딸의 일기를 우연히 보았다. '오늘은 엄마가 할머니 산소에 가서 처음으로 울지 않은 날이다'라고 적혀있었다. 생각해 보니 엄마가 돌아가신 6년이라는 시간 동안 명절, 어버이날, 기일에 엄마 산소에 갈 때마다 매번 눈이 빨개지도록 울었다.

첫째가 초등학교 1학년 때 코로나로 인한 원격 수업 중이었다. 시를 쓰는 과제가 있었고 아이는 'When I see a color'라는 제목의 시를 읽었다.

When I see reddish pink, my feeling is filled with love.
When I see plain white, my feeling is filled with sadness.
When I see beautiful red, my feeling is filled with happiness.
When I see peaceful blue, my feeling is filled with relax.
When I see wonderful green, my feeling is filled with curiosity.

'왜 흰색을 보면 슬플까? 보통 그 나이 아이들은 새하얀 구름이나, 귀여운 토끼, 솜사탕 등을 생각하지 않을까?' 이상해서 이유를 물어보았다.

"난 흰색을 보면 구급차가 떠올라서 슬퍼. 엄마는 구급차만 보면 슬퍼지잖아."

아이의 대답을 듣고 '쿵'하고 마음이 내려앉았다. 사실 엄마가 돌아가신 후로 나는 구급차를 볼 때면 움찔했다.

2020년 여름 어느 날, 아이들과 함께 서울에 있는 친구 집에 갔다. 아이들 넷을 데리고 친구와 함께 한강 둔치를 걷다가 수많은 인파를 발견했다. 구급차에 누군가가 실려 가는 것이었다. 그 모습을 보자마자 갑자기 다리에 힘이 풀렸다.

"유경아! 나 갑자기 너무 머리가 아파. 빨리 집에 가고 싶어."

더 놀고 싶어 하는 아이들을 이끌고 짐을 챙기려 친구 집으로 돌아왔다. 손이 뚝딱뚝딱 빠른 내 친구는 우리를 위해 따뜻한 밥을 해 주었다. 그냥 가도 괜찮다는 내게 꼭 집밥을 먹이고 싶다며 친구는 된장찌개와 새송이 버섯전을 만들어 주었다. 컨디션은 좋지 않았지만, 그 더운 날 땀을 뻘뻘 흘리며 근사한 한 상을 차려 준 친구의 따뜻한 마음이 고마웠다.

나를 배려해 준 친구를 생각하며 집으로 돌아가던 길이었다. 고속도로의 한 터널을 지나고 있을 때, 반짝이는 터널 안의 불빛과 대비되는 까만 도로에 내 차만 달리고 있었다. '아까 그 사람은 괜찮은 걸까, 괜찮았으면 좋겠다. 우리 엄마가 구급차에 실렸을 때도 그런 광경이었겠지.' 문득 생각하다 엄마와 함께 있던 구급차 안의 순간이 떠올랐다. 갑자기 아득하게 현기증이 나며 숨이 막혔다. '차를 세워야 하나?' 내비게이션을 보았다. '앞으로 2km만 더 가면 톨게이트가 나온다. 다행히 직선거리다. 무조건 똑바로 가면 괜찮다. 아이들을 안전하게 지켜야 한다. 나는 엄마다.' 속으로 자기 주문을 되새기며 무사히 터널을 통과하고 영업소에 차를 세우고 남편에게 연락했다.

"오빠 나 지금 숨을 못 쉬겠어. 운전을 더 이상 못하겠어. 무서워."

우는 내게 남편은 진정하고 지금 위치를 지도로 보내라고 했다. 다행히 아이들은 뒷좌석에서 쌕쌕 자고 있었고 나는 친구에게 전화했다.

"유경아. 어떡해. 나 숨을 못 쉬겠어."

"아름아. 너 정말 대단해. 그 상황에서 침착하게 차 세운 거 정말 잘했어. 넌 지금도 그래왔고 앞으로도 정말 좋은 엄마야. 오늘 아주 힘들었나 보다. 괜찮아질 거야. 아무 걱정하지 마."

지금 돌이켜보면 어이없지만 그 순간 내가 했던 제일 큰 걱정은 '가는 길에 터널이 그렇게 많은데 겨울에 아이들 스키장에 어떻게 데려다주지?'였다. 스키 선수 시킬 것도 아닌데, 그게 뭐라고. 그 상황에서도 몸과 마음이 지친 나보다 몇 년간 겨울마다 가르쳐 온 아이의 스키 강습을 지속할 수 없다는 게 속상한 엄마였다.

구급차를 보면 '삐뽀삐뽀' 노래를 불렀던 아이들은 그날 이후 더 이상 구급차를 보면 노래를 부르지 않았다. 죽음이 무엇인지, 가족을 잃은 슬픔이 무엇인지 잘 알지도 못할 아이들이 내 걱정을 했나 보다. 이제는 많이 괜찮아졌다고 생각했었는데, 아이들에게 씩씩한 엄마의 모습을 보여주고 싶었는데, 아이들은 나의 슬픔을 다 느끼고 있었다.

생각해 보면 어릴 때의 나도 다 알고 있었다. 한 남자의 아내로, 한 집안의 맏며느리로, 세 딸의 엄마로 살아가는 엄마가 힘들어 보였다. 초등학교 저학년 때 아빠가 지점 근무를 하게 되어 포항, 울산에 산 적이 있었다. 명절이 되면 엄마는 우리를 데리고 할머니 집으로 향했다. 심지어 아빠는 바쁘다며 안 가고 우리만 간 적도 많았다. 명절 교통체증에 8~9시간을 운전하던 엄마가 너무 졸려서 휴게소에서 잠깐 눈을 붙였던 기억이 난다. 그때 엄마와 언니와 함께 먹었던 뜨거운 어묵도.

그렇게 힘들게 도착해도 "오느라 고생했다. 쉬어라."같은 인사 대신 당장 일할 거리를 안겨 주는 할머니가 있었다. 외할머니가 돌아가시고 첫 명절, 엄마는 할머니에게 "너는 명절에 갈 친정도 없으니까, 이제부터는 명절 끝날 때까지 여기에 있어라."라는 이야기를 들었다고 한다. 그때는 엄마 마음도 모르고 고모들이 오면 세뱃돈을 받을 수 있으니까 철없이 좋아했었다. 철이 들며 엄마가 불쌍하게 느껴졌고 명절도 더는 좋아하지 않았다. 대신 난 늘 엄마에게 걱정을 끼치지 않는 '자랑스러운 딸'이 되고 싶었다. 나까지 엄마를 힘들게 하면 안 되니까.

어느 날 아이들이 말했다.
"엄마, 우리 키우느라 힘들지?"
"왜 그런 말을 해?"
"사람들이 다 그러잖아. 우리 키우느라 힘들겠다고…."
어려서부터 쌍둥이를 데리고 다니면 길을 걷는 낯선 사람들조차

"어머, 쌍둥이예요? 엄마가 엄청 힘들겠다. 고생 많겠다"라고 이야기했다. 나는 그런 말을 들을 때마다 그냥 웃어넘겼는데, 그런 말을 듣고 아이들이 그간 느꼈을 감정을 생각하니 마음이 아팠다. '내가 엄마한테 육아를 부탁하지 않았더라면 엄마는 덜 힘들었겠지? 그랬다면 엄마가 그렇게 갑자기 돌아가실 일도 없지 않았을까?' 이런 생각을 하며 자책했던 순간이 많았기 때문에 아이들의 마음이 더욱 이해가 갔다.

"연수야, 연재야. 너희들이 있어서 엄마는 힘을 낼 수 있었고, 너희들이 있어서 웃을 수 있었어. 존재 자체로 엄마에게 소중한 우리 딸들 사랑하고 고마워."

내 말을 들은 아이들이 미소 지었다. 내색하지 않으려 노력해도 나의 감정을 다 느끼는 아이들. 우리 아이들은 철이 늦게 들어도 좋으니, 어리광도 피우고 자신의 감정도 잘 표출하며 그저 '아이처럼' 건강하게 자라나면 좋겠다.

얼마 전 배우 강혜정 씨의 책 출간 기자간담회 기사를 읽었다. 기사의 제목은 '6년 공백기, 인생에는 공백 없었다'였다.

"공백기 동안은 사실 연기가 아닌 다른 걸 만들어 내느라 바빴어요. 제 인생에는 공백기가 존재하지 않았죠. 지금은 딸 하루가 건강하고 밝게 크고 있어서 웰메이드 하고 있다고 생각해요."

'직업'을 쓰는 문항에 '주부'라고 적으면서 머쓱해지는 것은 나쁜 일일까? 사회는 우리를 '경력 단절녀'라 부르지만, 나는 인생의 그 어느 때보다도 제일 열심히 살고 있는데. '집에만 있기 아깝다.'라는 말은 칭찬으로 받아들여야 하나? 그렇다면 집에만 있어야 하는 사람은 따로 있을까? 아이를 키우는 일은 정말 엄마의 발전을 발목 잡는 일인가?

사실 결혼 이전에는 단 한 번도 '전업주부'로서의 삶을 생각해 본 적이 없었다. 그래서인지 남편의 '아내'로 아이들의 '엄마'로 살아가며 '나 자신을 잃어버릴까 봐' 두렵기도 했다. 내 SNS는 아이들의 사진으로 도배가 되었고, 심지어 카카오톡 프로필도 아이들이 나온 사진으로 수시로 업데이트했다. 예전에는 절대 이해하지 못했던 것들을 나도 영락없이 따라하게 된 것이다.

아이들이 네 살이 되어 처음으로 기관에 가서 자유 시간이 생겼다. 내 이름 석 자보다는 '○○엄마, ○○맘'이라는 호칭으로 불리는 엄마들의 모임보다는 혼자 있는 것이 편했다. 우리 아이가 얼마나 똘똘한지, 발달이 빠른지 자랑하는 엄마를 보며 괜스레 아이를 비교하고 조바심이 나는 것도 싫었고, 서로 전직이 무엇인지 물어보며 과거에 자신이 사회적으로 얼마나 잘 나갔는지 넌지시 자랑하는 그 분위기도 싫었다.

엄마들의 모임을 점점 줄이고 대신 2년 동안 주 5회 영어회화 수업을 착실히 수강했다. 그곳에서 난 여전히 '아름'이란 이름으로 불릴 수 있었고, 지식이 녹슬지 않는 기분을 느끼며 부지런히 시간을 보냈다. 그렇지만 그것만으로 채워지지 않는 공허함이 있었다. 가족이라는 울타리 안에서 안정감과 행복감을 느낄 때도 많았지만 지금까지의 내 삶의 '주인공'에서 '조연'이 되어버린 느낌은 지울 수 없었으니까.

어느 날 아이들이 영어 말하기 대회에서 받은 상장과 상패를 쭉 늘어놓고 요리조리 사진을 찍고 있었다.

"엄마 그거 왜 찍어?"

"응, 엄마 SNS에 올리려고."

"근데 왜 엄마가 받은 상 안 올리고 우리 것 올려?"

"엄마는 너희들 키우느라 바빠서 요즘은 상 받은 게 없네. 그렇지만 엄마도 예전에 공부도 잘했고 상도 많이 받았어."

묻지도 않는 변명을 했다. '아이들의 눈에 비친 나는 어떤 엄마일까? 나는 정말 괜찮은 걸까? 나는 정말 행복한 걸까?' 언젠가 아이들이 내 꿈을 물은 적이 있다.

"너희가 잘 크고 나면 엄마는 '쌍둥이를 아이비리그에 보낸 엄마의 비법'이라며 책도 내고 강연도 다닐 거야."

몇 년 전 "아이의 성취를 사랑하는 부모가 아니라 아이의 존재 자체를 사랑하는 부모가 돼라."는 책 속 문장을 읽으며 뜨끔했었다. 심지어 내가 노력해서 이루는 성취가 아닌, 아이가 노력해서 이루는 성취를 내 꿈이라 말하며 아이에게 부담을 주는 엄마였다니. 행복한 엄마가 되고 싶다. 내가 엄마의 죽음이 유난히 안타까웠던 이유가 그것이었던 것 같다.

한 사람으로서, 한 여자로서 엄마의 삶이 그리 행복해 보이지 않았다. 이제야 자식들을 다 키우고 친구분들과 종종 여행도 다닐 수 있고, 온전히 엄마를 위한 삶도 계획할 수 있었을 텐데. 예순도 안된 나이에 일찍 세상을 떠난 엄마를 생각하면 마음이 아팠다. 엄마는 남은 인생을 어떻게 살고 싶었을까? 그녀의 꿈은 무엇이었을까?

나는 세 딸 중 유난히 엄마와 닮은 딸이었다. 어렸을 때 기억나는 엄마는 늘 책을 읽고 배우는 것을 좋아해서 각종 공부를 했다. 쉰이 넘어서는 치열하게 공부해서 부동산 '공인 중개사' 자격증도 취득했다. 비록 막상 합격하고 보니 중개업이 본인의 성격과는 잘 맞지 않는다며 실제 활동은 안 하셨지만. 체력이 약해서 자주 골골대는 것도, 자주 체하는 것도 닮았다.

엄마가 돌아가신 그 무렵은 현진건의 소설《운수 좋은 날》처럼 모든 것이 안정되고 행복하다고 느낀 순간이었다. 아이들의 수면 시간이 길어지며 나의 체력도 점차 회복되었고 낮에는 유모차를 끌고 좋아하는 카페에 가서 커피를 마실 여유도 생겼다. 그래서인지 나는 그 후 충분한 행복감을 느낄 때마다 왠지 불안했고 건강 염려증도 심해졌다. '아이들 곁에서 건강하게 오래 함께하고 싶은데 내가 아프면 어떡하지? 결혼, 임신, 출산까지 엄마가 곁에 있었지만 내게는 아직도 친정엄마의 빈 자리는 큰데, 아직 어린 우리 딸들은 내가 없으면 얼마나 더 힘들까?'라는 생각이 들며 두려웠다.

그런데 2023년 봄, 몸에 이상 징후가 있어서 조직 검사를 했다. 두 번의 조직 검사를 기다리는 약 2주의 시간 동안 '내가 정말 병에 걸려 죽으면 어쩌지?'하고 불안감이 엄습했다.

내가 꿈꿔온 아이들의 향후 진로 계획들을 생각하니 가슴이 답답했다. 그리고 깨달았다. 지금처럼 아이만 바라보며 살아간다면 결국 나에게도 그리고 아이에게도 도움이 되지 않는다는 사실을 말이다. '이제는 나를 위한 미래도 계획해야지. 힘들 때는 힘들다고 말하고 도움을 요청해야지, 아이들 대신 하나부터 열까지 챙기려 하지 말고, 아이들이 자율성과 책임감을 느끼고 스스로 할 수 있도록 격려해야지.' 수술실에 들어가는 침대 위에서 속으로 되뇌었다.

요즘 K-pop에 푹 빠진 아이들과 가요를 같이 듣곤 한다. 차 안에서 딸들이 DJ가 되어 틀어주는 노래를 함께 듣는 순간이 좋다. 원더걸스가 부르던 〈Tell me〉를 뉴진스가 부르는 것처럼 은근히 내가 공감하고 함께 즐길 수 있는 부분이 있다. 어느 날인가 내가 신청한 곡은 SES의 〈달리기〉였다. 나이가 들어서인지 어느 순간부터는 노래의 멜로디보다 가사가 잘 들린다. 가사가 콕콕 마음에 와닿는 노래가 좋다. 젊은 시절 힘들 때마다 나를 위로해 준 〈달리기〉를 같이 들으며 가사의 의미를 아이들에게 설명하다가, '이게 이런 가사가 있었나?' 하며 깜짝 놀랐다.

'쏟아지는 햇살 속에 입이 바싹 말라와도 할 수 없죠. 창피하게 멈춰 설 순 없으니'라는 가사가 흘러나올 때였다.

"얘들아. 엄마는 이 가사랑 좀 생각이 달라. 너무 쉽게 포기하는 것도 문제지만 다른 사람한테 창피해서, 다른 사람의 반응을 의식하느라 견딜 필요는 없다고 생각해. 엄마도 예전에 운전이 무서웠을 때 한동안 운전 안 했잖아."

"엄마, 나는 엄마 닮았으니까, 나도 나중에 어른이 되면 운전 잘 못하는 거야?"

둘째 딸의 말에 화들짝 놀라 답해주었다.

"아니야. 얘들아. 엄마는 운동을 잘 못하지만, 너희들은 운동도 잘하잖아. 우린 서로 달라. 그리고 엄마 요즘은 장거리 운전도 다시 하잖아."

엄마가 된 후 아이와 나의 인생을 분리하는 것이 매우 어렵게 느껴진다. 수영대회나 콩쿠르, 연주회에 나가는 아이들을 보면 내 가슴도 쿵쾅쿵쾅 뛴다. 겉으로는 여유로운 척 미소 지으며, "떨지 말고 평소처럼 편하게 해. 실수해도 괜찮아!"라고 말하던 내게 아이는 말했다.

"엄마 내가 시합하기 전에 응원의 말 하지 말아줘. 엄마가 응원하면 더 떨리는 것 같아."

말로는 '결과는 상관없고 과정이 중요하다'라고 말했지만, 아이는 내 마음속의 긴장감이나 기대감을 느끼고 있었다. 아이가 큰 규모의 무대에서 당당히 연주하는 모습을 볼 때나, 수영대회에 나가 출발신호를 듣자마자 재빨리 뛰어들어 최선을 다하는 모습을 볼 때면 벅찬 감정이 들었다. 나는 그 순간 깨달았다. '그동안 내가 나와 아이를 동일시 하는 우를 범했구나.' 생각해 보니 별것 아닌 일을 확대 해석하며 걱정한 적도 많았다. 오롯이 아이들이 견뎌내야 할 삶의 무게를 견디며 아이는 씩씩하게 자신의 인생을 살고 있는데 말이다.

'내가 아이 곁을 일찍 떠날까, 혹은 아이에게 필요한 것을 해주지 못할까.' 두려워했던 나였지만 이제는 아이가 나와 독립된 '온전한 어른'으로 자랄 수 있다고 믿는다. 아이가 명문 대학에 합격하거나, 좋은 직업을 갖는 일, 또는 다른 사람을 돕거나 세상을 바꾸는 위대한 인물이 되기 이전에, 스스로 자신이 무엇을 할 때 가장 행복한지, 무엇을 좋아하는지 알고 자신의 삶을 계획하고 실행하면 좋겠다. 그 과정에서 때로는 실패하거나 무너질 때도 있겠지만 다시 일어설 수 있는 내면의 강인함을 키울 수 있었으면 한다. 다른 사람의 평가나 칭찬에 신경 쓰며 '남의 기대에 맞추기 위한 삶'을 살지 말고 '자신을 위한 삶'을 살았으면 좋겠다.

"Don't compare yourself to others, compare yourself to the person from yesterday."

아이들 학교 수영장 전광판에 쓰여있는 말이다. 학교에서는 경쟁을 통한 순위보다 자기 개인 최고 기록을 달성하는 것이 중요하다고 가르친다. '나만의 속도로 꿈을 좇으며 살아가기!' 다행히 우리 딸들은 나보다 훨씬 용기 있게 자신의 삶을 개척한다.

첫째 딸은 3학년 때, 학년 전체에서 유일하게 클럽활동(Exploratory)으로 축구를 선택한 여자아이였다. 'Girls Soccer' 같은 행사도 종종 있기는 했지만 이건 성별 구분 없이 신청자를 대상으로 이루어지는 수업이었다. 우리 딸은 초보나 다름없어서 처음에는 친구들이 패스도 안 해주고, 못한다고 놀리는 친구들도 있었다고 했다. 아이가 상처받는 것을 걱정했던 나는 "지금이라도 그만할까? 엄마가 담당 선생님께 여쭈어볼까?"라고 물었다. 그런데 아이는 단호하게 말했다. 자기 혼자서 부딪혀 보겠다고. 아이가 첫 골을 넣고 왔을 때의 행복한 표정을 잊을 수 없다.

"엄마 친구들이 저한테 최고라고 했어요. 엄마, 어떤 친구는 저에게 너는 우리 팀의 슈퍼스타라고 했어요!"

흥분하며 말하는 아이를 보며 일상에서의 작은 성취 경험이 쌓이면서 점점 자신감이 생기는 것을 알게 되었다.

어려서부터 각종 운동을 섭렵한 우리 딸들. 반면 나는 일평생 거의 운동을 안 해온 사람이었다.

"엄마는 운동을 안 해서 너무 후회돼. 그러니 너희들은 열심히 해."라고 말하며 아이들을 각종 운동 수업에 데려다주기에 바빴다.

"엄마도 우리랑 같이 운동해."

"엄마는 바빠서, 아파서, 다른 할 일이 있어서…"
라며 늘 온갖 핑계를 댔다. 올해 5월의 수술이 주된 계기가 되긴 했지만 꾸준하게 운동한 지 벌써 6개월 차에 접어들었다. 선크림을 바르고 물 한 병을 챙긴 뒤, 운동화를 신고 공원으로 향하는 내 모습을 쇼윈도에 비춰보니 마음에 든다. 나의 건강을 위해 시간을 쓰는 그 자체로 나를 사랑하고 돌보는 느낌이 들기 때문이다.

요즘 나는 새로운 꿈을 꾼다. 관심 있는 분야의 공부를 더 해서 전문가가 되어 글도 쓰고 강연도 하고 싶다. '엄마로서 아이를 키우는 것'과 '나를 성장시키는 것'이 공존할 수 있음을 깨달은 것이다. '모성애'와 '자기애'가 양립할 수 있음을 깨닫게 된 40대의 '나'

는, 30대 때보다 더 마음의 여유가 생겼다. 억지로 감정을 숨기거나 꾸민 행복이 아닌 스스로 만족을 느끼는 엄마가 되고 싶다. 그런 엄마를 보며 아이들도 몸과 마음이 건강한 사람으로 자랐으면 좋겠다. 힘들 때는 힘들다고 말하는 '용기'를, 너무 힘들 때는 쉴 수도 있는 '여유'를 가지며.

"엄마는 행복해? 엄마는 꿈이 뭐야?"

아이의 물음에 이제는 말할 수 있을 것 같다.

"엄마는 지금의 삶이 참 마음에 들어. 너희들이 많이 커서 스스로 할 수 있는 일들도 많아졌고, 그래서 엄마도 공부나 운동같이 엄마가 하고 싶은 일에 시간을 쓸 수 있잖아. 엄마는 언젠가 작가가 되고 싶어."

30대에 영어학원을 열심히 다닐 때, 교재에 '내 인생에서 다시 돌아가고 싶은 나이와 그 이유'라는 질문이 있었다. 같이 수업을 듣는 50대 언니들은 이구동성으로 답했다. 지금이 제일 좋다고, 엄마로서 아내로서 사느라 온전한 내 시간이 주어지지 않던 시절보다 자식도 다 커서 의무감도 줄어들고 자신만의 시간도 생기고, 경제적으로도 여유가 생긴 지금이 좋다고. 그때는 그 뜻을 이해하지 못했는데 이제는 알 수 있다. 비록 외적으로는 생기가 떨어지고 주름이 생겼을지 모르지만, 자기의 의견을 당당히 말할 줄도 알고, 마음을 내려놓는 방법, 적당히 타협하는 방법도 알게 된 40대가 나는 참 좋다.

엄마와 갑작스러운 이별을 하며 사랑하는 사람과 아무 기약 없이 헤어질 수 있다는 것을 알았다. 엄마가 세 딸에게 남기고 싶던 말은 무엇이었을까? 엄마와의 오래된 문자를 열어보았다.

"엄마 걱정하지 말고 잘 지내."

유언이랄 게 따로 없이 떠난 엄마지만, 내가 아이의 엄마가 되어 보니 그게 엄마가 하고 싶은 말일 것 같다. 나의 두 딸이 먼 훗날 나를 생각했을 때 아쉬움의 눈물보다는 행복한 추억을 떠올리며 웃을 수 있었으면 좋겠으니까. 우리 엄마는 '행복한 엄마'였다고, 그런 엄마에게서 나도 '자신을 사랑하고 아끼는 삶'을 배웠다고 말할 수 있었으면 바랄 것이 없겠다.

'내가 못 이룬 것을 아이들이 대신 이루었으면' 하고 바라는 마음을 버렸다. 그저 지금 나의 행복을 미루지 말고 아이들과 함께 성장하고 싶다.

얼마 전부터 아이들 성장일지가 아닌 나의 일상을 담은 인스타그램과 네이버 블로그를 시작했다. 계정 이름을 뭐로 정할지 한참을 생각하다 고심 끝에 지은 이름은 'rewrite the story'이다. '다시 쓰는 이야기' 다시 나의 꿈을 찾고 나 자신으로 또 두 아이의 엄마로 살아가는 지금. 내가 쓸 다음 이야기들이 정말 기대되고 궁금하다.

 엄마가 엄마에게

엄마로서 사느라 나를 잃어버린 느낌이 든 적이 있나요? 카카오톡 프로필로 아이 사진을 설정해 놓거나 내 SNS에 내 사진보다 아이 사진이 많나요? 내 이름보다 'ㅇㅇ엄마, ㅇㅇ맘'이라는 호칭이 익숙해진 인간관계 속에

서 외로움을 느낀 적이 있나요? 엄마의 삶을 아이와 분리하는 것은 애초부터 불가능한 일 같아요. 아무리 나만을 위한 시간을 챙긴다며 운동, 미용, 자기 계발을 열심히 하는 엄마라도 펄펄 끓는 아이를 업고 응급실에 가거나 교우관계, 학업 등으로 힘들어하는 아이를 볼 때 느끼는 감정은 모두 같을 거예요. '내가 대신 아팠으면 좋겠다.' 하지만 결국 아이에게도 '온전히 견뎌내야 할 몫'이 있다는 것을 알게 되지요. 그저 옆에서 건강하고 행복한 모습으로 따뜻한 눈빛과 말로 품어주는 것이 엄마가 할 수 있는 최선의 일인 것 같아요.

엄마도 아이들도 존재 자체로 제게 힘이 되는 사람입니다. 이제는 세상에 없는 엄마를 생각합니다. '행복한 나'를 보는 엄마의 따스한 시선이 떠오릅니다. 그리고 아이를 바라봅니다. '행복한 나'를 바라보는 우리 아이들의 모습은 참으로 편안해 보입니다.

엄마의 삶을 사느라 잃어버린 것, 또 얻은 것은 무엇이 있는지 적어 보세요.

심은희

'완벽'과 '아이'는 어울리지 않는 말

내과 레지던트 2년차, 한창 바쁠 시절 아무것도 모른 채 첫 아이를 낳았다. 두 아이를 더 낳은 후 세 아이 워킹맘으로 바쁘게 살아가며 화목한 가정을 위해 계속 공부하는 중이다.

인스타그램 @hswritermom, @hoonseowon

새벽 6시 휴대폰 전화벨이 울린다. 밤새 울리는 전화에 겨우 선잠이 들었건만, 다시 울리는 전화에 잔뜩 잠긴 목소리로 전화를 받는다.

"네, 내과 당직입니다."

"선생님, 여기 61병동입니다. 616호 83세 김○○ 환자분이시고, 폐렴으로 입원 치료 중이신데…."

비몽사몽간에 간호사의 노티를 받는다. 발열이 한동안 없었던 환자의 발열 노티 전화였다. 혈액 배양검사, 해열제 구두 처방을 하고 처방 입력을 위해 무거운 몸을 일으켰다. 6시면 슬슬 일어나서 아침 회진 준비를 시작할 시간이다. 어두웠던 당직실이 밝아오는 걸 보니 누워봐야 잠도 오지 않겠다.

3년 차라 오랜만의 당직이라 그런지, 30대의 나이라 그런지 하루의 당직에도 몸이 무겁다. 계획 없이 둘째까지 임신하게 되어 모두에게 미안한 상황이라 배 속의 둘째에게는 미안하지만 절대 당직을 빼거나 미룰 수 없다. 오늘은 아이가 졸려 하기 전, 집에 들어가고 싶다. 그제도 책 읽어주다가 먼저 잠들어 버린 엄마인데, 오늘은 최선을 다해서 놀아줘야지 다짐하며 차트를 여는 손을 바삐 움직인다.

"엄마 왔어! 우리 아기 어디 있지?"
한껏 톤을 높여 아이를 부르며 집에 들어갔다. 여느 때와 다름없이 아이는 거실에서 놀고 있다가 나를 향해 고개만 돌아보았다. 다른 집 아이들은 엄마 출근 전에 눈물 한바탕, 엄마 퇴근 시간만 되면 문 앞에 나와서 망부석이 되기도 한다는데, 너무나도 바쁜 시절에 낳았던 탓인지 아이는 엄마보다는 언제나 할머니가 먼저였다. 아이가 일어나기 전에 내가 이미 출근한 경우가 대부분이었다. 그래서 아이도 엄마가 다소 어색하리라고 이해는 하지만 섭섭한 마음은 어쩔 수 없다. 작년까지만 하더라도 잠들고 나서 퇴근하거나, 하루 걸러 하루마다 있던 당직으로 집에 못 들어온 날이 부지기수였으니 그럴 만하다고 스스로 되뇌었다. 그래도 계속 이렇게 어색한 모자 사이로 유지되다가는 아이가 더 크면 마음의 거리를 좁히기 힘들 정도일 수도 있겠다는 생각에 오늘도 친해지기 위해 애쓰며, 육아서를 뒤적거려 본다. 그리고 마음으로 외쳐본다.
'내가 네 엄마야. 내가 낳았어. 매일 바빠서 미안하지만, 정신없이 바쁜 시간은 조만간 끝날 거야. 조금만 기다려 줘.'

어떤 날은 이 마음이 통한 듯 엄마에게 잘 안기기도 하고 애교도 부리지만, 어떤 날은 할머니 옆에서 떨어지지 않았다. 둘째도 배에서 점점 자라고 있는데 첫째와 친해지기도 전에 동생부터 보게 될까, 걱정만 가득했다.

그해 겨울, 둘째가 태어났다. 어쩌면 내게 둘째 출산은 기회일지도 모른다. 남들보다는 짧은 출산휴가 6주 동안 '몸도 최대한 빨리 회복하고 첫째와의 시간도 많이 가지리라' 생각하고 2주 후 조리원을 퇴소했다. 출산 후 2박 3일, 조리원에 있는 2주, 총 17일 동안 첫째를 돌보아 주셨던 할머니께서 하루 외출을 하셨다. 혼자서 둘을 잘 돌보아 보겠다는 결심은 가득했으나, 초보 엄마에게 22개월의 아기는 그렇게 호락호락하지 않았다. 첫째는 할머니가 나가신 현관문만 쳐다보며 할머니를 목 놓아 부르고 있었다.

"으앙! 할머니! 할머니! 어디? 어디?"

"예훈아, 할머니 밖에 가셨어. 엄마랑 아기랑 같이 놀자."

"시려 시려! 할머니! 할머니! 으앙!"

아이의 몸을 돌려놓아도 매정하게 휙 돌아서고 한 번 더 불러 보았더니 발버둥 치고, 좋아하는 딸기를 잘라서 눈앞에 두어도 필요 없다고 도리질하는 아이 앞에서 초보 엄마는 어찌할 바를 몰랐다. 둘째도 잠에서 깨어 울고 있으니, 진퇴양난이라는 말은 이럴 때 쓰는 말인가 싶었다.

둘째는 거실에 눕혀두고 첫째와 씨름하기를 한 시간. 혹시 이 방법이면 아이가 돌아볼까 싶어 친척에게 받았던 책에 포함되어 있던 CD를 틀어보았다. 세상에! 엄마가 그렇게 목 놓아 불러도 미동조차 하지 않던 고개가 돌아가기 시작했다. 할머니께서 종종 들려주셨는지, 아니면 그 멜로디가 아이 마음에 들었는지는 모르겠지만 그날 처음 있는 반응이었다!

놓칠 수 없는 소중한 반응이라, 이 멜로디가 나오는 책을 찾아 들이밀면서 내가 낼 수 있는 최대한 애교스럽고 아이 같은 목소리로 노래를 부르기 시작했다. 어머나! 웃기도 했다. 아이가 내게 다가왔다. 이 오래된 책이 고맙기만 했다. CD에서 흘러나오는 노래를 불러주는 가수에게 감사하다고 절이라도 하고 싶은 심정이었다.

두어 곡 노래를 부르더니 드디어 딸기를 찾았다. 딸기를 먹여 달라고 하는 것이 아닌가. 드디어 네가 먼저 나를 찾아주었구나, 불러주었구나! 아이가 처음 '엄마'라고 불렀을 때보다 더 감격스러웠던 어느 겨울날이었다.

열두 살의 너는 지금 기억조차 하지 못하겠지만 엄마는 아직 그날의 너의 옷, 지금은 살지 않는 그 아파트의 마룻바닥, 바닥에 깔려 있던 매트, 네가 반응했던 그 책, 그날의 공기까지 다 기억하고 있어. 그때 나에게 와 주어서 참 고마워. 그때 내 마음에 반응을 해줘서 고마워.

첫째가 28개월에 접어들었던 어느 여름날, 21개월 차이 나는 남매의 육아가 점점 버거우셨던 할머니와, 그런 할머니를 바라보며 마음이 무거웠던 우리 부부는 첫째를 어린이집에 보내보기로 결정지었다. 어린이집을 알아보기 위해 맘카페에 가입해서 아파트 내 어린이집을 찾아보았다. 다행히 생각보다 어린이집이 근처에 많았고 아직 원아가 다 차지 않은 곳도 있었다. 서너 곳의 어린이집에 전화를 걸어보고 면담 일정을 잡았다. 어린이집 면담을 위해 빠른 퇴근을 하고 집으로 돌아가며, 그때서야 정말 중요한 부분에 대해 고민하지 않았다는 것을 알았다.

'어린이집에 가서 무엇을 물어보아야 하지? 시설은 무엇을 보아야 하지? 원장님 이하 선생님들은 인상만 확인하면 되는 건가?'

아파트 단지로 돌아가는 버스 안에서 스마트폰을 꺼내어 부랴부랴 '어린이집 면담'이라고 검색했다. 10분 전 잠깐 본 내용으로 혼란스러운 마음을 잠재우고 어린이집에 들어섰다. 면담은 나와 1대 1로 하지 않는다는 걸 어린이집에 들어서고 나서 알았다. 다른 나이대 아이의 부모님 몇 분이 더 와 계셨다. 어머나, 메모지와 볼펜을 가지고 온 분도 있었다. 원장님의 소개가 끝난 후 다른 분들의 질문은 끊어지지 않았다.

"수족구 같은 전염병이 어린이집에서 많이 돈다고 하던데, 전염병 방지를 위해서 어린이집에서 어떻게 노력하시나요?"

"다른 어린이집에 비하여 특색 있는 활동이 있나요?"

"외부 활동을 가는 경우, 추가 비용이 드나요?"

"퇴근 시간에 맞춰서 추가 보육을 하는 경우 다른 나이대의 아이들과 섞이는데, 어떻게 분리해서 보육해 주시나요?"

다들 어디서 알았는지, 대여섯 가지 질문을 하고, 원장님께서도 차근차근 그 질문에 답변하시는데, 나 혼자만 꿀 먹은 벙어리가 된 기분이 들었다. 아이 교육에 관심이 없는 엄마, 아이의 안전에 관심이 없는 엄마, 일하는 것 말고는 아무것도 모르는 엄마 같다는 자괴감이 들었다. 빨리 이 상황에서 벗어나고 싶다는 생각만 가득했다. 괜히 얼굴이 화끈거렸다. 집으로 돌아가 아이 얼굴을 보며 '엄마가 노력할게, 엄마가 더 공부할게' 하는 생각부터 들었던 어느 부끄러운 날이었다.

아이의 첫 사회생활이었는데, 아이 눈높이에서 바라보지 못했던 마음만 바쁜 엄마였다. 어떻게든 보육 시설에 맡겨서 내 마음과 몸만 편해지려고 한 이기적인 마음이 들킨, 덥지만 마음은 시린 어느 여름날이었다.

정신없이 연년생의 두 아이를 키우며, 내과 의사로서 수련하며 4년이라는 시간이 빠르게 흘러갔다. 전문의 시험을 치고, 전문의 자격증을 받으며 4년의 수련 과정을 마치고 내과 의국을 졸업하는 졸국식 날이 드디어 내게도 다가왔다.

'아! 이날이 오기는 오는구나. 오늘 졸국식 행사 때 무슨 말을 어떻게 하지?'하고 생각하는 순간 눈물이 맺혔다. 모두를 당황시켰던 첫 아이 임신을 말했던 그 순간, 첫 아이 출산휴가 후 다시 일하면서 실수를 남발하며 혼나기도 참 많이 혼나며 그만두고 싶었던 순간들. 둘째 임신 때 아래 연차들이 내 마음처럼 따라주지 않아 힘들다고 투덜거렸던 기억들이 먼저 떠올랐다. 하지만 이내 배불러서 병원 이곳저곳을 다니던 내게 온정을 베풀어 주었던 간호사들, 환자와 보호자들, 두 명의 아이를 낳으면서 공백기를 가졌던 나를 큰 불평불만 없이 품어주었던 소중한 동기들이 생각났다. 그 모습이 따뜻하고 미안한 기억으로 더 크게 자리잡고 있다는 것을 알았다.

다시는 병원 쪽으로 쳐다도 보지 않을 것이라고 간혹 말했었지만, 나쁜 기억보다는 좋은 기억이 더 많은 이곳에서 일하면서 내가 과연 최선을 다했을까, 나는 불평을 토로할 자격이 있는가 하는 생각을 하며 지난 4년을 다시 돌아보게 되었다. 버스 안에서 혼자 온갖 생각을 하면서, 사연 있는 사람처럼 눈물을 닦으며 병원으로 향했다.

졸국식 장소는 병원 근처의 중식당이었다. 주임 과장님의 축사, 동기 대표의 인사 등을 마치고 내 차례가 왔다. 떨리는 마음을 붙잡고 일어났다. 어떤 말을 할지는 떠오르지 않았다. 그냥 지금 내가 하고 싶은 말을 하자고 생각하며 입을 열기 시작했다.

"제 앞에 놓인 인생의 과제가 너무 많고 치열해서 그간 저도 모르게 다른 사람들을 돌아보지 못했던 부분이 있다면 먼저 사과부터 드리고 싶습니다. 여러모로 부족했던 저를 계속 의국원으로 받아주시고 가르쳐 주셔서 정말 감사했습니다…"

그 뒷말은 이을 수가 없었다. 눈물이 끝도 없이 흘렀기 때문이다. 하고 싶은 말은 가슴에 가득 차 있는데 그 말을 쏟아 낼 단어들을 고를 수가 없었다. 어떤 단어를 써도 당시의 미안하고 감사한 마음을 표현할 수 없어서 그저 눈물만 흘렸다. 눈물을 가득 흘린 후 앞을 봤는데, 그렇게 눈물짓고 있는 사람이 나뿐이 아니었다.

대놓고 쓴소리하지는 않았지만, 두 번의 임신을 달갑지 않게 바라보았던 여자 선생님들이 다 같이 눈물을 흘리고, 따뜻한 눈빛으로 나를 바라보고 있음에 내 마음이 더 무너졌다. 이제까지의 그 눈빛, 몇 번 들었던 모진 말들이 눈처럼 사라지는 것을 느꼈다.

"네가 잘못한 건 하나도 없어. 오히려 우리가 사람이 없다고 임신한 너에게 일을 많이 시켜서 네 마음속에 원망은 없었는지, 우리는 그게 더 생각이 나더라. 나도 전공의 때 임신하고 너무 힘들었는데, 세월이 많이 지났다고 네 처지에서 생각 못 해줘서 더 미안하다."

"아닙니다. 아이 둘 임신하는 전공의가 흔한가요. 대놓고 화내셔도 할 말 없을 상황이었습니다."

"애썼다. 그리고 고맙다."

대화를 나누면서 마주 잡았던 손의 온기, 그리고 그 눈빛은 10년이 지난 지금도 생생하게 기억난다. 그 대화와 눈빛 속에서 그녀들의 과거가 상상되었다. 그들도 10여 년 전 나와 같았으리라. 그들도 그때 그 과거가 너무 힘들어서 차마 말로는 하지 못한 채 마음속에 묻어두었다고 그날의 그 눈빛, 그 공기가 내게 말해주었다. 그리고 바쁘고 치열하게 살았던 나와 그녀들에게 미안하다는 말, 고맙다는 말이 꼭 필요했다는 걸 알았다.

바쁘다는 변명으로 서로의 감정을 말로 표현하기보다는 그냥 어련히 알겠거니 생각하며 필요한 말을 속으로 삼키기만 했던 여의사들. 그렇게 직업병처럼 마음의 표현 없이 지내던 내 버릇이 아이에게도 나타난 것이 아닐까.

엄마에게 안기기보다는 할머니 품이 더 익숙했던 아이, 외출할 때마다 엄마 손보다 할머니 손을 더 찾았던 아이. 그런 아이를 보고 엄마인 나보다 할머니와 더 친하다며 속상해하기만 했던 나는 가장 중요한 걸 놓치고 있었다. 아이와의 심리적 간격을 줄이겠다는 생각에 마음만 급해서 '어떻게 하면 아이와 친해질까'라고만 생각했지, 아이가 엄마에게 무엇을 원하는지 제대로 파악하지 못했다. 그때 내게 필요했던 것은 나와 아이의 마음을 먼저 아는 것이었다. 고마운 부분, 미안한 마음을 표현하고 내 마음을 열어둔 채 가족을 마주하고 가벼운 마음으로 출근하고 홀가분한 마음으로 퇴근해야 했다.

'직장에서는 할 수 있는 일을 즐겁게 하며, 내가 부족한 부분은 부족하다고 인정하자. 완벽하지 않아도 된다. 틀려도 된다. 나를 놓아주자.' 이 생각과 마음가짐을 묻어두지 말고 실천했다면 마음이 좀 더 가벼워졌을 것이다. 지금 생각해 보면 간단한 방법인데, 그때는 가족의 문제, 아이와의 애착 문제를 꼭 해결해야 하는 거대한 짐 덩어리로 생각했다. 내 감정을 꾹 누르며 가족조차 나에게 남겨진 숙제처럼 대했었다. 마음속 짐을 안은 채 시간은 계속 흘러가고 있었다. 이때 깨닫고 빨리 실천에 옮겼으면 좋았겠지만, 당시에는 마음속으로 생각만 가득했다.

전문의 자격증 취득 후 내게 다시 세 번째 아이가 찾아왔다. 업무에 대한 스트레스가 한결 덜어지고 주말 이틀을 온전히 쉴 수 있는 때에 선물처럼 찾아온 아이라 세 아이와 함께 많은 시간을 보낼 수 있었다. 아이의 눈을 마주 보고 사랑을 담뿍 주어야 할 시기였지만 내게는 육아도 일의 연장선처럼 느껴졌는지, 이제 겨우 네 살, 세 살인 아이의 교육, 독서에 점점 관심을 가지기 시작했다. 마치 당장 이 책을 읽지 않으면 내 아이가 뒤처질 것 같았고 지금 이 시기에 이 학습을 놓치면 내 아이의 발달에 큰 문제가 생길 거 같았다. 이성적으로, 그리고 이제껏 내가 배워왔던 지식들을 종합해서 생각해 보면 충분한 영양공급 그리고 휴식, 주 양육자에게 받는 충분한 사랑만큼 이 시기에 중요한 것은 없었는데, 그때의 나는 무엇인가에 쫓기듯이 아이의 교육과 독서에만 관심을 가졌었다. 곧잘 책을 찾고 한글을 빨리 깨쳤던 아이였기에 더 조급했었나 보다. 환자를 치료할 때도 한 가지 약을 쓴 후 그 효과를 보기 위해서는 기다려야 할 시간이 있는데 동화책을 읽었다가 너무 동화책만 읽는 거 같아서 수학동화를 읽히고, 그러다 보니 어휘력이 떨어질 것 같아서 다시 다른 동화책을 읽히는 식으로 허둥거리는 나날이 반복되었다.

어느 날 자신의 흥미와 호기심에 이끌려서 책을 찾아서 읽던 아이가 엄마의 과도한 구매와 강요 아닌 강요로 책에 대한 흥미를 잃어가는 것이 눈에 보이기 시작했다. 우주에 대한 호기심으로 가득 차 많은 이야기를 재잘거리면서 해주던 아이였는데, 엄마가 너무 앞서가다 보니 아이 스스로 알아가던 재미가 없어졌던 탓이리라.

"엄마 목성은 이오, 유로파, 가니메데, 칼리스토라는 위성을 가지고 있대. 그런데 그중에서 가니메데는 수성보다 더 크대!"

"어머! 그래? 어떻게 위성이 수성보다 더 크지? 이상하다 왜 그런 거야?"

"그거는 나도 모르겠는데, 엄마 그런데 있잖아…"

"아니, 잠깐만 예훈아, 엄마가 목성에 대해서 더 자세하게 나와 있는 책 사줄까?"

"……"

아이와 눈을 마주치며 옆에서 나란히 걸었어야 하는 엄마가 혼자서 서너 걸음 앞질러 가서 어서 오라고 손짓하고 있었으니 질리지 않았을까. 먼저 내딛는 한발의 재미를 잃지 않았을까. 점점 앞서가는 엄마 앞에서 아이는 점점 흥미를 잃어가고 있었다. 이전보다 멀리하는 책, 그리고 재잘거림을 잃어가는 모습을 보며 그제야 알았다. 아직 어리기만 한 아이에게 나의 욕심이 과했다는 걸 아이의 마음에 상처를 주고서야 깨달았다. 아이를 내 인생의 해결해야만 하는 어떤 과제로 인식하고, 나는 자신도 모르게 아이보다 먼저 서두르고 있었다. 그 서두름이 과해져서 엄마가 앞서 있는 거리가 멀수록 아이의 목소리와 눈빛은 보이지 않았다. 엄마 혼자서 잘못된 길을 만들고 있다는걸, 몇 번의 시행착오와 아이의 눈물 그리고 어느 날 세 아이가 모여서 노는 모습을 보면서 알게 되었다.

세 아이는 21개월, 23개월의 터울이라 나이 차이가 크지 않았다. 그래서 아이들 기억 속 내내 자신들은 삼 남매였다. 나이 차이가 제법 난다면 첫째는 외동인 시절도, 둘째는 자신이 막내였던 시절도 기억에 있을 텐데 우리 아이들에게는 그런 기억이 없다. 그런 부분은 다소 아쉬우나 나이 차가 적으니 서로 수준 차이가 크게 없어 잘 놀았고 또 잘 싸웠다. 주말 집안 소리는 늘 아이들의 웃음과 울음의 메아리였다.

어느 주말 아이 셋이 모여서 노는 모습을 물끄러미 바라보다가 나의 잘못과 욕심을 스스로 깨달았다. 세 아이는 자신의 감정을 표현하는데 거리낌이 없었으며, 다른 아이의 감정을 받아들이는 것에도 거부감이 없었다. 서로의 감정을 수시로 공유하면서 금방 싸우고 토라졌다가 다시 웃으며 다른 놀이로 이어지고 있었다. 당시 집에는 아이용 농구 골대가 있었다. 서로 골을 집어넣겠다고 뛰고 있었지만, 나이 순서대로 골이 잘 들어갈 수밖에 없었다. 잘하는 오빠는 의기양양하고 자신은 충분히 오빠만큼 할 수 있을 것 같은데 안 되던 둘째는 짜증이 올라오고 있었고, 하나도 못 넣던 막내는 울상이었다.

"봐! 내가 제일 잘해. 너희는 못 하지? 오빠처럼 해봐."

"오빠! 오빠는 일곱 살이잖아. 아기는 네 살인데 당연히 못 하지. 나는 조금만 더 연습하면 할 수 있어. 봐봐."

둘째는 힘껏 뛰었지만 역시나 공은 골대를 빗나갔다. 점점 표정이 일그러지는데 첫째는 여전히 신나 있었다.

"헤헤 또 안 들어갔지? 나는 덩크슛도 할 수 있다!"

"나 이제 안 할래! 예원아, 우리는 다른 거 하자."

"시려! 이거 할 거야!"

계속 연습해도 당장은 오빠만큼은 잘하지 못할 것 같아서 다른 놀이로 전환하고 싶은데, 막내는 따라오지 않았다. 혼자서 빠지기도 싫은 둘째는 난감한 표정을 지었다. 첫째는 어느새 그 표정을 읽고 먼저 다른 놀이를 제안했다.

"예서야, 그러면 우리 이건 나중에 하고 인형 바구니로 드럼 치자."

"그래, 알았어! 그러면 인형 먼저 내가 꺼낼게."

"예원이도 같이! 같이!."

정말 어찌 보면 하루에도 여러 번 일어날 수 있는 일상의 모습이었지만, 나와는 다른 선택을 하는 아이들의 모습을 보며 감탄했다. 저 게임에 엄마인 내가 들어갔더라면 둘째에게 더 연습해서 오빠만큼 잘해 보자고 하지 않았을까. 막내는 신체적으로 불리할 수밖에 없으니, 엄마가 안아줘서 골을 넣게 해주지 않았을까. 그렇게 이끈다면 단기간의 연습으로는 오빠만큼 따라갈 수 없었던 둘째에게는 게임이 연습이 되어버려 흥미를 잃었을 것이고, 엄마의 도움으로 골을 넣을 수 있는 막내는 일시적으로는 기분이 좋았겠지만, 상대적으로 불리해진 첫째는 게임을 하기 싫어졌을 것이다.

한국 나이 일곱 살, 만으로는 여섯 살밖에 되지 않았던 첫째가 이런 상황을 금방 간파해 내고 모두가 같이 즐거울 수 있는 새로운 놀이를 찾았던 것이었다. 인형 바구니를 비운 후 뒤집어서 긴 막대로 두들기며 노래하는 놀이는 셋 모두가 즐거워했던 놀이었다. 그 놀이를 하며 모두가 기분이 좋아진 후 다시 농구 게임을 해도 좋겠고, 또 다른 놀이를 찾을 수도 있었다. 첫째는 먼저 앞서가서 신체적 능력이 부족한 놀이를 같이하도록 이끌기보다는 둘째, 셋째와 같이 발맞추어 가는 놀이를 찾아내었다. 동생들 또한 힘든 놀이를 고집하기보다 서로의 표정을 보며 고성과 눈물로 번지기 전에 즐거움을 택했다.

"엄마보다 천 배 만 배 낫구나."

아이들은 나처럼 서로를 '끌어주어야 하는 존재', '내가 해결해 주어야 하는 존재'로 바라보지 않았다. 그저 동생, 오빠, 언니를 함께 놀이하는 가족 그 자체로 바라보았기 때문에 그런 행동을 하지 않았을까.

나는 내 아이조차 내가 만나는 환자처럼 대했나 보다. 완벽하게 보여야 하고, 실수하면 안 되고, 문제를 발견하고 해결해 줘야 하는 대상으로 느꼈나 보다. 그렇게 의무감으로 대하는 내 마음을 아이가 은연중에 알고 부담을 느끼는 순간이 있었을 것이다. 나는 매일 치열하게 일하면서 늘 준비된 것처럼 보여야 했다. 늘 아는 것처럼 보여야 했기에 가족들에게조차 나를 숨기고 완벽하게 보이려고 했다는 걸 아이를 키우면서 알았다. 한 번에 알게 된 것이 아니었다. 매일 일상에서 아이들과 부딪히면서, 때로는 웃고, 때로는 울면서 내 감정에 점차 솔직해지고, 내 마음의 부담감을 놓아줄수록 아이들의 눈빛이 보이기 시작했다.

내가 일하는 동안 아이를 맡아서 돌보아 주신 할머니께서 아이들을 바라보는 눈빛을 보았다. 할머니께서는 아이의 말과 행동 하나하나를 눈에 다 담고 본인이 내보일 수 있는 최대한의 진심으로 아이를 대하고 있었다. 몇 년간의 관찰과 공부 그리고 가장 결정적으로 마음의 부담을 내려놓으며 아이들의 눈을 바라보기를 연습하니 그제야 아이들의 마음이 조금씩 보이기 시작했다. 그러면서 생각했다. 몸과 머리는 치열하게 살아도 마음만은 치열하지 말자. 내 마음을 내가 먼저 토닥여 주자고.

일하며 아이를 본다는 것은 완벽할 수 없다. 나에게도 일하는 엄마가 있었다. 나의 어린 시절 장래 희망은 '집에 있는 엄마'였다. 내가 그런 말을 할 때마다 지금도 기억나는 엄마의 표정은 미묘했었다. 아마 대놓고 섭섭해하기에는 철없는 아이의 말이라서 민망하니 표현하지 못하고 넘어갔겠지만, 마음 한쪽에는 미안하고 섭섭한 마음이 교차했었을 것이다. 그리고 내가 일하는 엄마가 되었을 때 그 말을 들었을 엄마의 마음을 가늠하게 되었다.

'완벽할 수 없음을 받아들이기.' 일하는 엄마의 행복이 시작되는 출발점이라고 생각한다. 어느 엄마인들 완벽할 수 있을까. '엄마도 엄마가 처음이라서 그랬어'라는 유명한 말이 있듯이 모든 엄마에게는 '엄마가 됨'이 새로운 도전이다. 그 도전이 완벽할 필요는 없으며, 완벽한 엄마라는 정의 또한 없다. 엄마로서의 일과 의무가 끝이 없는 것처럼 늘 아이와 같이 도전하면서 서로 같은 방향을 바라보며 나아가면 되는 것이 아닐까.

도전의 방향은 아이가 잡도록 믿어주고, 엄마는 아이 옆에서 동행하면서 너무 엉뚱한 방향으로만 가지 않게 돌보면 된다. 이제, 아이와 함께 가보려고 한다. 그래서 엄마인 나는 오늘도 책을 편다. 오늘도 강의를 듣는다. 나이 40이 넘어서 하는 또 다른 공부는 20대에 했던 공부보다 목표도 더 뚜렷하다. 이 공부로 인해 아이와 가족의 변화가 눈에 보여 늘 즐겁고 신선하다.

어느덧 첫째 아이가 만 12세가 넘었다. 이제 국제선 비행기를 탈 때도 성인으로 취급되는 나이임을 최근 비행기표를 끊으며 알게 되었다. 청소년기에 접어들며 변성기가 온 아이는 2021년 코로나가 한창이던 시기, 밴쿠버로 1년 6개월 조기유학을 갔다가 올해 초 귀국했다. 2021년 8월 아이 유학 보냈던 그 결심, 그리고 보내기 직전 갈

팡질팡했던 그 마음, 그리고 보낸 후 혼자서 너무도 잘해 나가던 아이를 보던 그 뿌듯함은 내가 영원히 잊지 못할 최고의 기억이다. 정말 우연처럼 왔던 그 기회를 내가 잡았고, 아이가 나의 권유를 받아들인 것은 완벽하고도 성공적인 도전이었다.

2021년 4월의 어느 날, 밴쿠버 조기유학원을 운영하던 분께 연락이 왔다. 아이 여섯 살 때 다녔던 어학원 원장님과 친분이 있어 우연히 알게 되었던 분이었는데, 당시 그해 8월 출국할 아이들을 모집하던 중이었고, 모집이 끝나가던 중 첫째 아이가 생각이 나서 연락했다고 하셨다. 연락받은 당시에는 유학에 대하여 전혀 생각하고 있지 않았기 때문에 이 연락을 어떻게 자연스럽게 거절해야 하는지부터 먼저 생각하게 됐다. 그런 내 마음이 느껴졌는지 유학원 아이들이 어떻게 지내는지 보여주는 동영상 링크를 몇 가지 보내주셨다. 퇴근 후 보게 된 그 영상은 부모 없이 혼자 떠난 아이들이 그곳에서 생활하면서 어떻게 공부하는지 소개해주는 영상이었는데 영상이 끝날 때마다 알고리즘에 이끌려서 앉은 자리에서 세 시간을 내리 빠져서 보게 되었다.

용기 있는 아이들과 부모들이 선택한 이 기회를 놓치면 후회할 거 같았다. 도저히 부모 없이 1년간 외국에서 생활하고 있는 것이라고 믿어지지 않는 활짝 웃고 있는 아이들의 표정이, 그리고 부모의 잔소리 없이도 알아서 학습하고 공부하며 영어 실력을 쌓아가는 아이들의 모습은 내게 신선한 충격이었다.

'공부는 이렇게 하는 건데! 스스로 호기심에 이끌려서, 아이가 필

요함을 느껴서 하는 것이 공부구나!'

이 생각이 드는 순간 망설일 필요가 없었다. 유학원 대표님과 약속을 잡고 상담을 마치고 딱 사흘 고민하고 유학을 결정했다. 이제 문제는 아이였다. 아이와는 아직 유학에 대해 진지하게 이야기를 나누지 못한 상태였기 때문이다. 그러나 내가 억지로 보내는 모양으로 아이를 보내고 싶지는 않았다. 아이가 스스로 결정했다고 느끼게 해주고 싶었다.

당시 코로나로 해외여행을 떠나지 못하는 시국에 외국에서 다른 아이들이 어떻게 지내는지, 처음에는 영어를 전혀 하지 못하던 아이들이 1년이 지난 후 얼마나 자연스럽게 영어로 대화하는지, 그리고 집과 학교만 오가던 아이들의 사고방식이 외국에서 생활하면서 어떻게 변했는지 나와 있는 10~15분의 동영상을 간식 먹을 때, 아이가 소파에서 앉아서 쉬고 있을 때 은근슬쩍 보여주었다.

"할머니, 이거 나보고 지금 가라고 보여주는 거예요?"

어느 날 동영상을 슬그머니 보여주려고 하는 할머니께 아이가 했던 말이었다. 이미 유학원에 등록한 지 한 달이 지났고, 비자 수속까지 진행하고 있던 상황에서 아직도 결심하지 못하고 있는 아이 때문에 온 가족이 조급해 하고 있던 중이었다. 그 조급한 마음을 아이에게 들켜 버렸다.

"아니야. 할머니 보려고 그랬지. 너는 너 하고 싶은 거 해."

임기응변으로 넘겼지만 이 방법은 더 이상 통하지 않겠다 싶었다.

'처음으로 돌아가자. 아이가 필요해서 결심을 할 수 있는 방법이

없을까?'

그때 아이의 꿈에 대해 생각해 보게 되었다. 어릴 때는 우주과학자가 꿈이었던 아이는 커가면서 때로는 의사가 꿈이기도 했고 때로는 파일럿이 꿈이기도 했다. 어떤 꿈이건 영어가 완벽하다면, 영어로 의사소통이 원활하다면 전 세계를 무대로 만들 수 있을 만한 꿈이지 않은가! 영어를 배우면서, 서양교육을 받으면서 꿈을 이룰 방법을 알려주는 어떤 영상, 어떤 책을 찾다가 '서양교육을 권하는 이유'라는 제목의 영상을 보게 되었다. 50분의 길이의 영상이었지만 왠지 아이는 이 영상을 이해할 수 있을 것 같았다. 내가 먼저 보고 어느 일요일, 아이에게 그 영상을 보여주었다. 아이는 50분의 영상을 끝까지 다 보고 나서 정말 내가 원했던 그 말을 해주었다.

"엄마, 나 밴쿠버 갈래요. 지금도 갈 수 있어요?"

그 결심 후 2021년 8월 16일, 아이가 떠났다. 인천공항에서 아이를 보내고 집으로 돌아오면서 그날은 얼마나 울었는지 모른다. 아이가 내 곁에 없고 나니 순간적으로 현실이 자각되었다.

'내가 지금 무슨 짓을 한 거지? 1년이나 못 보잖아! 나 정말 미쳤구나. 제정신이었나?'하는 생각이 들었다. 그날 깜빡하고 챙겨주지 못한 아이 방에 있던 손목시계를 붙들고 한참이나 울었다. 하지만 그 슬픔과 불안 가득했던 생각은 엄마보다 훨씬 더 안정적으로 생활하는 아이를 보며 일주일 내 사라졌다. 아이는 출국 한 달 만에 유학을 선택한 것은 정말 잘한 일이라고 했으며, 두 달 만에 1년은 너무 짧은 것 같으니 1년 반으로 유학을 연장해 달라고 해서 온 가족을 아연실색하게 만들었다.

그리고 계획대로 6개월 연장 후 2022년 추석, 아이에게 편지를 받았다. 한 장의 편지는 그간 부모와 떨어져서 주도적으로 생활하는 아이가 얼마나 컸는지 증명해주는 내용이 가득해서 일부만 적어보려고 한다.

저를 낳아 주시고 이제까지 키워주셔서 감사합니다. 기분이 안 좋을 때도 있었고, 기분이 좋을 때도 있었는데 그때마다 항상 좋은 쪽으로 이끌어 주셔서 감사합니다. 힘들 때도 많고 기쁠 때도 많고 했는데, 그때마다 살짝살짝 맞추어주셔서 감사합니다. 언제나 최대한 밝게 웃으면서 남은 캐나다 생활을 보내보도록 노력할 께요.

2023년 1월 31일, 아이는 드디어 한국으로 돌아왔다. 1년 6개월의 시간 동안 도전이 주는 성공과 실패를 맛본 아이는 이제 자신의 도전에 만족하며 계속 앞으로 나아갈 것이다. 스스로 꿈을 찾는 아이를 보며 엄마도 더 발전해야 함을, 같이 보조를 맞춰야 함을 느끼고 있다. 2022년 8월에는 둘째도 유학을 떠나서 1년이 넘어가는 지금까지 밴쿠버에서 머무르고 있다. 아직 초등학생인 아이들을 부모 없이 유학원을 통해 외국으로 보낸 나를 보고 다들 용기가 대단하다고 했다. 그리고 많은 사람이 '너희 아이는 가능하지만 내 아이는 가족과 떨어져서 지낼 수 없을 거야'라고 말했다. 그러나 사실 가족을 떠나서 외국에서 생활하겠다는 큰 용기는 아이가 스스로 냈고, 유학

결정도 아이가 스스로 했었다. 가족은 그 용기를 내도록 힘을 줬을 뿐이었다.

완벽하지 않아도 돼. 실패해도 돼. 틀려도 돼. 마음의 여유를 준다는 것은 아이에게 새로운 도전에 대한 용기를 줄 수 있었을 것이다. 마음의 여유는 아이 스스로 만든 것이 아니었다. 엄마가 먼저 마음의 무게를 내려놓았더니, 아이의 눈이 보이고 아이의 마음이 보였다. 마음이 편해진 엄마를 통해 완벽하지 않아도 되는 아이는 도전이라는 날개를 받았다. 가족 모두 완벽하지 않았지만 그래도 괜찮다는 마음의 여유가 새로운 도전을 쉽게 택하도록 해주었을 것이다. 새로운 도전을 통해 두 아이는 1년 이상의 타국 생활의 경험을 얻었고, 외국인 가정에서 생활하며 다른 문화권에 직접 부딪혔으며, 유학원 내 단체 생활을 통해 타인에 대한 예의, 배려를 습득했다. 도전은 성공적이었고, 언젠가 성인이 되어 다른 기회가 오더라도 그 기회를 잡을 수 있을 거라 기대한다.

글을 마치기 전, 명동성당에서 받았던 가정기도문 중 가족을 위한 기도 일부를 읊어본다.

우리 가족 한 사람 한 사람은 무엇보다도 당신 사랑의 선물입니다.
또한 저에게는 힘이요 지탱이며 위로이자 자랑입니다.
당신은 가족을 통하여
사랑이 무엇인지를 가르쳐주시고
사랑하는 법을 알려주시고

더 큰 사랑의 길로 인도하십니다.

내 아이들은 성인이 되기까지 만 8년, 10년, 12년의 세월이 남았다. 아쉽게도 첫째 아이의 만 2년 정도는 너무 바빠 기억이 잘 나지 않는다. 다행히 사진은 많이 남아있지만, 내 눈으로 보지 못했던 귀한 표정들이 있어 아쉽다. 앞으로 지난 아쉬움은 접어두고, 매일 도전하는 엄마의 모습을 아이들 기억 속에 남겨주려고 한다. 내게 온 사랑의 선물, 아이들. 엄마로서 완벽하지 못 해도, 진짜 내 모습으로 마음껏 사랑하고 품어주기 위해 매일 노력하고 배우며 익히고 있다.

언젠가 아이가 성인이 되어 엄마가 옆에서 같이 걸어가지 않아도 괜찮다고 느낄 때, 혼자서 뚜벅뚜벅 걸어가는 모습을 보며 웃을 수 있는 내가 되기를 바란다. 그런 나를 위해 마음 근육을 키우고 있다. 어디선가, 나처럼 방황하고 있는 엄마들에게도 같이 마음의 짐을 덜어놓자고, 내 솔직한 마음과 눈빛으로 아이를 바라보며 사랑하자고 말해주고 싶다.

"완벽하지 않은 엄마를 사랑해줘서 고마워. 나보다 더 나은 어른으로 키워주기 위하여, 그리고 더 나은 어른이 된 너희의 눈에 비치는 내 모습이 당당할 수 있기를 바라며 오늘도 엄마는 공부한다."

나와 아이를 완벽이라는 틀 속에 가둬두지 않았나요?

정말 생각하지도 못하던 시기에 엄마가 되었습니다. 엄마가 되기 위한 준비가 무엇이 필요한지도 몰랐고, 낳아놓으면 그저 아이는 엄마를 따르고, 엄마를 좋아할 것으로 생각했습니다. 그렇게 욕심이 가득한 엄마였습니다. 일도 잘하고, 아이도 잘 돌보는 엄마라는 말을 듣고 싶었던 저는, 제가 생각하는 '엄마'라는 틀 속에 가두고 그 틀 안에서 아이들을 만들어 내려고 하고 있었습니다. 혹시 지금 내가 그런 엄마인가? 라는 생각이 들고 있다면, 지금도 늦지 않았으니 아이들을 한 번 더 봐주세요. 아이가 엄마의 욕망의 틀 속에서 힘들어하고 있지 않은지, 엄마 혼자서 너무 앞서가서 아이를 끌고 가고 있지 않은지 한 번 돌아봐 주세요.

그리고 '완벽'이라는 단어를 지우고, '사랑'의 눈빛 속에서 '여유'를 아이에게 선물해주세요. 아이는 엄마의 그 눈빛에서 도전이라는 날개를 선물받을 거라고 믿습니다.

오늘의 질문　나도 모르게 나의 아이를 틀에 가두지는 않았는지 생각해

　　　　보고, 그것이 어떤 틀이었는지 적어 보세요.

김채은

아버지처럼

똑 부러지는 초5 같은 초3 딸과 이마에 '나 막둥이다' 써 붙여 놓은 귀여운 예비 초등생 아들을 키우고 있다. 19 년차 직장 생활로 다진 끈기로, 오늘도 티격태격 남매의 엄마역을 열심히 하며, 평범하지만 예쁜 가족을 그리려 노력 중이다.

인스타그램 **@chaeunkim1214**

푹 찌는 여름날, 놀이터에서 땀을 뻘뻘 흘리며 뛰어다니는 만 네 살 둘째를 바라보며 벤치에 앉아있을 때였다. 비슷한 시간에 하원하여 놀이터에서 자주 만나는 친구가 있었고, 자연스럽게 그 친구를 돌봐주시는 할머니와도 몇 번 대화할 기회가 있었다. 나와 그 할머니는 잘 맞는 동갑내기 친구를 만나 신나게 노는 아이들을 보며 흐뭇해했다. 그러던 중 그 할머니께서 나의 친정엄마에 관해 물어보셨다.

"할머니 자주 오시던데, 어디서 오세요?"

"아, 친정이 울산이에요. 울산에서 오세요."

"울산이면 머네. 할아버지가 알아서 잘 지내시나 보네."

"아, 아버지는 지금 안 계세요."

이런 비슷한 일이 몇 년 전에도 있었다. 기억이 뚜렷하진 않지만,

어린 첫째가 놀이터에서 놀고 있었던 때였다. 놀이터에서 만난 어떤 할머니가 똑같은 질문을 했었고, 그때의 나는 '아, 네.' 하고 얼버무렸다. 당시 나는 아버지의 빈자리를 숨기고 싶었던 것 같다. 어쩌면 인정하기 싫었을 수도 있다. 처음 만난 사람에게 친정엄마를 남편이 없는 할머니로 소개하고 싶지 않았다. 하지만, 이제는 담담하게 아버지에 대해 이야기하는 나를 보며 내심 놀랐다. 내가 그땐 괜한 유난을 떨었나 싶은 생각도 든다.

오랫동안 손길이 닿지 않아 먼지가 폭 쌓인 낡은 서랍장을 조심스럽게 열어보듯, 그렇게 내 마음속 서랍을 열어 본다. 삐걱삐걱 잘 열리지 않아 그만둘지 잠시 고민도 해본다. 그러다 힘을 줘 서랍을 뺀다. 막상 열어보니 정리가 잘 되어 있지도 않다. 기억 조각들을 일단 마구 쑤셔 넣고, 빨리 닫고 싶었나 보다.

언젠가 한 번은 정리하고 싶었던 나의 30대 마음 서랍장. 잊고 싶었던 당시의 놀람, 속상함, 아픔, 죄책감, 미안함, 기쁨, 고마움 같은 감정 모두 서랍 속에 뒤엉킨 채 넣어두고, '바쁨'으로 위장했다. 하지만, 이제 용기를 내어 하나씩 꺼내 보기로 한다.

동갑인 남편과 나는 4년간 연애하다 서른에 결혼했다. 평범하지만, 소소한 기쁨을 나누며 신혼생활을 즐겼다. 하지만, 가족계획은 선뜻 세우기 어려웠다. 둘 다 일을 하고 있고, 지방에 계시는 양가 부모님의 도움을 받기 어렵다 보니, '아이를 낳는다면 어떻게 키우지?'라는 고민이 있었다. 당시 남편은 밤새워 일하다 새벽에 퇴근했고, 출장도 잦았던 상황이라, 아이를 낳는다 해도 양육은 힘들겠다고 생각했다. 그러나 이젠 더 나이 들기 전에 아이를 낳아야겠다고 생각할 때쯤이었다.

친정엄마와 통화하다가 아버지가 최근 소화가 잘 안 되어 몇 번 고생하셨고, 대학병원에 입원해 검사받으시기로 했다는 사실을 알게 되었다. 젊을 때 식사를 많이 거르셔서 원래부터 위가 안 좋으시고, 겔포스를 자주 드시던 아버지였다. '위나 간에 염증이 있으시겠지.' 정도로 생각하고 크게 걱정은 하지 않았다. 하지만, 며칠 후 나온 검사 결과는 췌장의 혹이었다. 병원에서는 악성은 아니니 3개월 후 추적검사를 하자고 했다. '뭐, 췌장이라고? 왜 하필 췌장이야?' 잘은 모르지만, 췌장에 관한 병은 예후가 좋지 않다고 들어왔다. 당시 우리는 많이 놀랐지만, 그래도 악성은 아니라는 말을 위안으로 삼았다. 그리고 주위 사람들에게 췌장에 관해 묻기도 하고, 미친 듯 책과 인터넷 검색을 하기 시작했다.

두 달 후, 아버지는 갑작스러운 황달 증세로 급히 병원에 가서서 치료와 검사를 받게 되셨다. 원인은 담관 폐쇄였고, 결국 췌장암 진단을 받으셨다. '아빠가 암이라니. 인제 어쩌지.' 이제는 췌장에 대해 꽤 다양한 지식을 쌓은 나는 가슴이 턱 막혀왔다. 나와 남편, 동생은 너무 놀라 아버지께 달려갔다.

"왔나! 뭐 하러 왔노?"

"아빠 환갑이니까 왔지."

말씀은 그렇게 하셨지만, 아버지의 눈동자에서는 많은 생각이 느꺼졌다. 나도 눈물을 꾹 참고, 밝게 웃었다. 아버지는 병원에서 조용히 환갑을 맞으셨고, 금식 중이시니 내가 주문해 간 케이크는 당연히 드시지 못하셨다. 그래도 가족이 모이니 든든하다는 표정이었다. 우리는 아버지가 서울에 있는 큰 병원으로 옮겨 치료받으시는 것으로 의견을 모았다. 검사 결과가 오진이기를 간절히 바라면서.

하지만, 기적은 일어나지 않았다. 서울의 병원에서는 항암치료로 암세포 크기를 좀 줄인 다음 수술하자고 했다. 아버지는 재직 중인 학교에 휴직계를 내셨고, 엄마도 하시던 일을 그만두고 아버지에게 모든 정성을 쏟기 시작하셨다. 그 후 아버지는 엄마와 함께 매주 서울로 오가며 항암치료를 받으셨다. 한 번쯤은 우리 집에 들러 주무시고 내려가시라고 말씀드려도 한사코 당신들 집이 편하다며 마다하셨다.

"걱정하지 마. 아빠랑 매주 봄 여행 다닌다고 생각해."

아카시아 향이 가득했던 봄날. 엄마의 말에 나는, '아, 우리 엄마, 아빠가 딱 10년만 꽃구경 같이하시면 얼마나 좋을까.'라고 생각했다.

아버지는 매주 항암 주사를 맞으러 엄마와 함께 서울에 오셨다. 그러다가 어느 토요일이었다. 중간 점검 CT 촬영을 위해 처음으로 아버지 혼자 오신다고 했다. 나와 남편은 서울역으로 마중 나갔고, 아버지를 만나 병원으로 모시고 갔다. CT 촬영을 마치고, 병원 구내식당에서 점심을 먹으며, 나는 혹여나 아버지의 컨디션이 떨어지시진 않을지 안색을 살피고 있었다. 식사를 마쳐갈 때쯤이었다. 메고 오신 백팩에서 반찬통을 하나 꺼내셨다.

"이거 먹어라. 하나씩 더 묵어라."

엄마가 싸주신 방울토마토였다. 워낙에 말씀도 없고, 감정 표현도 안 하시는 아버지의 말씀에 나는 살짝 웃음이 났다. 다른 사람은 전혀 알 수 없겠지만, 이건 아빠가 정말 기분이 좋으시다는 표현인 걸 알았기 때문이다. 후에 엄마에게 전해 듣기로, 아침에 엄마가 아버지 간식으로 방울토마토를 싸고 있으니, 아버지는 딸이랑 사위도 같이 먹게 좀 더 넣으라고 하셨다고 한다. 그렇게 우린 세상에서 가장 맛있는 방울토마토를 먹고, 다시 서울역으로 돌아왔는데, 예약해 둔 KTX 출발 시각까지 시간이 많이 남아있었다. 우리는 표를 바꾸어 아버지가 좀 더 빨리 출발하게 해드렸고, 좌석까지 모셔다드리며 인사를 했다.

무슨 운명의 장난일까. 일요일인 다음날, 점심으로 남편과 감자전을 만들고 있을 때였다. 갑자기 남동생에게 전화가 왔다.

"누나, 어디야? 엄마가 연락 안 했나?"

"응? 무슨?"

"지금 엄마랑 아빠 서울에 계셔, 응급실에. 어제 아빠가 울산역에서 리무진 버스 기다리시다 호두과자를 사 오셨거든. 아빠는 딱 하나 드셨는데, 밤새 토하고 난리가 났었어. 그래서 여기에 있는 병원에 가셨다가, 사설 응급차 타고 서울로 올라가셨어."

하늘이 노래졌다. 어제 분명히 잘 도착했다고 들었는데, 이게 무슨 일인가. 걱정할까 봐 내게 연락하지 않은 부모님께 화도 났다. 식사도 못 하셨을 엄마를 위해 감자전을 챙겨 병원으로 달려갔다. 응급실 앞에서 먹는 감자전. 세상에서 가장 맛없는 감자전이었다. 아버지는 담관 폐쇄와 패혈증으로 응급실에서 치료받고 계셨다.

그날 이후, 야근이 없는 날은 회사를 마치자마자 병원에 들렀는데, 아버지는 점점 쇠약해지셨다. 언제나 크게 느껴지던 부모님이 점점 작아지는 모습을 보는 것. 자식으로서 그것만큼 서글픈 일이 있을까.

아버지가 여름 한 달을 병원에서 치료받았고 무더위가 한풀 꺾여갈 무렵이었다. 이제 교직 생활을 마치겠다고 하셨다. 아버지는 지방에서 37년간 교직 생활을 하셨고, 중학교 교장으로 재직 중이셨다. 그중 처음 9년은 초등교사로 재직하셨는데, 초등교사 생활이 너무 힘들고 맞지 않아 편입하셨다고 했다. 그래서 낮에는 학교에서 일을 하신 후, 밤에는 부산으로 야간대학에 다니셨고, 그 후에는 이어 경영대학원을 졸업하셨다. 당시 나는 어렸기 때문에 기억나지 않지만, 항상 우리가 잠든 밤늦게 귀가하셨고 그제야 엄마가 차려준 저녁을 드셨다고 한다.

이후 일반 회사로 이직하기 위해 엄마와 함께 지원서를 내러 다니셨단다. 하지만, 새로운 길로 이직은 생각보다 녹록지 않았고, 그제야 '교사가 나의 천직인가 보다' 하고 교직 생활에 전념하셨다고 했다. 상업계 고등학교 교사로, 그 후엔 일반 중학교 교감, 교장으로 한 단계 한 단계 노력하며 교직에 충실하셨다. 솔직히 나는 우리 아버지가 일반 회사에는 훨씬 더 안 맞았을 거로 생각했었다. 본인 일은 정말 열심히 하시지만, 무뚝뚝하고, 융통성 없으신 분이라고 단정 짓곤 했다.

나는 성인이 되어서야 이런 아버지의 인생에 대해 알게 되었다.

왜 아버지는 항상 공부하고 계셨는지, 왜 우리 집에는 법과 경영서가 그렇게 많았었는지 내가 대학생이 되어서야 깨달았다. 경남 하동에서 태어나신 아버지는 당시 너무너무 가난하여 교대가 아니면 대학에 갈 수가 없었고, 교대를 입학한 후에도 다른 길을 찾고 싶어 절에 들어가 고시 공부를 하셨다고 했다. 하지만 2차는 아무나 되는 것이 아님을 깨닫고 돌아오셨다 한다. 그렇게도 떠나고 싶었는데, 그 길에서 나올 수 없었다는 것. 하지만, 이게 나의 천직이라 생각하고 살다 보니, 참 보람되고 괜찮은 직업이라고 말씀하신 적이 있다.

교사와 직원들의 박수를 받으며, 퇴임식 단상에 서신 아버지. 선생님들을 보니 반가우셨는지 오랜만에 그날 많이 웃으셨다. 나는 아이러니하게도 아버지의 집 밖에서의 모습을, 사회생활을 마감하시는 자리에서 처음 뵀었다. 그동안 나는 아버지의 인생이나 일에는 관심이 없었다는 걸 깨달았다. 학창 시절 내가 학교에서 만난 선생님들은 좋든 싫든 성숙한 어른으로 느껴졌었다. 하지만, 가끔 주말 종일 TV를 보시거나, 술을 드시고 밤늦게 들어오시는 아버지를 보며, 선생님들에 대한 환상이 깨졌었다. 이런 어린 마음 그대로 살아왔던 나는 아버지를 처음으로 존경스러운 눈으로 바라보았다.

"가장 중요한 것은 건강입니다. 건강을 잃으면 아무것도 할 수 없습니다. 건강을 잘 챙기십시오. 그동안 저와 함께 일 해주셔서 감사했습니다."

퇴임사 끝에 하신 말씀으로 식장은 울음바다가 되고 말았다.

체력이 점점 소진되셔서 목소리가 떨리고, 갈라졌다. 항암치료로 머리카락이 다 빠지셔서 모자를 쓰고 계셨는데, 안 그래도 핼쑥한 얼굴이 그렇게나 작아 보일 수가 없었다. 개인적으로 인사를 하러 오신 선생님들, 교직원분들께 담당 업무가 잘 진행 중인지 물어보시는 아버지 모습을 보고 있자니, '얼마나 다시 출근하고 싶으실까. 불과 4개월 전에는 상상도 못 할 일이었는데….'라는 생각에 매우 속상했다. "나는 교장이 아니라 집사지." 하시며 일요일에도 학교 잡초를 뽑으러 나가시곤 했던 아버지였다. 하지만, 그렇게, 정년퇴직을 1년 반 앞두고 아버지는 퇴임하셨다.

퇴임식 이후, 아침저녁으로 서늘한 바람이 불기 시작할 무렵, 아버지의 병환은 점점 깊어졌다. 그리고 당시에는 몰랐지만, 내 배 속엔 작은 생명이 자라고 있었다. 처음 아버지의 암 판정 소식에 나의 임신계획도 미루려고 했었지만, 좋은 일이 생기면 아버지의 병세에도 호전이 있지 않을까 내심 기대했다. 어쩌면, 아버지에게 손주를 안겨드릴 수 있는 시간이 얼마 남지 않았을 수도 있겠다는 예감이 더 컸는지도 모른다. 내가 할 수 있는 일이 하나도 없는 것 같아 죄책감이 들었다.

배 속 아이를 생각해서 안 들어가는 밥을 꾸역꾸역 먹었지만, 입덧이 시작되어 하루에도 몇 번씩 토했다. 나는 겨우 입덧이지만, 제대로 드시지도 못하고, 담즙까지 토하시는 아버지는 얼마나 힘드실까 하는 마음에 한 번 터진 눈물은 하염없이 흘렀다. 울고 있는 나 자신을 보며, 배 속의 아기에게 '쫀득아(첫째의 태명이다), 엄마가 자꾸 울어서 미안하다'고 이야기하곤 했다. 회사에 있는 동안은, '아, 내가 지금 이러고 있는 것이 맞는 걸까.' 의구심이 들면서 울컥했다.

나는 자식으로 해야 할 도리와 부모로 해야 할 의무를 다해야 한다는 딜레마 속에서 혼란스러웠던 것 같다. 병원에 계신 아버지에게도, 태 중 아이에게도 제대로 하지 못한다는 마음에 항상 미안했다. 병원 생활이 길어지면서 친정엄마의 건강도 신경이 많이 쓰였다.

하지만, 아픈 자신보다 피곤할 자식을 먼저 챙기는 것이 부모 마음. 부모님은 집에서 거리가 먼 병원을 밤마다 왔다 갔다 하는 나를 많이 안쓰러워하시며, 이제 홑몸도 아니니 주말에만 잠깐 오라고 하셨다. 입덧이 심해져 오래 지하철 타기가 힘들어졌는데, 내 마음을 아는 남편은 퇴근 후 장인어른을 뵈러 병원에 자주 들러주었다. 지금도 그때를 생각하면 얼마나 고마운지 모른다.

가을은 혹독하게 찾아왔다. 아버지의 몸은 더 이상 독한 항암 주사를 받아들일 수 없었다. 복막염으로 복수가 차서 몇 리터씩 빼내기도 하고, 매일 받는 검사들로 더 야위어 갔다.

이번 치료만 끝나면, 이제는 퇴원하고 싶다고 말씀하셨고, 아버지와 엄마는 추석 연휴 중 집으로 내려가셨다. 집에서 몇 주 생활하시다가, 시골의 한 자연생활센터에서 3주가량 지내셨는데, 그 기간 나는 입덧이 너무 심해 한 번도 찾아뵙지 못했다. 하루에 두세 번 엄마와 통화를 하며 아버지의 상태를 확인했다.

"오늘은 아침에 산책하셨어.", "오늘은 아침 햇살에 같이 앉아 시간을 보냈다.", "거동이 힘들어서 이제 아침마다 하는 산책 운동을 못하셔.", "이제 식사를 거의 못 하시네."

이제 아버지에게 남은 시간이 얼마 없다는 걸 직감했다.

'우리 쫀득이가 할아버지를 만나기는 힘들겠구나.'

그러다 갑자기 아버지가 처음 암 진단을 받은 병원으로 옮기셨다는 소식을 듣고, 급히 며칠 연차를 썼다. 6주 만에 아버지를 다시 보니 황망했다. 뼈만 앙상하게 남은 채 진통제로 겨우 버티고 계셨다. 코로 숨을 쉬기 어려워 입을 벌리고 계셔야 했고, 입이 자꾸 마르니 물을 적신 거즈를 입술에 대고 자주 갈아주어야 했다. 엄마는 그런 아버지의 얼굴과 몸을 물수건으로 닦으며, "오늘은 수염 깎자.", "그새 머리가 길었네, 머리 자르자."라며 늘 단장해주셨다. 그럴 때마다 아버지는 대답하지 않으셨지만, 귀찮아하시지 않고 아기처럼 가만히 있으셨다. 젊을 때야 많이 싸우시기도 했지만, 결국은 이렇게 남편과 부인밖에 없다는 생각이 들며 마음이 짠했다. 나 같은 자식은 무슨 소용인가.

"입덧 심하다며."

아버지가 작은 목소리로 천천히 물으셨다. 이제 말씀을 정확하게 들으려면, 귀를 아버지 얼굴 가까이에 대야 했다.

"이제 많이 나아졌어요. 아빠, 아기 초음파 사진이야, 봐봐요. 지금이 14주인데, 여기가 얼굴이고, 여기가 다리."

아버지는 신기하다는 듯 쳐다보셨다. 하지만, 이내 내 얼굴을 바라보신다.

"얼굴이 그래도 좋아졌다."

아버지는 잘 알아보기도 힘든 손녀의 초음파 사진보다는 딸자식 얼굴을 더 보고 싶으셨을 거다. 나는 그걸 그 당시에는 몰랐다.

나는 아버지와 함께 있는 닷새 동안 옆에서 손도 잡고 있고, 앙상한 다리도 주물러 드리곤 했다. 그렇게 아버지 손을 잡고 있자니, 떠오르는 일이 있었다. 바로 나의 대학원 학위수여식 때, 졸업생들이 자리에서 일어나 축사를 듣는 시간이었다. 나도 강당을 보고 서 있는데, 바로 뒤에 앉으신 아버지가 말없이 내 손을 잡으셨다. 나는 깜짝 놀랐다. 무뚝뚝하신 아버지가 '그동안 고생했다. 자랑스럽다'라고 무언의 표현을 하신다는 생각에 뭉클했다. 나는 몇 년간 회사 생활과 대학원 공부를 병행했었는데, 아버지도 젊어서 일과 공부를 오래 같이하셨기 때문에 누구보다 나를 잘 이해하시지 않았을까. 그때 내 손을 꼭 잡으셨던 아버지 손의 온기가 오랫동안 남았다. 그리고 지금 내가 꼭 잡고 있는 아버지의 힘없는 손. 성인이 되어 다시 잡아본 아버지의 손이다.

지금 가장 후회되는 건 그때 아버지 손을 잡고 이야기를 많이 못했다는 것이다. 대답을 안 하시더라도 그냥 옆에 앉아, 어릴 때 아빠와의 추억도 이야기하고, 하다못해 요즘 나는 어떻게 지내고 있는지, 회사 생활은 어떤지 뭐라도 종알종알하는 딸이었으면 참 좋았을 텐데⋯. 어릴 때부터 엄마와는 몇 시간이고 이야기할 수 있었지만, 아버지와는 뭐가 그렇게 어색했는지 모르겠다.

낮에 병문안을 오신 친지분들도 다 돌아가시고, 보호자 침대에 엄마, 나, 남편, 남동생이 모여 앉아 있는 밤이었다. 아버지가 나지막이 부르셨다. 우리는 놀라, 아버지 바로 옆으로 모여 귀를 기울였다.

"거기 다 있나?"

"네, 여기 아들, 딸, 사위 다 있지."

"그래, 사위는 참 고마운 사람이고."

"아, 아닙니다, 별말씀을요, 아버님."

"니는 결혼 안 할 거가?"라고 남동생에게 물으셨다.

"아, 아직은 아니니까, 그건 물어보지 마세요."

"알았다. 그럼, 그건 이제 이야기 안 하꾸마. 딸은 출가외인이니까 이제 집에 신경 쓰지 말고."

"요즘 그런 게 어딨어요. 우리가 아빠 덕분에 이렇게 잘 컸지, 감사해요."

참 재미없는 가족. 이게 아버지와 자식들의 마지막 대화였다. 아버지답게 참으로 간단하게 말씀하셨지만, 오래 생각하셨던 게 틀림없었다. 지금 생각하면 이런 유언이 있을까 싶지만, 솔직히 나는 아버지가 정말 아무 말씀 없이 가시면 어쩌나 걱정도 했기 때문에 그것만으로도 감사했다.

다음 날 나는 다시 서울로 돌아와야 했다. 며칠간 핸드폰이 울릴 때마다 혹시 아버지 소식일까 봐 심장이 덜컹 내려앉곤 했다. 아버지의 임종을 못 볼까 봐 겁도 났다. 그러던 중 회사에 있는데 핸드폰 진동이 울렸다. 수화기 너머로 엄마의 떨리는 목소리가 들려왔다.

"의사 선생님이 오늘 밤을 넘기시기 어려울 거 같다네."

집에 들러 바쁘게 채비하고 KTX를 탔다. 창밖으로 보이는 풍경들이 아무 의미 없게 느껴졌다. '제가 갈 때까지는 버텨주세요.'라고 기도했다. 그 시간이 얼마나 길게 느껴졌는지 모른다.

병원에 도착하니 밤 9시경. 엄마, 동생, 큰아버지, 작은아버지, 고모가 조용히 기다리고 계셨다. "아빠 나 왔어요." 하며 아버지 손을 잡았다. 하지만, 아버지는 대답이 없었다. 이제는 기다려야 하는 시간, 받아들여야 하는 시간이었다. 아버지의 호흡은 조금씩 불규칙해졌고, 혈압이 점점 떨어졌다.

엄마는 조용히 아빠 얼굴을 무릎에 올려 안고 "이제 아프지 말고 편하게 지내셔. 덕분에 행복했어. 사랑해."라고 말씀하셨고, 고모는 아버지를 흔들면서, "눈 떠 봐라. 뭘 벌써 가노." 하며 우셨다. 나는 멍해서 뭐라고 말했는지 솔직히 잘 기억나지 않는다.

그렇게 우리 아버지는 그해 겨울을 나지 못하고 눈을 감으셨다. 왜 우리 가족에게 이런 시련을 주셨는지 신에게 하소연도 해보았다. 항상 마음속 언저리에는 슬픔과 자책감이 자리 잡고 있었다. 뭐가 그리 바빠 그렇게 일찍 가셨는지 원망스럽기도 했다. 완치는 아니더라도, 암 투병을 몇 년 하다 가시는 분들도 많은데, 신께서는 왜 우리 아버지를 그렇게 빨리 데려가 버리셨는지 야속했다. 프로젝트 하듯 가족 모두가 한마음이 되어 노력하면, 이겨낼 수 있을 줄 알았다. 지나고 나선 참 후회스러운 일들도 많다.

'처음 혹이라는 말을 들었을 때, 바로 다른 병원에 모시고 가서 검사해 볼걸.'

'힘들게 서울을 오고 가시지 않고, 그냥 집과 가까운 병원에서 치료받으셨으면 어땠을까.'

'그때 KTX 열차 시간을 바꾸지 않았다면, 어땠을까.'

'내가 임신을 더 미루거나, 회사에 다니지 않았다면, 그래서 아빠

의 간호를 좀 더 도울 수 있었다면, 미련이 덜했을까.'

하지만, 다른 선택을 한들 후회가 없지 않았을 거다. 이제 나는 우리가 할 수 있는 최선을 다한 거라고 믿는다.

우리 첫째 쫀득이는 이듬해 5월에 태어났다. 엄마 배 속에 있는 열 달 동안, 엄마가 남몰래 우는 모습을 참으로 많이 봤고, 그래서 그런지 태어난 후로 많이도 울었다. 오감이 모두 예민한 아이로 초등 1학년까지 밤에 통잠을 자는 법이 없었다. '내가 태교를 못해서 그렇지.'라며 내 탓을 많이 했다. 하지만 엄마와 할머니를 정신없게 해서 할아버지에 대한 슬픔을 느낄 새 없도록 한 거라는 생각도 든다. 어쩌면 쫀득이는 우리의 슬픔을 덜어주기 위해 주고 가신 아버지의 선물일지도 모른다.

그렇게 아버지가 없는 겨울을 열 번 보냈다. 그동안 나는 오히려 좀 더 잘 웃으려고 애를 쓰기도 했고, 아버지 이야기가 나오면 괜히 날이 서기도 했다. 사람이라면 누구나 겪는 일, 좀 더 일찍 오거나, 좀 더 후에 올 수 있는 일이라는 걸 알면서도 막상 경험하고 나니 담담해지기 어려웠다. 하지만, 그런 감정들을 다른 사람들에게 들키기는 싫었다. 섣부른 위로가 오히려 상처가 되기도 했기 때문에 괜히 씩씩한 척하며 더 열심히 살았다. 엄마가 되니 아이들에게 우는 모습을 보여주고 싶지도 않았다.

일어나지 않은 일들에 대한 걱정도 많이 했고, 무엇보다 건강염려증이 심했었다. 엄마까지 편찮으시면 어쩌나 노심초사하고, 매일 늦게까지 일하는 남편의 건강도 많이 신경 쓰였다. 남편이 퇴사를 권

유할 때도 '사람 일은 예측할 수 없는데, 혹시 우리 남편이 아프기라
도 하면…'이라는 생각에 일을 유지해야겠다고 생각했다. 혹시 병의
가족력 때문에 나에게도 영향이 있지 않을까 걱정도 했다. 하지만
그런 나의 불안과 걱정은 가족들에게 잔소리가 되었고, 아이들에게
도 고스란히 전해졌다. 걱정한다고 크게 달라질 것은 없는데 말이다.

지금도 친정에 가면 아버지의 물건들이 많이 남아있다. 아버지의
테니스 라켓, 서예 붓, 벼루 등. 심지어 옷장에는 아버지의 와이셔츠
가 몇 장 걸려있고, 현관에는 아버지 구두 한 켤레가 놓여있다.
"엄마, 이렇게 남겨두면, 아빠한테도 엄마한테도 안 좋대. 정리하
시는 게 어때?"
"내 알아서 한다. 놔둬라."
외장하드를 꺼내 10년 전 사진을 찾아보았다. 20대 때 디지털카메
라로 찍은 사진부터 최근 핸드폰 사진까지 연도별, 월별로 저장되어
있다. 당연히 아버지가 돌아가신 해 사진도 있을 거로 생각하고 조심
스럽게 폴더를 열어 보았는데, 아버지 투병 기간 사진이 한 장도 없
었다. 아버지의 아픈 모습을 남기고 싶지 않았던 걸까. 아니면, 그때
의 나를 기억하고 싶지 않았던 걸까. 스마트폰을 사용하기 전이긴 했
지만, 분명 한두 장은 있을 만도 한데, 당시 쓰던 핸드폰에 담긴 사진
은 따로 저장해 두지 않았나 보다. 엄마는 아주 천천히, 자연스럽게
아버지와 이별하고 계시는데, 나는 뭐가 그렇게 두려웠던 걸까?
아버지를 닮아 살가운 딸이 못 되었던 나. 지금도 잠이 들지 않는
밤이면, 누운 채 마음속으로 말하곤 한다. '아빠, 사랑하고, 죄송하고,

감사합니다.' 아버지 생전엔 제대로 하지 못한 말이다. 그리고 아버지에게 못 해 드린 것들을 엄마에겐 해 드리려고 노력하고 있다. 어쩌면 엄마를 위해서가 아니라 후에 남겨질 나를 위해서일지도 모른다. 여전히 잔소리쟁이 딸이지만, 소소한 일상을 공유하고, 어색하지만 따뜻한 말도 해보려고 한다. 전화 한 통으로 오늘 하루 어땠는지 여쭤보고, 만나면 잠깐이라도 함께 걷고, 밥 한 끼 함께 먹는 게 효도인 것 같다.

자식으로만 살았던 30년에 비해 부모로 산 10년 동안 많이 성장했음을 느낀다. 자식은 부모님께 전하지 못한 마음과 말에 가슴 아파하지만, 부모는 슬퍼하는 자식을 바라보는 일이 가장 힘들고 안타깝다. 무심해 보였지만, 항상 가족이 먼저였던 우리 아버지도 내가 죄책감과 불안감으로 지내는 것을 원치 않으실 것 같다. 그래서 아버지가 투병하신 봄, 여름, 가을을 조금 편안한 마음으로 떠올리기로 한다. 그리고 어린 시절 아버지와의 추억을 자주 꺼내 본다. 아버지 학교 숙직이나, 일직 때, 따라가서 학교 복도를 뛰어다니던 봄, 주말 새벽 부모님이 테니스를 치시면, 남동생과 공을 줍다가 번데기, 곤충, 살구 등을 관찰하며 놀았던 여름, 단풍이 들면 "오늘은 산에 가자!" 아버지의 한마디에 온 가족이 도시락을 싸서 등산을 갔던 가을, 그리고 아버지를 따라 서예실에 가서 시린 손을 호호 불며 먹을 갈던 겨울을 말이다.

부모와 자식은 맞닿아 있다. 부모님은 자식 키우는 일이 처음이라 스스로 서툴다고 느끼셨겠지만, 자식인 우리에겐 그저 크고 감사한 존재이다. 우리 아이들에게도 부모인 우리가 그런 존재라고 생각한다. 나는 우리 아이들에게 작지만, 소중한 추억을 남겨주고, 많이 안아주고, 표현하는 부모가 되려 한다.

꼭꼭 숨겨두었던 나의 30대 '마음 서랍' 속을 이제 차곡차곡 정리하고 닫는다. 그리워질 때면 언제든지 열어 보기로 마음먹는다. 그리고 40대 '마음 서랍'은 어떻게 채워갈지 행복한 상상을 해본다.

 **엄마가 엄마에게**

아이가 자라면서 우리도 나이 들어가고, 부모님은 늙어가십니다. 우리는 늘 훌륭한 부모인 동시에 좋은 자식이 되기 위해 애쓰지만, 항상 우리 자신이 부족하다 느끼지요. 걱정하지 마세요. 아주 잘하고 계실 거예요. 어깨의 짐은 조금 내려놓고, 소중한 내 마음을 어루만져 주는 시간도 가져보세요. 완벽하지 않아도 된다고 토닥여 주세요.

다만 외람되지만 한 가지 말씀드린다면, 부모님이 미워서 혹은 부모님을 생각해서라도 너무 심한 말은 조금 삼키셨으면 합니다. 그건 부모님을 위해서가 아니라, 나중에 남게 될 나를 위해서랍니다. 저도 그걸 이제야 깨달았습니다.

남몰래 숨겨둔 마음속 서랍이 있으신가요? 오늘 한번 용기 내 살짝 열어보시는 건 어떨까요?

오늘의 질문 부모님과 관련하여 나의 마음 속 서랍에 응어리져 남아 있
는 것이 있다면 적어 보세요.

이보라

아이에게 미안해하지 않을 권리

에너지 넘치는 아이와 고군분투하며 매순간을 기억하고 싶은 워킹맘이다. 아들을 키우면서 느끼는 기쁨, 슬픔, 대견함, 분노 등 많은 감정을 마주하며 진짜 어른이 되어가는 중이다. 내 꿈을 실현하고 아이도 잘 키운 엄마가 되기 위해 기억하고 기록한다. 오늘도 나와 아이의 행복을 위해 기록에 열중한다.

인스타그램 **@writer_purplelee**

"**자,** 엄마는 최근에 먹고 있는 약이 있나요?"

"………."

"엄마?"

"아, 저요?"

나를 부르는 말인지 몰랐다.

27살에 결혼을 한 나는 남편과 5년 동안 찐한 신혼을 즐겼다. 여행도 자주 다니고 서로의 일을 응원했다. '이런 생활이 결혼이라면 참 행복한 거구나'라는 생각이 들었다. 우리의 시작은 전세였지만, "내 다음 집은 너다!"라며 째려보던 아파트로 4년 만에 이사를 할 수 있었다. 모든 것이 완벽하다고 생각했다. 한 가지 사실만 제외하는 말이다. 누가 뭐라 한 건 아니지만 결혼 1년이 지난 후부터는 명절과 가족 행사가 마냥 편하지는 않았다.

"병원을 가봐야겠어!"

결혼 5년 차에 우리는 병원에 가기로 했다. 아이를 갖기 위해 산부인과를 방문하였고 그곳에서 의사 선생님께서는 나를 엄마라고 호칭해 주셨다. 누군가가 나를 엄마라고 부른다는 것이 너무나 어색했다. '내가 엄마가 된다고? 엄마? 내가 엄마가 될 수 있을까? 만약에 안 되면 어쩌지?.' 나에게 엄마는 우리 엄마뿐인데 말이다. 그날 '엄마'라는 호칭 하나로 나의 마음은 두근거렸고 기대와 걱정에 잠을 이룰 수가 없었다.

요즘은 그래도 난임에 대한 이해도가 높은 편이지만 7년 전만 해도 엄청 생소한 단어였다. 임신을 위해 병원에 다닌다는 것을 말하기가 참 어려웠던 시기였다. 나에게조차 생소한 단어였으니 말이다. 몇 달 동안 자연 임신을 시도하였지만, 임신은 쉽게 되지 않았다. 과배란을 유도하는 약과 주사를 맞아 보았지만 역시 쉽지 않았다.

결국 시험관 시술을 진행하기로 마음먹었다. 복용 중인 약이 있었기에 미루지 말고 빨리 내과와 산부인과를 병행 체크하면서 진행하는 것이 좋겠다는 판단이 들었다. 모든 결정의 중심은 나였다.

실력이 좋기로 유명한 난임 전문병원으로 옮겼다.

'괜찮아! 열 번까지는 몰래 해보자. 몰… 래.'

회사에 산부인과를 다닌다고 말할 생각이 없었다. 결혼한 여자 직원이 처음인 우리 부서에서 임신이라는 또 다른 이야깃거리가 나오는 걸 내가 원하지 않았다.

시험관 시술을 진행하기로 마음먹은 날, 나는 시험관 시술 카페에 가입하고 시험관 성공 수기들을 다 읽었다. 눈물이 멈추지 않았다. 그곳은 내가 전혀 생각하지 못했던 새로운 세상이었다. 하나의 생명을 향한 간절함이 어우러진 곳, 어디에도 쉽게 말 못 한 이야기를 하며 서로 의지하고 응원해 주는 너무나 멋진 곳이었다. 지금도 가끔 카페에서 받았던 위로를 생각하면 가슴이 몽글몽글해진다.

'과연 나는 얼마의 시간이 걸릴까? 내가 어떤 각오로 이 프로젝트를 진행해야 할까?' 나에게는 꼭 성공해야만 하는 내 인생의 프로젝트였다. 물론 각오로만 할 수 있는 게 시험관 시술이 아니었다. 병원에 자주 가야 한다고 들었는데 그때마다 '회사에 어떻게 말해야 하나'가 가장 큰 걱정이었다.

"출산은 아내가 했는데 왜 네가 출근 안 할 생각인 거야?"

"결혼 축하하고! 결혼식은 내일이니까 오늘 오후에 좀 일찍 들어가!"

이런 분위기 속에서 어떤 말을 할 수 있을까. 임신했다는 말도 아니고 임신을 위해 연차를 낸다는 말은 절대 할 수가 없었다.

새벽 6시 기상, 6시 30분 병원 출발, 7시 15분 병원 도착. 8시 진료, 9시 회사 도착, 땡!

첫 번째 순서로 진료받고 바닥에 땀이 나도록 뛰어가면 9시 출근 시간에 무사히 도착할 수 있었다. 출근이야 내가 일찍 일어나면 되었지만, 과배란 주사는 이야기가 달랐다. 자가 주사라 하여 매일 같은 시간에 내 배에 직접 주사를 놓아야 했다. 주사를 내 배에 직접 놓는 게 생각보다 어렵지는 않았다. 내 배는 두툼한 피하지방으로 꽉 차 있었고, 주삿바늘의 따끔함보다 임신을 원하는 내 간절함이 더 컸다. 과배란 주사를 맞는 2주 동안은 주사 용액이 냉장 보관이라서 장기간 어디 여행을 가기도 어려웠다.

여행이야 안 가도 그만이지만, 명절 기간에 3일 동안 시댁에서 지내는 건 피할 수 없었다. 나는 아무도 모르게 시험관을 진행하는 중이었으니까 마땅한 이유가 없었다. 보냉 가방에 얼음팩을 가득 넣고 주사기를 챙겼다. KTX 안에서도 혹시나 주사 용액이 깨질까 최대한 조심조심 안고 있었다. 그리고 정해진 그 시간이 되면 후다닥 방에 몰래 들어가서 주사를 놓고 아무렇지 않게 그렇게 방에서 나왔다. 그리고 혹시라도 들킬까 하는 마음에 다 쓴 주사기와 용액 보관기는 다시 서울에 가져와서 버렸다. 그 과정에서 내가 힘들거나 슬픈 생각은 크게 들지 않았다. 내가 힘들고 슬픈 건 중요하지 않았다. 임신만 된다면 다 감수할 수 있었다.

난자 채취 후 회복실에 있는데 담당 선생님께서 들어오셨다.

"아이고 잘했어요. 오늘 난자는 열 개 채취했고 오늘은 입원하고 몸 상태 보고 내일 퇴원합시다."

그 소리에 당황했다.

"네? 입원이요? 안 돼요. 저 내일 바로 출근해야 하는데."

마취가 덜 풀린 채 입원이라는 말을 들으니, 그날이 토요일인지도 순간 잊어버린 것이다.

복수로 불편할 때는 이온 음료를 자주 마셔야 했다. 볼록 나온 아랫배가 너무 불편했지만, 나는 이온 음료를 들이켜면서 열심히 일했다. 괜찮았다. 오로지 '임신만 된다면 이 정도쯤이야'라는 생각뿐이었다.

임신 확인을 위한 피검사 결과가 나오는 날이었다. 병원 전화번호로 진동벨이 울리기 시작했다. 떨리는 마음으로 전화를 받았다. 간호사 선생님이셨다.

"이보라 님 맞으시죠! 축하합니다. 수치 275로 임신이네요."

"흑흑……."

"여보세요……?"

난 내가 그렇게 펑펑 울 줄 몰랐다. 그것도 회사에서. 정말 아무것도 할 수 없을 만큼 감정이 올라왔다.

"아니 이렇게 기분 좋은 소식인데 왜 우세요?"

전화기 너머 간호사 선생님은 나의 울음이 끝날 때까지 한참 동안 기다려 주셨다. 임신했다는 기쁨도 있었지만, 그동안 참아왔던 마음이 표출된 것 같았다. '나 참 많이 불안했는데, 나 진짜 이런 것쯤은 인생 살면서 아무것도 아니라고 생각하면서 참았는데, 나 진짜 힘들었는데, 나 참 고생했구나.' 그렇게 2~3일에 한 번씩 새벽 일찍 병원을 들렀다가 출근하면서 자가 주사, 난자 채취, 배아 이식까지 해냈다. 시험관 첫 시도에서 성공하면 로또 당첨된 거라는데 놀라운 기적이 일어난 것이다.

"나 임신이래."

얼마나 이 다섯 글자를 남편에게 말하고 싶었는지 모른다. 임신을 바라면서 수없이 상상했던 상황. 깜짝 놀라게 말해줄까? 아닌 척하다가 말해줄까? 하지만 막상 임신 소식을 들은 나는 본능적으로 남편에게 전화를 걸었다. 남편의 목소리를 듣자마자 이 다섯 글자가 튀어나왔다. 유일하게 나와 그 시간을 공유한 사람이 아니던가. 시험관을 결정한 뒤로 모든 것에 이유를 묻지 않고 그저 묵묵히 든든하게 내 뜻을 따르고 내 옆을 지켜준 남편에게도 어서 빨리 이 소식을 알리고 싶었다.

너무나 큰 간절함으로 만난 아이였기에 그 누구보다 이 아이를 멋지고 빛나게 키우고 싶었다. 배아 때부터 우리 아이를 봤으니 이 얼마나 특별한 아이와 나의 인연인가. 아직도 보관 중인 아이 배아 사진. 그 사진을 지갑에 넣고 다니면서 제발 착상이 잘 되어 찰떡같이 붙어있으라고 기도했던 날들.

간절하게 기다려 얻은 아이, 내 배 속에서 열 달 동안 튼튼하게 자라준 아이에게 난 무엇을 바라고 있었던 걸까. 나는 어떻게 하면 아이를 공부 잘하는 아이로 자랄 수 있을지만 생각했다. 영어 욕심, 수학 욕심, 한글 욕심을 부리고 있었다. 열정적인 엄마 프레임 속에서 나는 앞만 보고 달렸다. 빼기를 어려워하는 여섯 살 아이에게 화를 내고, 출근하면서 그날 할 공부 거리를 한가득 올려놓고 나왔다. 그리고 엄마 퇴근하기 전에 다 해놓아야 한다고 엄포를 놓고 가기도 했다. 퇴근하자마자 다하지 않은 문제집을 보면서 인상부터 썼다.

"할 일 다 안 했어? 빨리 지금 하자!"

온종일 엄마를 기다렸을 아이한테 난 무서운 표정과 짜증스러운 태도로 아이를 대했다. 어느 순간부터 아이는 책상에 앉으면 한숨을 쉬고 하기 싫다고 화를 내기 시작했다. 가끔은 그 화를 못 이기고 소리를 지르기도 했다.

"하기 싫다고!"

고작 아이가 여섯 살이었다. 나는 아이가 왜 이리 화를 내는지 이해가 되지 않았다. 화가 나는 이유를 찾기 위해 간 곳에서 아이의 좌우 대칭이 맞지 않아서 몸이 힘들고 짜증이 많은 거라고 하였다. 그러면서 검사 중 찍은 아이의 정면 모습 사진을 보여주는데, 그 사진 속에 내 아이는 너무나 해맑게 웃고 있었다. 그냥 신기한 사진 촬영이 재미있던 모양이다. 너무나 환하게 웃는 아들 사진을 보는데 코끝이 찡해졌다. 내가 지금 여기서 뭘 하는 건지라는 생각이 들었다.

"아들. 엄마가 미안해."

이곳이 문제가 아니라고 하면 저곳이 문제가 아닐까 하고, 저곳은 괜찮다고 하면 다시 이곳이 문제인지를 확인하려 했다. 쳇바퀴 돌 듯이 문제점을 찾아다니며 내 돈과 시간을 소비하면서 확인받으려 했다. 나는 무엇을 확인하고 싶었던 것이었을까. 그러면서 아이도 많이 지치고 자존감이 많이 떨어졌다. 그걸 아이의 웃음을 보고 깨닫다니. 자신이 참으로 어리석은 엄마 같았다. 난 아이가 공부를 잘하면 아이 자신도 행복해진다고 생각했다. 물론 공부를 잘하면 좋다. 하지만 일곱 살에게 공부는 영어, 수학이 전부가 아니라는 걸 왜 몰랐을까? 나는 왜 그냥 앞만 보고 달렸을까?

내가 원하는 방식으로 아이를 'make'를 하겠다는 생각을 바꿔야
만 했다. 그래야 나도 살고 아이도 살 것 같았다. 내 태도와 생각을
조금씩 바꾸기 위한 노력을 시작했다. 그렇다고 대단한 노력은 아니
다. 일단 휴대폰 바탕화면을 사진이 아닌 글로 바꿨다. 수시로 보면
서 생각하기로 했다.

하나, 육아 아이템 알림을 꺼두기
둘, 내 아이의 속도와 기질을 인정해주기
셋, 나에 대해서 고민해보기
넷, 내가 좋아하는 것을 찾아보기
다섯, 살아 있음에 감사하기

우리 집 거실 한쪽에는 전면책장이 있다. 책장 자리를 위해 소파
도 놓지 않았다. 아이와 이야기 나눌 시간에 나는 책장을 짜고 있었
고, 그 책장을 가득 채울 책을 사기에 바빴다. 책을 읽어주는 엄마가
아닌 책을 사주는 엄마였다. 돈을 그런 방식으로 쓰지 말았어야 했
는데 시간이 지나니 아쉬움이 크다.

워킹맘인 나는 아이가 잠이 들면 엄마표 자료들을 한가득 만들었
다. 열심히 출력하고 자르고 뜨거운 코팅기 열기를 느끼면서 새벽까
지 작업 아닌 작업을 했다. 보통은 다음날 출근을 안 해도 되는 금요
일, 토요일에는 새벽까지 엄마표 워크시트를 만들었다. 하지만 막상
아이는 관심이 없었다.

'내가 이렇게 열심히 만들었는데 관심을 안 보여?' 화만 늘어날

뿐이었다.

　나의 속도와 아이의 속도가 다름은 여섯 살 때 아이가 영어유치
원에 중간 입학을 하면서 확실하게 알게 되었다. 우리 사이는 철저
히 잘못되고 있었다.

　주변에 영어유치원을 다니는 아이들이 많이 있었고 당연히 우리
아이도 잘 다니겠거니 했었다. 아이가 영어유치원으로 옮긴 뒤 나는
무척이나 흥분되었다. 영어유치원에 들어갔다는 것만으로 이미 우리
아이가 영어를 엄청나게 잘하는 아이가 된 것 같은 기분이 들었다.
그 기분이 문제다. 영어유치원으로 옮기고 일주일이 지났을 때쯤 아
이가 이런 말을 하였다.

　"엄마 나도 백 점 맞고 싶어."

　"왜?"

　"아니 친구들이 다 백 점 맞는단 말이야."

　"괜찮아. 너는 이제 막 들어갔잖아. 백 점 안 맞아도 괜찮아."

　이때 내가 아이가 백 점을 맞을 수 있도록 적극적으로 도와주든
지, 아이가 힘들어하고 있는 걸 알아주었어야 했다. 아이가 백 점을
맞고 싶었는데, 엄마는 영유에 들어갔다는 기분에 취해 백 점 안 맞
아도 된다고 하니 아이는 속으로 엄청나게 당황했을 것이다. 내 아
이는 영어유치원에 갈 준비가 안 되어 있었다. 그 준비는 내가 해주
어야 했다.

　어느 날 유튜브의 교육 전문가가 영어유치원을 거부하는 아이에
대해 고민하는 학부모에게 이런 말씀을 하셨다. 엄마가 잘못했다, 아

이가 가서 충분히 적응할 수 있도록 먼저 준비해 주고 설명도 해줘야 하는데 그게 부족했던 것 같다. 아이가 엄청 힘들었을 거라고 하며, 아이에게 사과하라는데, 나를 보고 말하는 것 같았다.

아이는 기존에 유치원을 잘 다니고 있었다. 그런데 내 욕심에 레벨테스트를 보게 했고, 합격하자마자 아이를 바로 영어유치원으로 옮긴 것이었다. 유난히 예민하고 인정욕구가 강한 아이를 아무런 준비 없이 영어유치원에 보내버렸다.

유치원에서 전화가 온 날이면 아이가 혼나는 날이었다. 잘한 것은 당연한 것처럼 여기고 아이가 부족했던 점만 가지고 다그쳤다. 그저 혼을 내기에 바빴다. 어느 날, 선생님께 전화 한 통을 받았다. 같은 반 친구 때문에 내 아이가 많이 힘들어하는 걸 발견하시고 전화를 주신 거다. 나중에 그 친구에게 사과받긴 했지만, 그 과정에서 아이가 마음을 많이 다친 것 같았다. 왜 내 아이는 나에게 그런 말을 한 번도 안 했을까? 아니면 했는데 내가 못 들은 건가?

하지만 그때도 나는 영어유치원을 포기하지 않았다. 이제 이유를 찾았고 해결했으니 다시 열심히 다니면 된다고 생각했다. 왜 나는 아이가 영어유치원을 그만두면 큰일 날 것처럼 불안해했을까? 영어유치원이라서가 아니라 공부를 그만둔다는 것 때문이었을까?

학창 시절 나 역시 공부로 인정받고 싶었지만 내 맘처럼 되지 못해서 슬펐던 기억이 있다. 괴로웠다는 표현이 더 적절할지도 모르겠다. 고3때 수능 최저등급을 맞추지 못해 수시에 떨어지면서 자존감도 많이 떨어지고, 부모님을 대하기도 힘들었다. 부모님이 만족하지 못하는 학교에 들어갔다는 죄책감은 나를 외롭고 힘들게 했다. 대학 입시와 상관없이 부모님과 친구처럼 잘 지내는 친구네 집을 부러워하기도 했다. 입시의 실패로 난 집에서 부끄러운 딸이 되어 버렸다. 처음에는 죄송한 마음이 들었지만, 시간이 갈수록 내면의 분노가 올라왔다. 그 분노는 결국 내가 부모님께 인정받고 싶은 마음에서 나온 것이다. 대학이 인생의 전부는 아니라는 걸 보여주고, 내가 부끄러운 딸이 아님을 증명하고 싶었다. 대학교 3학년때 과에서 차석을 했다. 성적표를 보여드린 날 부모님은 꽤 놀란 눈치셨다. 마케팅 공모전에 나가서 대상을 타온 날도 많이 놀라신 걸로 보였다.

아이가 영어유치원을 잘 다니게 할 방법이 무엇인지를 찾기 위해 난 상담센터도 다녀보고, 사주도 보러 가보고 혹시 아이에게 문제가 있나 뇌파검사까지 해봤다. 남들이 보면 영어유치원을 그만두면 되지 왜 그러는지 이해를 못 할 수도 있지만, 난 여기서 포기하고 싶지 않고 영어유치원을 끝내 졸업시키고 싶었다. 그때 만난 명리학 전문가 선생님께서 이런 말씀을 해주셨다.

"제발 아이한테 공부 이야기하지 마세요. 엄마보다 무조건 잘합니다."

씁쓸한 웃음이 나오면서도 나보다 잘한다는 말에 은근히 기분이 좋았다.

'당연히 나보다 잘해야지.'

당시 검사한 뇌파검사에서는 아이의 스트레스 지수가 너무 높다는 결과를 들었다. 이렇게 계속 유지를 하면 내 아이는 몸도 마음도 아플 거라고 했다. 이미 마음은 아파하고 있었던 것 같았다. 그만해 야겠다는 생각이 들었다.

영어유치원의 꽃이라는 일곱 살에 내 아이는 영어유치원을 그만 두었다. 여섯 살에 중간 입학을 하고 약 7개월의 시간을 보냈다. 영 어유치원 마지막 날, 원에 다녀온 뒤 잠든 아이를 보고 있는데 매우 미안했다. 아이가 힘들어하는 줄 모르고 왜 못하냐고 핀잔했던 내 모습이 자꾸만 떠올랐다. 영어유치원이 즐겁게 영어에 노출될 수 있 는 좋은 곳임은 맞다. 다만 우리 아이는 영어유치원의 커리큘럼이 맞지 않았을 뿐이다. 우리 아이와 맞지 않으면 거기까지인 거다. 난 왜 이 사실을 내 아이가 힘든 후 깨달았을까? 나는 공부를 시키는 사람이 아닌데, 나는 친엄마인데 말이다.

어느 날, 아이가 말했다.

"엄마 나 그때 거기 다닐 때 너무 힘들었어."

"근데 왜 그때 힘들다고 말하지 않았어?"

"엄마가 다녀야 한다고 했잖아."

그렇지 내가 다녀야 한다고 했지. 엄마가 다녀야 한다고 하니 힘 들어도 다녔던 아이. 세상에 전부인 엄마 말을 철석같이 믿고 있는 아이. 날카로운 예민함으로 엄마 표정 하나도 그냥 지나치지 않는 아이와 달리 나는 나만 생각해 버렸었다. 다른 아이에게 뒤처지면 안 된다고 생각한 건 온전히 나의 생각이었다. 그리고 실제로도 내 아이는 뒤처진 적이 없었다. 뒤처질지도 모른다는 걱정과 불안감에 나 혼자 속도를 내고 있었던 것이었다. 결국 내 불안감이 문제였다.

요즘 아이에게 자주 하는 말이 있다.

"엄마는 네가 똥 잘 싸고 밥 잘 먹고 잘 자는 게 가장 중요해!"

아이가 느낄 때, 공부를 잘해야 엄마가 자신을 좋아한다고 생각하는 것이 아니라, 그냥 나 자체를 사랑한다는 것을 끊임없이 느끼게 해주고 싶었다. 내가 대학입시를 겪으며 받은 상처를 일곱 살 아이가 느낀다면 이 얼마나 슬픈 일인가. 너무 어린 나이에 공부로 인해 상처받았을 아이 마음에 사랑 가득한 연고를 듬뿍 발라주고 싶었다.

친정엄마가 어느 날 문득 울먹거리면서 이런 이야기를 하셨다.

"지금도 내가 그때 너희한테 공부공부 거리면서 힘들게 한 거 생각하면 미안해."

그 말에 나는 "에이, 뭐 그런 게 어딨어? 그때는 다 그랬는데 뭐." 라고 아무렇지 않은 척 넘겼다. 하지만 그 말을 꺼내기까지 우리 엄마는 얼마나 아파했을까?

이제는 더 이상 아이에게 미안한 엄마가 되지 않으리라 다짐했다. 여자는 엄마가 되면 자신은 잠시 잊어버리게 된다. 누가 시킨 것도 아니고 강요한 것도 아닌데 엄마가 되면 모든 관심은 아이에게로 가게 된다. 나 역시 그랬다. 엄마가 된 지 7년 차, 결혼 12년 차에 나는 나를 잃어버린 느낌이 들었다. 엄마로서도 아내로서도 해낸 것이 아무것도 없다는 생각이 들었다. '회사는 왜 다니는 걸까? 나를 위해 다니는 건가? 아이 교육비를 위해서 다니는 건가? 계속 돌봄 이모님이 보셔도 되는 건가? 내가 그만둬야 하는 건 아닌가?' 정답 없는 답지를 계속 보고 있는 듯한 답답함이 내 온 신경을 곤두서게 했다.

그러다 문득 어학연수 시절 아빠에게 보냈던 메일이 생각났다.

"아빠 안녕하세요. 지금쯤 한국은 새벽이겠네요. 저번 주에 보내주신 돈도 잘 받았습니다. 감사합니다. 그 돈으로 학교 수업료와 렌트비를 냈는데, 생활비가 더 필요할 것 같아요. 앞으로 남은 4개월 렌트비, 교통비, 식대입니다. 저 정말 필요한 최소비용만 쓰는데 워낙 물가가 비싼 지역이라서요. 제가 절대 돈을 많이 쓰고 있는 건 아닙니다. 한국에 돌아가는 그날까지 많이 느끼고 배우고 가겠습니다. 이런 기회를 주셔서 감사합니다. 아빠 사랑하고 감사합니다."

1개월만 어학연수 경험하고 오겠다던 딸이 휴학계까지 내고 1년을 있으면서 아빠에게 보낸 메일이다. 이메일 받은 아빠는 어떤 심정이었을까? 당장이라도 짐을 싸서 한국으로 들어오라 하고 싶었을 것 같다. 하지만 부모님은 나의 결정을 응원해 주셨다.

나와 부모님이 대학입시를 겪으면서 겪은 갈등은 그때쯤은 존재하지 않았다. 나를 믿어주는 부모님의 모습에 나는 더 신이 났다. 거기서 더 많은 것을 경험해야겠다고 생각했다. 엄마께서는 내가 어학연수에서 돌아오는 날, 엄청나게 큰 이민 가방 두 개를 가지고 나오는 모습에 기가 찼다고 한다. 그때의 경험들이 지금의 나를 만들고 내가 생활하고 아이를 키우는 데도 많은 영감을 주고 있다.

지금도 나의 그 시간을 믿어주고 지원해 주신 부모님께 너무나 감사한 마음이다. 월급 생활에 외벌이신 아빠가 힘들게 버신 돈을 아껌없이 딸에게 지원한 그 마음을 내가 지금 돈을 벌어보니 알겠다.

나는 경제력이 있는 엄마가 되고 싶다. 아이가 원하는 것이 생겼을 때 지원해 줄 수 있는 엄마가 되려 한다. 워킹맘이라서 힘든 것이 아니라, 워킹맘이기에 아이에게 뭔가를 준비해 줄 수 있는 능력이 있어서 다행이라 생각한다. 물론 이 능력은 언제 어떻게 사라질 수 있으니, 기회가 있을 때 열심히 벌고 준비해야 한다. 아이에게 더 이상 미안함을 호소할 생각은 없다. 나는 아이에게 기회를 줄 수 있는 엄마가 될 것이기 때문이다.

초등학교에 입학한 아들과 나는 여전히 밀고 당기는 중이다. 어떻게 하면 속도를 조금 올릴 수 있을지 호시탐탐 기회를 엿보고도 있다. 이렇게 계속 관찰하다 보면 나와 아이의 속도가 맞춰지는 날이 있을 거라는 걸 안다. 어느 날, 아이 교육에 열정적인 나를 보며 회사 후배가 이런 질문 했다.

"뭐를 위해서 이렇게 하시는 거죠? 대학을 위해서인가요?"

"글쎄요. 그것보다는 세상은 넓잖아요. 최소한 나보다는 더 주도적이고 재밌는 삶을 살았으면 좋겠다 싶어서요."

난 내 아이가 긍정적인 생각과 태도를 지닌 사람으로 자랐으면 좋겠다. 그러기 위해서는 나부터 긍정적인 생각과 태도를 보여줘야 한다. 그런 엄마를 보면서 내 아이는 나보다 더 나은 어른이 되어 갈 것이기 때문이다. 충분히 아이에게 미안해했고 사과도 했다. 더 이상 그 미안함에 아이를 안쓰럽게 바라보고 슬퍼할 필요는 없다. 엄마를 사랑하는 그 마음을 고이 간직하고 있는 아들을 보면 이제는 믿음이 간다.

저 뾰족뾰족한 예민함으로 사람들의 불편함을 찾아줄 것이고, 저 가벼운 엉덩이로 얼마나 부지런한 삶을 살 것이며, 저 해맑음 웃음으로 행복을 지키며 살아갈, 내 아이의 미래가 너무나 기대된다.

나보다 더 나은 부모가 될 아이의 모습을 생각하니 가슴이 뭉클해진다. 더욱더 아이에게 내 인생을 잘 사는 모습을 보여줘야겠다는 생각이 든다.

나는 충분히 잘하고 있다.

여담.

엄마가 되고 나니 알 수 있었다. 이 세상에 태어난 아이들은 정말 소중하고 행복해야 하는 존재인지를 말이다. 아이가 태어난 그달부터 작지만 매달 기부를 하고 있다. 이 세상 아이들이 행복하고 자신이 얼마나 소중한 존재인지를 알았으면 좋겠다는 마음이다.

 엄마가 엄마에게

아이를 향한 당신의 사랑은 갑자기 생긴 것이 아닙니다.

당신은 부모님의 사랑을 몸으로, 마음으로 기억하면서 당신의 아이에게 더 큰 사랑을 전달하고 있습니다.

내리사랑이 이런 것이 아닐까 생각해 봅니다.

내가 지금 아이에게 잘하고 있는 세 가지를 적어볼까요?

예)　　하나. 난 아이를 매일 안아준다

　　　둘, 난 아이에게 따뜻한 밥을 차려준다

　　　셋, 난 아이가 아프면 걱정된다.

_____

_____

_____

세 가지를 적을 수 있다면 당신 이미 훌륭한 엄마입니다.

아이에게 미안할 필요가 없는 아주 육아를 잘하고 있는 엄마입니다.

내가 잘하고 있기에 아이가 잘 크고 있다는 걸 꼭 아셨으면 좋겠습니다.

오늘의 질문   아이에게 잘못한 것에 대해 미안하다고 사과한 적이 있나
요? 그 경험을 적어 보세요.

박민지

나부터 키워 주렵니다

두 아들의 엄마이자 안과의사이다. 화목한 가정 안에서
나와 남편, 아이들 모두 멋진 어른으로 성장하길 꿈꾼다.
엄마라는 무게감으로 시작한 공부와 아이들과의 관계를
놓치지 않기 위해 오늘도 노력하고 있다.
인스타그램 **@smart_mommy_**

"**사**람은 자기가 살아온 만큼 세상을 보게 되어 있어."

엄마와 안부를 묻는 아주 짧은 통화에서 스치듯 지나가는 말이었다. 효녀는 아니지만, 그래도 매일 퇴근길에 엄마와 통화하는 습관이 있다. 평소와 다름없는 길지 않은 통화에 나온 한마디가 몇 날 며칠이고 머리에 맴돌았다.

어린아이를 키우고 있는 지금, 읽는 것이 육아서와 교육서이고, 그것을 바로 적용해야 하는 육아 현장에 있으니, 그에 연관된 생각들로 내 생각은 꼬리에 꼬리를 물었다. 엄마가 자신이 겪은 만큼 나를 키웠을 것이고, 할머니가 겪은 만큼 엄마를 키웠을 것이고, 증조할머니가 겪은 만큼 할머니를 키웠을 것이다. 그렇다면 엄마가 나를 키운 삶 이상으로 내가 나의 아이를 키우는 것이 가능한 이야기이긴 한 것일까? 그저 대를 잇는 양육의 틀 안에서 우리는 벗어날 수 없다는 것일까? 아니, 반대로 생각하면 내가 나를 더 키워주면 이야기가 조금 달라지지 않을까? 그렇다면 나는 나를 어떻게 키워야 하는 걸까? 나는 나를 얼마나 알고 있을까?

나는 스스로가 어떠한 행동이나 선택할 때 왜 그런 결정을 하게 되었는지, 그 내면에 어떤 요인이 그런 결정을 하게 만들었는지 궁금해하곤 한다. 최근 MBTI가 유행하였을 때, 남편과 서로를 이해해 보자며 재미 삼아 해본 적이 있었다. 예상 밖의 결과가 무척 놀라웠다. 결과는 INTJ. 내향형의 I, 직관형의 N, 사고형의 T, 판단형의 J.

어린 시절을 회상해 보면, 운동회가 있을 때는 응원단장을 자처하고, 매년 야영 장기 자랑에서는 친구들을 모아 몇 날 며칠이고 춤 연습해서 공연을 하기도 했다(아직도 90년대 댄스음악이 나오면 당시 안무가 저절로 나올 정도이다). 엄마가 줄곧 하셨던 말씀이 "제발 나서지 좀 말아라."일 정도였다.

그렇게 극도로 외향적이었던 유년기를 지나 어른이 되면서 점차 내향적인 성향이 강해지고 있다는 생각은 하고 있었지만, 그것이 검사 결과로 눈에 보이니 받아들이기가 어색하기도 하고 한편 씁쓸하기도 했다. 또 사고형, 판단형이라고는 하지만, 사실 자신의 통제 아래에 일들이 해결되어야 직성이 풀린다는 건데, 이것은 도대체 어디서부터 시작된 것일까.

초등학교 시절은 골목대장을 자처하며 친구들과 어울려 다니기 좋아했고, 공부에는 그다지 관심이 없었다. 초등학교 5학년이 되어서야 친구들 다닌다는 보습학원에 2년 정도 다닌 게 다였다. "나도 학원 다녀보고 싶어."라던 나의 말에 엄마가 손을 잡고 학원 등록을 해주었던 기억이 난다.

그러고 보면 우리 엄마는 자기주도학습에 대해 알고 계셨던 건가 싶다. 집에서 놀이하듯 한글사전, 영어사전, 옥편 찾는 법도 알려주셨으니, 고단수인가 싶기도 하다. 그렇게 초등학교 시절을 보내고, 중학교 입학할 무렵, 당시에 반 편성 배치고사가 있었다. 입학생들의 학습 수준을 가늠해 보기도 하고, 반 사이에 학습 편차가 심하지 않게 하려는 목적인 시험이었는데, 6학년 졸업할 즈음 느닷없이 그 시험에 꽂혔다.

공부하는 방법조차 몰랐던 나는 동네서점을 털다시피 해서 서점에 있는 문제집이란 문제집은 대부분 풀었던 기억이 난다. 일종의 모의고사 문제집들이었는데, 각 문제집을 두세 번씩 풀고, 오답 노트까지 해가며, 대부분 학생이 준비하지 않는 시험을 혼자 꽤 열심히 준비했었다. 결과는 전교 2등. 아무도 관심 없는 시험을 혼자 고시처럼 준비했으니 어쩌면 당연한 결과였다. 그런데 그것이 내 중고등학교 생활의 서막을 열게 되는 중요한 터닝포인트가 될 줄은 몰랐다. 어쩌면 지금의 나를 만들어 놓은 시발점이 되었다 볼 수도 있을 것이다. 선생님들께 좋은 인상을 남기며 입학한 것이 두고두고 나에게 유익이 되었기 때문이다. 입학 후 첫 중간고사에서 성적이 기대에 못 미치자, 담임선생님은 교무실로 나를 불러 한마디 하셨다.

"선생님들이 너에 대한 기대가 컸는데, 이번 시험 결과는 실망스럽다."

중학교 1학년 어린 학생이었던 내가 듣기엔 굉장히 자존심 상하고 수치스러운 말이었지만, 내 마음속 공부에 대한 불을 지피기에는 그걸로 충분했다.

그 이후로는 지금 생각해도 속되게 말해, 미쳤다 싶을 정도로 꽤 열심히 공부했었다. 정말 최선을 다했다. 시험 기간 중에 헤르페스 각막염이 생겨 눈물을 줄줄 흘리면서 시험을 칠 정도로 아주 열심히 했었다. 무리하지 않아야 한다는 의사의 말에, 각막에 문제가 생긴 것 자체보다, 공부를 더 할 수 없음을 서러워했다. 그런데 그렇게 열심히 공부하는 것은 좋았지만, 문제는 그놈의 2등. 늘 2등이었다. 처음을 2등으로 시작해서 그런 건지, 이렇게 해도 저렇게 해도, 내가 모자라는 부분이 어딘지를 고민해서 채우고 채워도 늘 2등이었다. 항상 따라잡아야 할 친구가 있었다. 당시에는 시험을 치고 나면 각 과목 성적을 1번부터 끝번까지 뽑아서 교탁 위에 붙여놓았다. 부끄러운 기억지만, 원래라면 내 번호 옆에 있는 성적만 확인해야 했는데, 곁눈질로 경쟁자 번호 옆의 성적을 확인해서 나의 성적과 비교해 보곤 했었다. 공부 자체의 즐거움과 성취감을 알아가고 넓은 세상을 보아야 하는 시기에, 나는 학교 내신이라는 좁은 우물안에 갇혀 나 자신을 담금질하며 몰아붙였다.

그렇게 학창 시절을 보내고 대학교에 들어가고서부터는 어느 한 곳에 한 번도 오랜 기간 정착해서 살아본 적이 없다. 집을 떠나 대학교 6년을 타지에서 마치고, 병원 수련을 위해 또 타지로, 또 수련이 끝나고 또 타지로. 지금은 그것이 나의 인생에 최선의 길이었다 믿으나, 인생의 새로운 길목에 들어설 때면 타지로, 타지로 떠나야 했다. 연고가 없으니, 누구 하나 믿고 의지할 곳이 없었다. 새롭게 만나는 사람들에게 나를 증명해 보여야 했고, 틀리면 기회가 없을 수도 있다는 생각에, 할 수 있다면 나의 최선을 보여주려 노력했다. 업무 능력이 출중하진 않을지라도 '아, 그 선생이랑 일하면 나를 더 힘들게 하진 않지.' 혹은 '그 선생이랑 일하면 좀 편하지.' 정도의 평판은 듣고 싶었다. 일분만 아니라 모든 방면에서 잘하고 싶었다는 것이 솔직한 마음이다. 공부나 일도 그랬지만, 술자리, 노는 자리에서도 사소한 평가들에서 뒤떨어지지 않으려 애썼었다.

어른이 되고, 특히 전공의 수련 과정을 거치면서 놀라운 사람을 많이 만났다. 그동안의 나는 약한 모습을 감추고, 완벽하게 보여야 한다고 생각하며, 자신에게 빡빡하게 굴었었다. 그런 내게 멋있다고만 하기엔 더없이 훌륭한 분들이 나타난 것이다. 그들은 동료이기도 했고, 스승이기도 했다. 그들은 역량이 뛰어나면서도, 겸손했다. 무엇보다 자신의 분야에서 하는 일과 학업에 대해 스스로 궁금증을 가지고, 지적 호기심을 해결하고자 몰두하는 모습을 보였다. 누군가를 이기기 위함이 아니고, 누군가보다 더 잘하기 위해서가 아닌 자신이 배우고 연구하는 것에 대해 궁금해하고, 그 속에서 성취감을 느꼈다. 그 모습은 경쟁상대를 이기거나 살아남기 위한 모습과 완전히 다른 것이었고, 나에게 커다란 문화적 충격으로 다가왔다. 그렇게 나는 그들 속에서 새로운 삶의 태도를 배우고, 그동안 지쳐있던 나를 많이 안아주는 시간을 가질 수 있게 되었다. 즐기지 못했던 나를, 아등바

등 애만 쓴 나를 안아주게 되었다.

그렇게 20대가 지나가고 30대가 되어 사랑하는 첫 아이를 만났다. 한 번의 유산 후 만나게 된 아이라 더없이 소중했다. 사랑하는 사람을 만나, 사랑하는 아이를 낳고 가정을 이루는 것. 아름답고, 소중하고, 세상에 있는 모든 고귀한 수식어들을 다 써도 모자랄 만큼의 귀중한 것이다. 물론 나의 인생에서도 마찬가지이다. 하지만 나에겐 일종의 과업이기도 했다. 이 글을 남편과 아이들이 보게 된다면 서운해할지도 모르겠다. 나의 인생에 절대 없어서는 안 될, 큰아들의 말을 빌리자면, '하늘보다 더, 우주보다 더 사랑하는' 나의 남편과 자식이라는 것에는 변함이 없다. 그러나 사람이 자라면서 때가 되면 걷게 되고, 학교에 들어가고, 직업을 가지게 되는 것처럼, 때가 되면 결혼하고 아이를 가져야 한다는 고정관념의 결과이기도 했다. 언제나 잘하는 게 좋다 배웠고, 걱정 끼치고 싶지 않은 자식으로서, 과업을 잘 성취해 나가고 있는 딸이 되고자 했기 때문이기도 했다. 그래서 아이를 낳고 매우 혼란스러웠다. 한 생명이 이 땅에 태어나 자라는 일이 그저 나의 시기별 과업 달성으로 유지되는 것이 아니었기 때문이다.

막상 아이를 낳고 나니 학교 공부로 배웠던 신생아 발달 과정은 어렴풋이 기억났지만, 그 이외에 아는 것이 전혀 없었다. 한 아이의, 한 사람의 인생을 키워야 하는 양육자인 내가, 아이가 어떻게 크며 어떤 생각을 하는지, 나는 어떻게 반응해야 하고 아이를 어떻게 교육해야 하는지 전혀 아는 것이 없었다. 나의 본능(내가 키워진 방식으로 인해 무의식에 내재하여 있던)과 어디서인지 모르게 주워들어 자리 잡은 내 생각대로 아이를 기르기에는 그것들이 옳다고 증명된 방법이 아니었기에 확신할 수가 없었다.

모르는 분야 앞에서 막연함에 불안하여 책을 보기 시작했다. 처음에는 마치 새롭게 여행하는 곳의 정보를 책에서 찾듯, 책으로 이 막막한 분야를 뚫어보겠다는 마음이었다. 신생아와 생존하기 위해 '먹. 놀. 잠'을 책에서 배웠고, '수유 텀'과 '막수', '꿈수' 등 태어나서 처음 들어 보는 단어들을 머릿속에 차곡차곡 집어넣기 시작했다.

처음 이런 내용들을 보면서, '왜 이런 것들을 아무도 알려주지 않는 걸까?', '내가 이 책을 보지 않았다면 어떻게 되었을까?'라는 생각이 들었고, 육아 책들을 집히는 대로 읽었다. 어쩌면 두려움 같은 것들이었다. 내가 몰라서 잘 못 해준다면, 내가 몰라서 정답이 아니게 행동하게 된다면, 내가 몰라서 아이에게 모자라는 부분이 생긴다면 모두 나의 부족이 원인이기 때문에 잘못하고 싶지 않아 읽고 또 읽었다. 나의 부족이 나에게서 끝나는 문제가 아니라 그 결과는 아이들에게 돌아가므로 더욱 그러했다.

아이를 낳고 2등 시절 본능이 다시 살아났다. 어른이 되고 차츰 유연해졌던 마음은 본래 모습으로 돌아가기 시작했다. 육체적 피로 끝에 순간순간 나오는 나의 밑바닥들은 아이를 나처럼 키울 수도 있겠다는 두려움이 일게 했고 이는 알아야 한다는 절박함을 불러일으켰다.

막 대학에 입학했을 즈음부터 미니홈피가 전국적으로 유행했었다. 이전에 유행했던 MSN, 버디버디, 네이트온과 같은 메신저와는 달리, 미니홈피는 나의 상태와 기분까지 대변해 주는 일종의 자기표현 통로였는데, 그것을 반대로 사용하면, 소개팅하려고 하는 사람의 전전여자친구가 오늘 무엇을 했는지까지 다 알 수 있게 해주기도 했었다. 내 또래의 엄청난 검색력은 아마 여기서부터 시작되지 않았을까 생각한다. 찾으면 웬만큼은 알 수 있다.

웹서칭이 익숙한 세대. 그런 내가 아이를 낳고 인스타그램을 만나게 된 것이다. 알고리즘이라는 신세계는 내가 정보를 조금만 찾아도, 어떤 때는 내 생각을 읽고 있는 것 아닌가 하는 생각이 들 정도로 정보가 쏟아져 나온다. 그리고 또래 아이들이 어떻게 크고 있는지 여실히 알 수 있다. 가끔은 홈쇼핑 광고가 아닌가 싶을 정도로 정제되어 SNS에 노출된 또래 아이들의 훌륭한 모습들을 보게 된다. 그러고는 나의 아이와 비교하며 때론 우월감을 때론 조급함을 느꼈다.

처음 정보들을 접할 땐 의욕에 가득 찬 엄마였지만 엄마표 영어, 엄마표 수학, 엄마표 미술, 엄마표 음악 등 각종 엄마표라는 이름을 붙이고 나오는 엄마의 숙제들과 하루가 멀다고 쏟아져 나오는 육아서, 교육서들은 마치 미뤄놓은 과제처럼 마음의 짐이 되었다. 아이의 얼굴을 보고 아이 마음을 읽어야 하는 시간에, 아이를 위한다고 하는 것들로 인해 '오늘은 어떤 걸 해야 하지?'가 더 먼저가 돼버렸다. 마치 배우는 것을 즐기기보다 공부 행위에 몰두해 있었던 그때의 나처럼 말이다. 어느 순간, '이건 아니다'라고 깨달았다. 아이와의 깊은 사랑을 나눌 시간은 놓치고, 겉핥기로 시간을 흘려보낼 수 없었다.

모든 정보와 육아 공부가 무의미하다는 것은 아니다. 수많은 육아서, 교육서들은 육아를 할 때 긴장을 잃지 않게 하고, 동기부여를 해준다. 실제로 육아와 교육에 많은 도움이 되고 있다. 하지만 육아의 자세가 너무 비장한 것 아닌가, 과도한 힘이 들어가 있지는 않나 하는 마음도 든다. 또 아이들은 그 자체로 충분한 능력이 있음을 상기한다. 내 능력 밖으로 애쓰지 않아도 아이들은 스스로 커가는 힘이 분명히 있다. 어쩌면 내가 앞서가는 것보다도 그의 인생에 그것이 더 중요한 요소라는 것을 이제는 알 것 같다. 앞으로도 수많은 육아서, 교육서를 읽고 중요한 정보를 놓치지 않으려고 노력할 것이다. 그중에 옥석을 가려내고 아이들에게 적용할 수 있는 범위를 찾는 것, 그리고 아이들과 깊은 사랑의 시간을 놓치지 않는 것이 나의 몫이다.

직업 특성상 다양한 사람들을 만나는 편이다. 주로 진료실에서 환자들을 보는 일이다. 아이를 키우기 시작하면서, 진료할 때 예전에는 보지 못한 부모, 자식을 비롯한 가족관계에 대한 것들이 보인다. 병원에 대한 인식이 많이 바뀌고 있지만, 변하지 않는 부분은 환자는 상대적 약자라는 것이다.

병원은 질환을 치료받기 위해 방문하며, 상대적으로 어려운 정보를 말해준다고 생각하기에 환자들은 두려움에 보호자와 동행하여 내원하는 경우들이 많다. 연령이 많고 적음과 관계없이 말이다. 좁은 진료실, 짧은 진료 시간, 질환이 있다는 심리적 상태의 조화는 가족관계와 서로에 대한 태도가 짧은 순간에도 여실히 드러나게 한다. 말하지 않아도 동행한 젊은 여인이 며느리인지, 딸인지조차 금세 알 수 있을 정도로 말이다. 그렇게 많은 경우를 보면서 인생 공부가 되기도 한다. '어떻게 살면 저렇게 고령임에도 처한 상황을 다 이해하시고, 잘 받아들이실까?', '어떤 것들이 저분을 상황보다 더 불안하게 만드는 것일까?', '어떻게 자제분을 키우셨길래, 저렇게 부모를 극진히 모실까?' 하는 등 그들의 상황과 관계를 이해해야 그에 대한 태도에 맞게 설명해드릴 수 있기에 빨리 파악하려 노력한다.

아이를 키우며 어린아이를 키우는 젊은 부모와 아이들과의 관계에 주목하게 되었다. 아이들을 어릴 때 만나, 1년에 여러 차례 보다 보면 해가 지나고 사춘기가 되어도 부모를 포함한 어른에 대한 태도가 바르고, 자신의 상황을 조리 있게 설명하며, 주체적으로 반듯하게 자라는 아이들의 공통점이 있었다. 바로 '언제나 반 발짝 뒤에 있어 주는 부모'이다. 칠 때 치고 빠질 때 빠지는 타이밍을 기가 막히게 아는 부모. 아이 삶의 주체가 아이라는 것을 인정하며, 아이만의 공간을 충분히 인정해 주는 부모였다. 그렇게 되면 부모에게도 자신만의 공간이 생긴다. 자식의 일에, 배우자의 일에 내 공간이 가득 채워져 나라는 공간은 찾을 수 없는 상태가 아니라, 내가 나로 온전히 채워지는 심리적, 시간적 공간이 생긴다. 그러면 부모의 성장도 가능해진다.

부모님은 내가 어릴 때 종종 자신들의 어린 시절 이야기를 들려주곤 하셨다. 두 분 다 넉넉하지 않은 환경, 아니 배가 고파야 했던 환경에서 어떻게 지금에까지 오시게 되었는지 얘기해주시곤 하셨다. 지금에야 우리 가족이 자수성가의 아이콘이라 생각하지만, 아무것도 없었던 젊은 시절 두 분이 만나 어린 나이에 가정을 이뤄 세 아이를 낳고 사는 것은 녹록지 않았을 것이다. 양가 할머니 두 분에게 맡겨진 나의 어린 시절은 부모님에겐 그렇게 해야만 삶이 유지되는 유일한 방법이기도 했을 것이다.

두 분에 대한 기억 가운데 많은 부분을 차지하는 것 중 하나는 앞으로 더 나아가기 위해 무언가에 도전하셨던 모습이다. 내가 아주 어렸을 때 아빠는 학사과정을 마치셨다. 아빠 책상 위에는 건축 관련 공학 도서들과 공학용 계산기가 있었고, 놀잇감 삼아 공학용 계산기 사용법을 배우기도 했던 기억이 있다. 내가 중학생이었을 즈음, 아빠는 국가고시에 도전하였다. 집 앞에 '집현전'이라는 독서실이 있었는데, 저녁을 먹고 나면 나는 '집현전' 여자 독서실로, 아빠는 '집현전' 남자 독서실로 향하였다. 그렇게 아빠는 여덟 번의 도전 끝에, 국가고시에 합격하였다. 엄마는 그 이후 대학원에 진학하여 교직 이수를 하고 교사가 되었다. 내가 가정을 이루고 그 과정을 이제와 돌아보니 참 서로에게 참기 힘든 시간을 당연하게 받아들이고 서로의 성장을 위해 투자했구나 싶다.

생각해 보자. 나도 일하고 이제 겨우 들어와 밀린 집안일에 아이 셋 챙기느라 정신이 없는데, 저녁 한 끼 먹고는 공부하러 독서실에 간다. 그것도 매일 같이 몇 년을. 또 아내가 지금의 자리에 머물지, 더 나아갈지 고민할 때 주저하지 않고 더 나아갈 것을 응원해 준다. 비용과 시간에 대한 계산은 그다음이다. 누구라도 알 것이다. 집안일과 육아는 한 사람이 다른 것에 몰두하면, 남은 한 사람은 나머지 모든 걸 안고 가야 한다. 그건 서로의 역량을 믿으며 서로의 성장을 밀어주겠다고 작정하지 않는 이상 어려운 일이다. 겉으로 드러나지 않아도 서로를 존경하며 각자를 성장시켜 보겠다는 진심이 있어야 유지할 수 있다.

　내가 자식을 키우는 사람으로 이제 와 돌아보면 그런 부모를 보며 자란 것은 나에게 큰 축복이었다. 부모가 성장하는 모습을 함께 지켜본 자식이라, 세상 어느 위대한 사람의 이야기를 이론으로 배우지 않아도 도전과 성장에 대한 중요성을 몸으로 체득하게 되었다. 결국 나의 성장으로 돌아와야 한다. 육아의 끝은 자녀의 독립이라고 한다. 자녀 교육의 끝은 부모의 성장이지 않을까? 우리 세대는 노력을 강조 받아왔던 세대이다. 그리고 그것을 성취했을 때의 기쁨을 아는 세대이기도 하다. 엄마인 내가 성장할 때, 그 행복은 아이들에게 충분히 전달될 수 있을 거라 믿는다. 그러니 워킹맘이든, 아이에게 집중하고 있는 전업맘이든, 어떤 상황에 있는 엄마여도 다 괜찮다. 각자의 자리에서 스스로가 좀 더 나은 어른이 되려고 무엇이라도 한다면 그것으로 충분하지 않을까.

　일이 끝날 때를 생각하는 편이다. 인생의 끝은 결국 죽음이다. 살며 선택할 때 좀 더 본질적인 것에 집중하면 단순해진다. 인생이 끝날 때, 잘 살았다고 생각하고 싶어서 가치에 더 집중하게 된다. 자녀 관계 또한 마찬가지이다. 인생의 끝자락에서 마주할 내가 원하는 가정의 그림은 누구나 그렇듯, 화목하고 건강한 가정이다. 그러기 위해선 자녀가 부모를 자신보다 지혜 있는 사람으로, 권위 있는 사람으로 인정해 주어야 한다. 내가 지금 나의 수준을 가지고, 20~30년이 흐른 뒤 그 세월만큼 성장한 아이들과 마주하게 되었을 때, 내가 아이들이 존경하는 부모로 서 있긴 어렵지 않을까 싶었다. 아이가 어른이 되어도 대화 상대가 되어 주려면, 아이가 20~30년 자라는 만큼 나도 함께 자라 있어야 하지 않을까. 이제 막 유치원에 다니는 아이들도 "내가 유치원에 가 있는 동안 엄마는 집에서 뭐 해?"라고 묻는다고 들었다. 엄마도 역시 성장하고 있는 존재임을 자녀들에게 은연중 드러낼 필요가 있다.

한가할 때 공연 보는 것을 좋아한다. 지금과 다르게 극 외향적이었던 유년기 시절, 각종 분야에 나서기 좋아하다 보니 무대에 올랐던 경험이 많았다. 그래서인지, 무대를 보기만 해도 가슴이 뛴다. 무대 뒤편에서 일어나는 일들이 머릿속에 그려지면서, 마치 공연하는 사람과 같은 마음이 되어 몰입하면 일상에서 벗어나는 기쁨을 느끼게 된다. 아이가 있으니, 종종 아이와 어린이 뮤지컬을 보러 가곤 하는데, 하루는 백희나 작가님의 그림책 '장수탕 선녀님'을 뮤지컬로 만든 걸 아이와 본 적이 있었다. 아이들 대상으로 하는 뮤지컬이니 아이가 공연을 보고 집중하는 것에만 신경을 쓰다가 무방비 상태로 눈물을 왈칵 쏟게 한 대목을 만나게 된 적이 있다. 공연 끝날 즈음 주인공 선녀님이 아픈 아이를 돌보다가 잠든 엄마에게 이렇게 노래한다.

"내 손은 약손, 내 손은 약손, 우리 엄마 이쁜 엄마, 다 컸어도 또 커라, 눈물만큼 더 커라."

그렇다. 엄마는 더 커야 하는 존재이다. 더 크고 있는 존재이다.

아이를 낳고 멈춰버린 것 같은 나의 인생, 먹이고 재우고 씻기고 등교시키고 하교시켜, 밥하고 숙제 봐주고 학원 데려다 주고, 날마다 똑같은 일상을 쳇바퀴처럼 돌고 있는 내 인생. 한때 나도 정말 잘나갔는데, 나도 한때 우리 부모님의 대단한 딸이었는데, 그런 내 인생이 멈춰버린 것 같다. 하지만 절대 그렇지 않다. 날마다 크고 있고, 성장하고 있다. 그것은 눈에 보이지 않는 경력이지만, 때론 보이지 않는 것이 더 위대할 때가 많다는 사실을 기억해야 한다.

참 엄마 되기가 어려운 시대를 살고 있다. 엄마 되기를 결정하기도 어렵고, 엄마가 되어도 엄마 노릇을 잘하기도 어렵다. 내 아이에게도 좋은 엄마가 되어야 하고, 가정에서도 엄마의 역할을 충실히 해야 한다. 사회적으로도 '맘충'이라 지탄받을까 움츠러든다. '괜찮은 엄마'가 되기는 참으로 어렵다. 남자와 동등하다고 교육받고, 역차별을 이야기하는 남자와 동등하게 경쟁해 왔던 세대이다. 여선생, 여의사, 여경, 여검사 등의 호칭을 스스로 부정하며, 능력으로 평가받으려고 노력해 온 세대이다. 그런 세대가 엄마가 되고 나서 느끼는 구시대적 요구들은 내적인 세대 충돌을 느끼기에 충분했다. 나의 머리와 경력은 제4차 산업혁명을 겪고 있지만, 나의 내적 목소리와 주변의 목소리는 산업혁명 이전 시기를 말하고 있기 때문이다. '그래도 애는 엄마가 키워야지', '아이고, 애가 엄마랑 있으니, 얼굴이 활짝 폈네', '○○야, 엄마가 있으니 좋지?' 하는 말이 그것이다.

핏덩이 같은 내 새끼들 보며 끓어오르는 사랑 앞에 서면, 사회적으로 내 자리보전하고 있는 것에 대한 근본적인 의미부터 찾게 되는 것이 현실이다. 그런 선배, 언니들을 보며 나도 그 길을 따라가겠다 결심하기란 쉽지 않다. 또한 요즘 출산과 육아에 대해 고통스럽고 힘들다는 점을 과도하게 부각하는 매체를 자주 접하게 된다. 결혼 전 혹은 출산 전 청년들에게 출산과 육아에 대해 그로부터 오는 근원적인 기쁨과 사랑보다는, 나의 자유로움과 행복을 가로막을 무엇으로 인식하도록 한다. 물론 어렵고 힘든 일임은 분명하고, 나의 모든 것이 멈춰버리는 것 같은 고통도 있다. 지난하고 지겹도록 반복되는 일상이지만, 들여다보면 멈춰있는 것이 아니다. 내가 하나의 완성형 인간으로 성장하는 과정이니 충분히 해볼 만하다. 두렵게 하는 이야기들은 멈추고, 어떻게 실질적으로 조력할지를 이야기하는 사회가 되길 바라본다.

이것을 혼자서 할 수는 없다. 농경사회에서는 한 집 안에 어른들이 함께 있으니, 육아의 전수가 가능하고, 마을 안에서 함께 양육하는 것이 자연스러웠을 것이다. 지금 우리 사회 구조를 생각해 보자. 이제 막 엄마가 된 여인이 출산하고 조리원에서 길어야 2~3주 산후조리를 하고 집으로 돌아오면, 나를 감싸주고 있던 모든 구조가 해체되면서 집안에 나와 아이 단둘이 놓이게 된다. 정말 덩그러니, 나 아니면 생존 자체가 불가능한 신생아와 내 몸 하나 가누기 힘든 나 단둘이 말 없는 긴 시간을 보내야 한다. 어떨 땐 적막하기까지 하다.

다시 돌아가야 하는 직장은 또 어떤가. 나의 임신을 진심으로 반기는 사람이 있을까? 직장이니 당연히 그럴 수 없다. 그 모든 것을 견뎌내야 한다. 유산으로 수술대에 올라가 있는 동안, 누군가는 내가 출산휴가를 가지 않아도 됨을 공개적으로 안도했다. 그럴 때 나를 버티게 하는 힘은 단 한 사람의 지지이다. 많이 없어도 괜찮다. 남편이어도 되고, 친구여도 되고, 직장동료여도 괜찮다. 나를 마음으로 지지해 주는 누군가가 있다는 것만으로도 버틸 수 있고, 해낼 수 있다.

유산 후, 지금의 첫 아이를 가졌을 때 조기 진통으로 입원과 퇴원을 반복하며 3개월을 누워만 있어야 했다. 직장에서는 출산휴가 전부터 몇 달 동안이나 자리를 비워야 하니 달갑지 않았을 것이다. 나도 그 상황을 충분히 이해하기에, 무거운 마음을 어떻게 할 수가 없었다. 그때 직장 상사분이 나에게 보내준 카톡 한 문장은 평생을 두고 잊지 못할 것이다.

"내가 가진 모든 행운을 너에게 줄 테니, 걱정하지 말고 출산 잘하고 돌아와라."

내가 받은 행운은 다른 것이 아니다. 괜찮겠다는 안도감, 더 해봐도 되겠다는 용기였다. 이제는 내가 그런 사람이 되어 줄 수 있도록 노력한다. 안부를 묻고, 글을 쓰며 괜찮다고 말해주고 싶다. 관계의 의미가 퇴색하는 이 시대에 연대가 다시금 필요하다고 느낀다.

여기서 다시 여자, 엄마, 할머니를 생각해 본다. '아모레'라고 하면 많은 사람이 '아모르파티'를 생각하겠지만, 나에겐 '아모레 한복'이 먼저이다. 내가 기억하는 할머니(참고로, 외할머니라는 말을 별로 좋아하지 않는다. 엄마의 엄마는 그저 내겐 온전한 할머니다), 강 여사님은 경상북도 상주시장에 있던 '아모레 한복집' 사장님이셨다. '아모레 화장품' 집의 이름을 이어받아 지은 '아모레 한복'이라는 이름에 대해 이제와 생각해 보면, 이탈리아어인 '아모레'와 한국어인 '한복'은 참 어울리지 않는 조합이다.

후천적 직업이 유전된다고 생각하지는 않지만, 상대적으로 다른 사람보다 손재주가 좋았던 할머니는 한복집을 하셨고, 또 그 손재주 있는 엄마의 딸은 요리 관련 일을, 또 그 손재주 있는 엄마의 딸의 딸은 수술하는 의사가 되었다. 손재주를 물려받은 것이다. 엄마는 워킹맘이기도 했지만, 어린 나의 눈에는 일 이외에도 모든 것을 다 잘하는 사람이었다. 가끔 손바느질하는 것을 볼 때면, 기계가 한 것인지, 손으로 한 것인지 구분되지 않을 정도였다. 그때 엄마의 나이가 지금의 나 정도였을 텐데, 그럴 때 엄마에게 "이야! 한복집 딸은 다르네."라고 말하곤 했다. 그 말이 엄마의 마음을 찔렀는지도 모르겠다.

내가 하는 분야의 수술은 대체로 무봉합 수술이 많다. 나는 그중 거의 유일하게 봉합을 많이 하는 수술 파트에 있다. 긴 실 하나를 가지고 열 번, 스무 번 연속봉합 하는 때가 종종 있다. 어떨 땐 무념무상의 상태가 되어 실과 나만 남은 것 같은 느낌이 들곤 한다. 그럴 때 생각의 생각이 꼬리를 물고 내가 할머니가 되곤 한다. 이렇게 적막한 순간과 엄마라는 자리를 할머니는 어떤 생각으로 버텼을까? 두 아들과 세 딸, 그리고 그에 딸린 식구들이 줄줄이 있는 대장 같은 엄마는 산적한 일들을 앞에 두고, 실하나 나 하나 있는 그 순간들을 어떤 생각으로 버틸 수 있었을까? 나는 그 순간에 할머니가 되곤 한다.

할머니는 신여성이었다. 우리 할머니가 내가 어릴 적부터 가장 많이 하셨던 말은 "내 딸 괴롭히지 말아래이."였다. 내 주변의 어떤 할머니도 손주에게 '나에겐 너보다 내 자식이 더 소중해'라고 말하는 분은 없었다. 수많은 뜻이 내포되어 있으리라 생각한다. 할머니는 그 당시 안동여자고등학교를 졸업한 신여성이었다.

신여성의 부모님은 서울대학교에서 사회학과를 전공하는 젊은 청년과 신여성의 연을 맺어 주었다. 그 시절 경상북도 안동 어딘가에서 서울서 대학 나왔다는 그 청년의 스펙은 지금으로 치면 하버드 대학 나왔다고 하는 것과 비슷한 정도라 봐도 되지 않을까 싶다. 그 청년 역시 신남성이었다. 너무 많은 것을 알고 있었고, 너무 많은 것들이 그의 마음에 들지 않는 시대였을 것이다. 그 당시 수많은 힘없는 지식인들이 그러하였듯 그는 술과 함께였다고 한다. 어쩌면 고향으로 돌아온 자기 모습과 젊은 시절 누린 서울의 모습, 힘 한번 쓰지 못한 자신의 지식, 그 어디에서도 풀지 못하는 마음을 술로 또 술로 적셔 흐려지게 만들어야 숨 쉴 수 있었는지도 모른다.

엄마는 학창 시절 아버지가 같은 학교 선생님이었지만, 자전거 타고 출퇴근하시던 아버지의 그림자 한번 밟지 못했다고 한다. 그러면 그 아버지는 얼마나 따뜻했을지, 그 남편은 얼마나 살가운 남편이었을지 감히 상상해 본다. 그렇게 우리 엄마가 고등학생이던 어느 날, 아버지는 술로 세상을 뜨셨다. 나는 안다. 술로 세상을 뜨는 환자의 마지막 모습을. 그래서 엄마는 모든 것에 대범하지만, 간에 생긴 조그만 낭종 하나에는 대범하지 못하다. 눈으로 모든 것을 겪었을 엄마를 이해한다. 그렇게 신여성은 남편을 잃었다. 신여성은 신여성으로만 살 수는 없었다. 신여성은 아들에게 의지할 수밖에 없었을 것이다. 신여성의 딸은 신여성을 돕는 사람이 되어야만 했다. 신여성은 남편 없이 두 아들과 세 딸을 번듯하게 키워야 했기에 그 누군가는 온전히 사랑받고 이해되어야 하는 자식이기보다, 돕는 사람이 되어야 했을 것이다. 그리고 그 딸의 딸은 다시 자식을 키우면서 자신이 겪은 과거를 이해하기 위해 신여성을, 나의 할머니를 다시 떠올린다.

다시 생각해 본다. 실과 자신만 남은 그 적막한 순간이 할머니에게도 있었으리라. 이해하기 어려웠던 나의 엄마도, 또 그 엄마가 마음으로 다 풀어내지 못한 할머니도, 나와 동일시되는 순간이 온다. 한 사람의 자아가 형성되기까지 얼마나 많은 사람의 인생이 관여되는가. 나의 자아에 수십 년 전 시대 흔적이 있다. 아직도 여전히 "일 잘해래이. 엄마 노릇도 잘해래이."라고 말씀하시는 할머니 '열심 유전자'가 나를 만들었을 것이다. 물론 그 할머니의 할머니도, 또 그 할머니의 할머니가 지나온 모든 순간이 나비효과가 되어 지금의 나를 만들었다. 그리고 마침내 나의 아이들을 만들어 가고 있다. 열심의 결과가 대를 이어 모두를 조금씩 성장하게 했을 것이다.

'후성유전'이라는 것이 있다. 이는 DNA의 염기서열의 변화 없이 나타나는 유전자 기능의 변화가 유전되는 현상을 말한다. 이는 유전도 중요하지만, 출생 이후 유전자가 바뀔 수 있고 이것이 다음 세대로 유전될 수 있음을 의미한다. 다음 세대에게 노출되는 환경이 중요한 것이다. 아이들에게 가장 중요한 환경은 부모, 바로 '나'이다. 그래서 나는 나를 먼저 키워주기로 결심했다.

그렇기에 나는 오늘도 공부한다. 엄마인 내가 하나의 완성형 인간으로 발전해 가는 것, 그리고 그 성장 과정에서 실패와 성공의 모든 순간을 아이와 공유하는 것. 이 모든 게 강요 없이 아이가 성장하는 유일한 방법이라 믿는다.

 **엄마가 엄마에게**

엄마로서 나의 강점과 약점은 무엇이 있나요?

아이들은 부모가 하는 말은 기억하지 못하지만, 부모가 어떻게 행동하고 사는지를 기억한다고 합니다. 그리고 그것이 우리 아이들의 모습이 되겠지요. 그래서 부모는 내가 어떤 사람인지 객관적으로 바라보는 것이 필요하다 생각합니다. 내가 육아하면서 어떤 점에 강하고, 약한지 살펴봐 보셨으면 합니다. 나의 강점은 살려주고, 약점은 돌보아 주어야 합니다. 나의 약한 점은 어디서 출발하였는지 잘 돌아보고, 상처가 있다면 나를 먼저 다독여주는 시간을 가져보시길 권해드립니다. 그래서 엄마인 내가 더 행복하고 건강한 인격체가 되어가길, 그리하여 그 행복이 우리 아이들의 몸과 마음이 건강하게 자라는데 비옥한 터전이 되길 바라봅니다.

오늘의 질문   엄마로서 나의 강점은 어떤 것이 있는지, 또 약점은 어떤 것이 있는지 적어 보세요.

오효진

비로소 보이는

엄마로서의 나이 아홉살.

아이가 살아갈 세상을 공부하다가, 삶의 본질과 중요한 가치에 대해 깨닫게 되었다. 아이가 자신의 고유한 삶을 주도적으로 살아가는 기쁨을 누리길 바라며, 오늘도 나와 아이가 성숙해지는 육아의 과정을 지나가는 중이다. 그 과정에는 언제나 사랑하는 남편이 동행하고 있다.

인스타그램 **@may_we_all_shine_on**

올 해도 어김없이 제주에 왔다. 8월 한여름에 찾은 제주는 공항 밖으로 채 나서기 전부터 뜨겁고 습한 공기가 느껴졌다.

"너무 덥지? 캐리어는 엄마가 끌게."

"아니야, 내가 끌게."

"그럼 작은 캐리어랑 바꿔 끌자. 큰 캐리어는 무거워서 더 덥고 힘들어."

"아니야, 내가 크고 무거운 걸 끌어야 아빠가 덜 힘들잖아."

매년 오는 제주이지만, 달라진 풍경이 있다. 만 7세의 아이가 캐리어를 직접 끄는 모습. 하필 더워도 너무 더운, 폭염 특보가 지속되는 때에 오게 되었다. 아이의 이마 위로 땀이 쏟아지는데도 아이는 25kg의 꽉 찬 캐리어를 직접 끌고 걷는다. 공항에서 나와 렌터카 셔틀버스 탑승 구역으로 이어지는 길이다. 아이가 20개월 때부터 매년 제주에 오고 있는 우리는 이 길을 아이를 안고 걸었거나, 업고 걸었거나, 캐리어에 앉혀두고 걸었다. 그런데 올해는 아이가 직접 캐리어를 끌고 걷는다. 이렇게 더운 날씨에 짜증을 낼 법도 한데 그저 날씨가 덥다는 말 몇 마디만 하면서 셔틀버스 앞까지 자기 몸보다 큰 캐리어를 끌고 왔다.

이렇게까지 하면서 여행을 다녀야 하나 싶었던 시절이 있었다. 분명 계획을 세울 때는 설렜는데 막상 짐을 싸기 시작하면 챙길 것이 왜 이렇게 많은지 떠나기 전부터 힘들었던 때도 있었다. 짐은 줄었지만, 자기주장이 생겨난 아이 뒤를 따라다니기만 하다가 여행이 다 끝난 것 같은 느낌이 들던 때도 있었다. 집에 돌아오면 여행 다녀온 짐을 풀어야 하는데 몸이 너무 피곤해서 며칠을 그대로 놔뒀던 때도 있었다.

만 7년의 세월 동안 아이에게 책임감도 생겼고 감정을 조절하는 능력도 생겼다. 날씨는 더웠지만 파란 하늘과 하얀 구름이 유난히 예쁘게 느껴졌다. '이번 여행에서는 카페에 앉아 느긋하게 커피를 마시고 나올 수 있으려나?' 은근히 기대가 차올랐다.

* * *

"엄마, 오늘도 공부하고 잘 거야?"

"응, 그래야지."

"그럼, 한 시간만 책 읽고 나한테 와."

"그렇게. 아빠랑 얘기 많이 나누다가 코 자."

언젠가부터 매일 저녁 공부하는 엄마가 된 나는 여행에 책과 아이패드, 노트북을 모두 챙겨왔다. 아이와 남편이 방으로 들어가고 난 고요한 밤, 강의를 들을지 책을 읽을지 행복한 고민을 시작했다.

부모로 사는 시간은 배움과 성찰의 연속이다. 아이의 나이처럼 나도 0세에서 시작해 부모로서의 나이를 먹으며 아이가 크는 만큼 같이 성장한다. 0세에 난 모르는 것 투성이였고 모든 것에 서툴렀다. 우왕좌왕하다 좌충우돌하기 일쑤인 초보 엄마. 처음에는 아이를 잘 키우고 싶어서 완벽한 육아를 꿈꾸며 육아서를 읽기 시작했다. 수많은 책을 읽고 강의를 들었다. 책에 밑줄도 긋고 접어두기도 하면서 식탁 위, 소파 앞 탁자 위, 사무실 내 책상 위 등 눈에 잘 띄는 곳에 올려두고 몇 번씩 펼쳐보았다. 좋은 영상은 저장해 두었다가 여러 번 돌려봤다.

그러던 중 문득, 무릎을 '탁' 치게 되는 깨달음이 왔다.

'중요한 것은 본질에 있다.'

아이는 부모인 나를 반영한다. 이제 막 말을 시작하는 아이가 내 말투를 그대로 흉내 낼 때 알아차렸어야 했다. 또래 엄마들이 모인 놀이터에서든, 유치원이나 학교 선생님 앞에서든 '아차!' 하며 부끄러움으로 얼굴이 붉어지고 싶지 않다면 아이에게 바라는 모습을 내가 먼저 갖추고 있어야 한다는 것을 온라인 서점의 플래티넘 회원이 되고서야 깨닫게 되었지만, 뒤늦게라도 깨달은 것은 참 다행이다. 지성이든 태도이든, 나에게 없는 것을 아이에게 줄 방법은 없다. 엄마인 내가 더 나은 사람이 돼야 비로소 내 아이가 괜찮은 사람 혹은 나보다 나은 사람이 될 수 있으리라. 그것을 깨달은 후 육아서 읽기로 시작한 공부는 나 자신이 성숙해지는 공부로, 그리고 삶을 즐겁고 가치 있게 일구는 공부로 이어지게 됐다.

지금도 나는 여전히 육아서를 읽지만, 내가 하고 싶은 것들을 배우고 공부하는 데 더 많은 시간을 사용한다. 나누는 삶을 살아가는 것을 목표로. 아이 내면에 삶을 대하는 나의 자세가 차곡차곡 쌓임을 깨달은 뒤부터 더욱 성숙하고 가치 있는 삶을 살고자 노력한다.

계시, 존재를 온전히 존중하고 신뢰하라

하얀 벚꽃잎이 바람에 흩날려 사람들 머리 위로 그리고 땅 위로 부드럽게 내려앉았다. 따스한 봄 햇살과 살랑이는 봄바람을 느끼며, 떨어진 꽃잎들로 하얗게 변한 고려궁지 벚꽃길을 남편과 함께 걸었다. 풋풋해 보이는 우리 부부의 얼굴엔 무언가를 기다리는 설렘이 있었다.

1년 중 가장 눈부시게 아름다운 계절 4월, 결혼 후 오랜 기간 기다려 온 아기가 드디어 우리를 찾아왔다. 벚꽃 놀이를 다녀오기 전 아침에 해본 임신 테스트에서 희미하게 두 줄을 보고 두근두근, 기대되었다. 내년 봄에는 셋이 벚꽃놀이하게 되는 건가.

시험관 시술을 결정하고 배아 이식을 한 지 12일째와 15일째 1, 2차 피검사 결과에서 임신 안정권이라는 희망적인 이야기를 전달받았다. 그리고 4일 뒤, 드디어 아기집을 보러 가는 날이 되었다. 벚나무에 초록 잎이 올라와 아직 남은 벚꽃들과 어우러지고 있었다. 싱그러운 연둣빛과 청순한 분홍빛의 벚나무 거리를 지나며 마음이 들떴다. 병원에 도착했다.

"축하합니다. 아기가 집을 잘 지었네요."

드디어 임신 사실을 확인했다. 정말 어렵게 성공한 임신이었다. 동그란 아기집이 신기해서 초음파 사진을 들여다보고 또 들여다보고는 했다.

조심하기 위해 거의 몸을 움직이지 않았다. 회사에서는 의자와 집에서는 침대와 한 몸인 것처럼 붙어 지냈다. 조신하지 못한 내 행동으로 혹시라도 배 속의 아기가 잘못되면 안 됐다. 누워서 이것저것 출산에 관해 궁금한 것들을 검색했다. 그러다 우연히 EBS 다큐멘터리 〈아기 성장보고서〉를 보게 된 것은 그동안 알지 못했던 아기 스스로 갖고 태어나는 능력에 대한 신비로움을 깨닫게 되는 계기이자 나의 육아 방향에 대한 계시가 되었다.

나는 임신기간 배 속의 아기를 지키기 위해 호르몬제에 의지해야 했다. 임신기간의 반 이상을 일주일에 한 번씩 병원 진료와 초음파 영상을 통해 아기의 상태를 확인하러 다니다 보니 늘 마음속에는 혹시라도 아기가 잘못되는 것은 아닐까 하는 불안함이 있었다. 하지만 초음파를 볼 때마다 아기는 건강한 존재감을 뿜어내고 있었다.

'엄마, 내가 움직이는 거 보여요? 나는 건강히 잘 자라고 있어요.'

'고맙다, 아가.'

강한 생명력으로 엄마인 나를 다독여 주고 안심시켜 주다니. 어쩌면 처음부터 아기는 나보다 나은 존재였을지도 모른다. 《아기 성장보고서》책을 사서 다시 읽어봤다. 아기에게는 선천적으로 스스로 태어나고 걸을 수 있는 능력이 프로그래밍 되어 있다고 했다. 나는 아기의 강인하고 경이로운 능력을 믿어보기로 하고 '자연주의 출산'을 결심했다.

　자연주의 출산은 의료 개입을 최소화한 채 산모와 아기의 능력으로 출산을 진행하게 된다. 흔히 알고 있는 수중분만이 자연주의 출산 방법의 한 가지로 잘 알려져 있는데, 나는 자정부터 오전 8시경까지 주로 욕조 안의 따뜻한 물 속에서 진통을 경감시키다가 아기의 머리가 보이려 할 때쯤 침대로 이동해 분만했다. 아기는 어둡고 조용하고 평화로운 분위기의 방안에서 엄마 아빠인 나와 남편을 만났다. 내가 가장 바랐던 대로 세상에 나오자마자 의사 선생님이나 간호사 선생님의 품이 아닌 엄마인 내 품에 안겼다. 내 맨살 위에 아기의 맨살이 포개어졌을 때 아기를 꼭 안고 속삭였다.

　"고생했어, 아가. 만나서 반가워."

　자신의 힘으로 나의 몸속에서 분리되어 나온 존재.

　나는 이 작지만 강한 존재를 내가 보살펴 줘야 하는 약한 존재로 인식하기보다 하나의 독립된 인격체로 존중하며 공존해 나가기로 다짐했다. 내가 불안해지는 순간마다 아이가 내게 줬던 신호를 기억하며 아이의 강인함을 믿고 아이를 전적으로 지지하고 응원할 수 있는 엄마가 되겠다고 마음먹었다. 12월의 겨울, 눈이 내리던 날. 나는 엄마가 되었다.

커피와 육아, 기다림의 미학

"젖 먹여 엎어 놓으면 낮잠을 세 시간씩 잤어. 네 아들도 널 닮으면 그럴 거야."

엄마는 내가 잠을 잘 자서 키우기 편했다는 말씀을 자주 하셨다. 그래서 나는 으레 아기는 다 그런 줄 알았다. 품에서 잠든 아기를 살포시 침대에 내려놓기에 성공하면 아주 큰 성취감이 들었다. 삼국지의 여포는 늘 이런 기분이었을까? 나는 마치 전장에서 큰 승리를 거둔 장수만큼이나 기쁨에 취한 모습으로 아기방에서 나와 두 주먹을 불끈 쥐고 씨익 웃었다. 'Yes!' 기쁨에 취해 마음속으로 콧노래를 흥얼거리며 주방으로 가 밀려있던 젖병 설거지를 해 두고 소파에 누웠다. 창으로 들어오는 한낮의 따스한 햇살을 느끼고 있으니 나도 스르륵 잠이 왔다. '한숨 자 볼까.' 두 눈을 감았다. 좋았다.

"엥."

아기 우는 소리가 났다. '벌써 깼다고?' 시계를 봤다. '40분밖에 안 지났는데?! 이제 막 소파에 누웠는데…' 단잠에 살짝 들었다가 깼을 때의 몽롱하고 무거운 몸을 일으켜 약간의 원망하는 마음을 안고 아기방에 들어갔다. 나와 눈이 마주친 아기는 잘 잤다는 얼굴로 방긋방긋 웃고 있었다. 내 몸은 물먹은 솜처럼 무거웠지만 웃는 아기 얼굴에 웃음이 났다. '엄마 좀 봐주라….' 아기를 안고 거실로 나와 바운서에 앉혔다. 아기랑 놀아주기 위해 딸랑이를 흔들었다. 모든 아기가 다 잘 자는 것이 아니라는 것을 알아차리기까지 채 70일이 걸리지 않았다. 내 아들은 등에 센서를 달고 태어났고 어쩌다 눕히기에 성공했다 하더라도 잠든 지 40분이 지나면 어김없이 깼다.

언젠가 프랑스의 엄마들은 아기가 잘 시간이 되면 침대에 눕혀두고 방을 나온 뒤 아기가 울더라도 절대 안아주지 않는다고 들었다. 그렇게 며칠간 지속하면 아기는 혼자 잠들 수 있게 된다는 것이었다. 그때 나는 '좀 너무한 거 아닌가?' 하는 부정적인 감정이 들었었는데, 아기가 길게 자면 좋겠다는 마음이 간절해진 그 순간에는 프랑스 엄마들의 방법이 내게 동아줄이 되어 줄 것 같은 느낌이 들었다. 하지만 그런 생각을 하고 있다가 아기와 눈이 마주치면 '어휴, 이제 태어난 지 두 달 된 너를 어떻게…' 하며 차마 단호해지기가 어려웠다. 이러지도 저러지도 못한 채 속만 타들어 갔다.

'프랑스 엄마들이 무턱대고 아기를 울다 지쳐 잠들게 하는 건 아니겠지. 일단 알아보자.' 그렇게 수면 교육에 관한 검색을 시작했다. 알아보니 외국에는 수면 교육 전문가를 기르는 양성기관이 있었고 전문가 자격증도 있었다. 수면 교육 방법은 몇 가지로 나뉘었다. 아기를 울도록 놔두는 일종의 강경파 방식이 있었고, 울리지 않으며 천천히 가는 온건파 방식이 있었다. 모두 공통으로 아기에게 스스로 잠들고, 중간에 살짝 깨더라도 다시 잠을 이어 나가는 방법을 가르쳐줘야 한다고 말하고 있었다. '그렇구나. 아기는 스스로 혼자 잠드는 방법을 알지 못하는구나.' 그동안 아기는 본능적으로 알아서 먹고 자고 싸는 줄 알았는데, 잠드는 방법을 가르쳐줘야 한다니. 전혀 몰랐던 사실이었다.

온라인 서점에서 강경파식과 온건파식 각각의 수면 교육 책을 한 권씩 주문하고 아기가 잠든 40분의 시간을 쪼개 읽어 나가 보기로 했다. 아기가 잠들면 얼른 식탁으로 나와 책을 펼쳐 읽고 필요한 부분을 메모해 두었고, 아기가 깨면 또 얼른 방으로 달려가 "까꿍~ 잘 잤어?" 인사하기를 하루에 서너 번씩 반복했다. 얼마나 절실했는지, 아기가 낮잠이 들자마자 설거지만 얼른 해두고 소파에 누웠던 사람이 누구였던가 싶게 피곤한 줄 모르고 아기 수면에 관해 연구했다. 그렇게 공부하며 우리만의 수면 루틴을 만들어 나갔다. 하지만 수면 습관을 완성하는 일은 생각보다 꽤 오랜 시간이 걸렸다. 만 5세 때만 하더라도 가끔 아이가 자다 깨서 크게 우는 일이 있었고, 그때마다 수면 교육서를 다시 들춰봐야 했다. 아이는 만 일곱 살이 되니까 드디어 저녁 9시면 잠자리에 들어가 아침 7시 정도까지 푹 자고 일어나게 되었다. 건강하고 규칙적인 수면 습관을 지니기까지 만 7년이 걸린 것이다.

아이 키우기는 커피를 브루잉하는 과정과 비슷하다. 나는 핸드드립 커피를 좋아한다. 물을 끓이고 원두를 알맞게 갈아 필터에 담은 뒤 물줄기의 굵기와 속도를 조절하여 천천히 내려 마시는 커피. 원두는 제 몸 안에 자신만의 향을 품고 있다. 응축해서 꼭꼭 감춰뒀던 향은 분쇄된 원두가 물을 만났을 때 꽃을 피워내듯 몸을 부풀리며 퍼져나간다. 은은히 퍼지는 커피 향 속에서 잠깐 사색에 빠질 수밖에 없는데 나는 그 시간이 좋아 매일 커피를 내리게 된다. 머릿속에 떠오르는 생각들을 정리하다 보면 어느새 커피가 완성되어 있다. 집에 온 손님에게도 핸드드립 커피를 한잔씩 내어 준다. 천천히 브루잉한 커피에서 원두가 가진 풍미가 꽃을 피워 퍼져나가면 코끝에 닿은 향을 느낀 그 자리에 함께 있던 모두가 커피 향이 참 좋다며 행복해한다. 볼수록 육아 과정은 브루잉 과정과 많이 닮았다. 맛있는 커피를 마시기 위해 원두의 굵기와 커피의 물줄기를 조절하고 커피가 다 내려오기를 기다리듯, 우리는 세심하게 아이를 보살피며 아이가 제 안에 가진 것을 꽃피워 낼 때까지 기다림의 시간을 견뎌내야 하니 말이다.

불안을 다스리는 법

아기가 변비로 일주일에서 열흘에 한 번씩만 변을 봤다. 변을 볼 때마다 배앓이로 고통스럽게 울었다. 병원에서 처방해 준 약은 한 번 쓴맛을 본 이후로는 고개를 옆으로 돌리며 먹기를 거부했다. 약통이 눈에 보이기만 해도 싫다고 울었다. 집에 손님이 왔다 가면 아기가 열이 나고 아팠다. 한번 열이 나면 엿새. 콧물 기침을 시작하면 기본적으로 2주. 아픈 아기를 보고 있는 마음이 무척 힘들었다. 이제 막 뒤집기를 하고 엎드려서 놀기 시작한 작은 아기가 며칠 만에 또 열이 나서 힘없이 늘어져 있거나 한 달 내내 콧물을 흘리고, 숨이 넘어갈 듯 얼굴이 빨개지면서 기침하는데 어떻게 해줘야 좋을지 몰라 애만 태웠다. 안쓰러운 마음으로 아픈 아기를 보고 있는데, 어린 내가 보였다.

"콜록콜록."

어릴 적 나는 감기를 달고 지냈다. 기침하다가 눈이 마주친 엄마의 얼굴이 굳어졌다. 기침 소리를 듣는 엄마의 마음도 힘들었겠지.

"물 좀 마셔."

내가 눕는 잠자리 머리맡에는 늘 컵에 담긴 보리차가 있었다. 나는 어린 마음에도 엄마가 신경 쓰여 어떻게든 기침을 꾹 참아내려고 애썼지만, 기침은 완벽히 숨기기가 어려웠다. 힘들었을 엄마 생각으로 코끝이 찡해지며 눈앞이 부옇게 되려 할 때 다시 아기의 얼굴이 눈에 들어왔다.

"어휴 힘들지, 아가."

나를 닮았다고 여겨져서였을까. 할 수 있다면 근본적인 문제를 찾아 해결하고 싶었다. 처음에는 의사인 시댁 도련님과 통화해 이런저런 조언을 들었다. 그러나 아기가 자주 아프다 보니 바쁘게 지내는 것을 알면서 매번 연락해 보기가 미안했다. 인터넷에서 검색하다 보니 의사, 약사가 운영하는 전문적인 블로그가 꽤 있었다. 그런 곳에서도 어느 정도 궁금한 내용에 대해 답을 얻을 수 있다는 것을 알게 된 후 블로그 몇 개를 구독해 두고 틈틈이 읽었다. 읽다가 도움이 되겠다 싶은 책이 있으면 두꺼운 책도 사서 읽었고, 의사가 신뢰도를 높이기 위해 인용한 논문 일부분을 보고 더 궁금하다 싶으면 유료 결제도 하면서 알아봤다.

아기가 잠든 시간, 나는 열심히 공부했다. 공부한다고 해서 아기가 갑자기 아프지 않게 되는 건 아니었다. 그러나 성과가 있었으니, 스스로 불안함을 다스릴 줄 알게 되었다. 아기가 타고나기를 약하게 태어난 것은 어쩔 수 없지만 크게 보면 정상의 범주에 속하고, 면역력이 건강하게 기능하고 발달하는 과정에 있음을 알게 되면서, 아기가 아프더라도 더 이상 큰 걱정이 들거나 불안함이 느껴지지 않았다. 모르는 것이 생기면 다시 알아보면 되었다.

아기를 데리고 병원에 다녀와 본 사람들은 안다. 병원 외출이 얼마나 에너지가 많이 드는 일인지. 어린 아기를 데리고 한번 진료를 보고 오려면 기저귀 가방에 딸랑이도 넣고 삑삑 소리 나는 인형도 챙기고 혹시 몰라서 액상 분유나 떡뻥까지, 게다가 먹은 걸 다 게워 낼지도 모르니 거즈 수건과 물티슈까지 한 짐을 챙겨야 했다. 아침에 샤워를 한 날이면 다행인데 혹시 씻지 못했다고 하더라도 아이가 갑자기 열이 나면 양치만 대충 하고 기름진 머리는 하나로 질끈 묶고 나갔다 와야 했다. 아기를 아기 띠로 안고 짐보따리는 어깨에 메고 병원에 도착하면 아픈 아기들이 어찌나 많은지. 의자에 앉아 있는 아기 엄마들의 표정은 하나같이 고단해 보였다. 잠이 부족한 데다가 낮에도 쉴 수가 없어 켜켜이 쌓여 버린 만성 피로 때문일 테지.

삶은 고통이라더니…. 힘든 건 나뿐만이 아니었다. 남편에게 병원에 왔다는 문자를 남겨두고 아기에게 딸랑이를 흔들어 주다 보면 한 시간 대기 시간이 흘러 진료를 볼 수 있었다. 그리고 나면 약국에 가다시 15~20분을 기다려 약을 타야 했다. 집으로 돌아오면 금세 아기를 낮잠 재울 시간이 되어 있거나 고단한 외출에 아기는 품속에서 이미 잠이 들어 있었다.

그러나 이제는 힘든 병원 외출이 확 줄어들었다. 아기가 콧물이나 기침이 2주씩 지속된다고 무조건 병원에 가지 않았다. '아기의 면역력은 성인의 면역력보다 약하기 때문에 회복까지 2주는 필요한 거야.' 생각하며 아기가 힘들지 않게 필요한 조처를 해주며 기다릴 줄 알게 되었고, 의사의 진료가 필요한 상황에 해당한다 싶을 때 병원을 찾는 지혜와 여유를 갖게 되었다. 병원을 적절히 이용할 줄 알게 되면서, 진료를 보기 위해 아기와 고된 외출을 해야 할 시간에, 집에서 아기가 원하는 놀이를 해주고 잘 먹는 음식을 제공하는 것으로 편안한 환경에서 아기의 회복을 도울 수 있었다. 아이가 아플 때 불안함을 다스릴 줄 알게 된 것은 여전히 또래에 비해 자주 병치레하는 아이를 둔 우리 가정에 큰 축복이 아닐 수 없다.

한번은 오랜만에 소아과를 찾았을 때, 의사 선생님께서 이런 말씀을 하셨다.

"아기가 면역력이 약한 편이에요. 두 돌 전까지는 마트나 문화센터와 같이 사람들이 모이는 곳에 아기를 데리고 가지 말고 좀 고생스럽더라도 엄마가 집에서 아기를 돌보세요."

덤덤히 받아들였다. '그래, 뭐 외출 좀 못하면 어때. 아프지 않으면 그게 최고지.' 당시 문화센터의 음악이나 미술 프로그램, 체육 프로그램은 데려가지 않는 엄마가 없을 정도로 유행이었지만 나는 꿋꿋하게 집에서 아기를 돌봤다. 아기가 기관 생활을 시작하기 전인 27개월 이전까지는 우리 집이 도서관이었고, 문화센터였다. 선생님은 누구? 바로 나….

선생님이 되었다가 친구도 되었다가 졸병도 되었다가, 넘나드는 포지션에서 한글책, 영어책을 번갈아 가며 읽어줬고, 김장 매트를 펼치고 물감을 가져다가 내 손바닥과 아이 손바닥에 범벅을 하듯 묻히고는 전지 한가득 예술혼을 펼치기도 했다. 컵 탑을 쌓고 무너뜨리는 놀이를 아이가 꺼내오는 대로 하루에 몇 번씩 반복했다. 아이 백

일쯤에 들인 영미권 전래동요 책이 몇 권 있었는데 아이가 유난히 좋아해서 노래도 엄청나게 불러줬다. 아이와 눈 맞추고 살 비비며 깔깔깔 보내는 이런 시간이 힘들기보다는 재밌었다. 의도치 않게, 이는 거리 두기 예행연습이 되어, 후에 맞이한 코로나 상황에서 긴 시간 집에서만 지내야 하는 시간을 이겨내는 데 힘이 되었다. 아이는 코로나에 걸리지 않았고 말이다.

오래된 계획

스물세 살 겨울, 뉴욕에 여행을 갔었다. 주말 오후 뉴욕 도서관에서 나와 자유의 여신상을 보러 가기 위해 뉴욕 시내를 지나가는 지하철을 타게 되었다. 낡고 지저분한 지하철역 안의 분위기는 그다지 좋은 느낌은 아니었다. 내가 타야 하는 지하철이 들어오기를 기다렸다가 얼른 탑승했다. 조용한 분위기가 감돌았다. 지하철이 움직이기 시작했고 일부러 그러려고 한 것은 아니었지만 나도 모르게 주위의 사람들을 살펴보게 되었다. 사람들은 저마다 책을 한 권씩 손에 들고 펼쳐 읽고 있었다. 나를 비롯하여 멀뚱히 앉아 있는 사람은 누가 봐도 관광객뿐인 듯했다.

어쩐지 멋쩍어진 시선을 창밖으로 돌리는데 맞은편 자리에 앉은 한 엄마와 그녀의 작은 아이가 눈에 띄었다. 엄마와 아이는 각자의 손에 든 책을 읽고 있었다. 아이의 큰 눈은 책 속 세계에 빠져있는 모습이었다. 나는 잠시 생각에 잠겼다. 나도 책을 좋아했는데…….

언젠가부터 점점 책 읽을 여유를 잃었다. 외출할 때는 읽을 책을 챙겨 나오기보다는 아이리버를 챙겼고, 지하철에 오르면 자연스럽게 귀에 이어폰을 꽂고 드라마 '프렌즈'의 녹음해 둔 음원을 들었다. '좋아 보인다. 나도 아빠랑 서점에 가서 꼬마 도깨비 책을 사는 주말을 기다리던 시절이 있었는데. 지금 저 꼬마의 머릿속에는 온갖 상상이 펼쳐지고 있겠지?' 맞은편의 아이를 보며 아빠랑 서점까지 30분 정도를 걸어가 책을 고르고, 그 책을 들고 또 30분을 걸어 집으로 돌아와 엄마가 저녁밥이 다 됐다고 부르기 전까지 바닥에 배를 깔고 엎드려 책을 읽던 열 살의 나를 떠올렸다. 1년 정도 외국에서 생활하느라 가족이 그리웠던 때였는데 어릴 적 생각을 떠올리니 울컥 눈물이 올라왔다.

"보고 싶네, 우리 엄마 아빠."

그 아이와 엄마의 모습이 어찌나 인상적이었는지 나는 불과 대학 3학년의 학생이었지만 나중에 아이를 낳고 엄마가 되었을 때 지하철에서 아이와 각자의 책을 읽는 엄마가 되어보겠다고 결심했다. 그리고 또 아이가 성인이 되어 혼자 책을 마주했을 때 문득 엄마를 떠올려 주면 행복할 것 같다고 생각했다. 뉴욕에서 날 떠올려 주면 더 좋겠고.

자유의 여신상을 보고 숙소로 돌아오는 길에 서점에 들러 《쇼퍼홀릭》이라는 당시 베스트셀러였던 재미난 책을 사서 여행 내내 읽었다.

10여 년이 흐른 뒤 나도 엄마가 되었다. 10년 전 뉴욕의 지하철에서 봤던 엄마와 아이를 떠올리며 아이에게 책을 읽어줬다. 아이를 무릎에 앉히고 책을 읽어주면서 머리 냄새를 맡고, 보드랍고 통통한 살을 만지고, 반짝거리는 눈을 바라보니 행복했다. 아이가 기어다니기 시작할 무렵, 책장으로 가 책을 꺼내려고 애쓰다가 행동이 어설퍼 책장의 책을 와르르 쏟고 말았다. 어떻게 하려나 보고 있었는데, 쏟아진 책 속을 헤집어 자기가 좋아하는 책을 딱 집어내더니 읽어달라고 내 앞에 내려놓던 모습이 여전히 눈에 선하다.

아이는 취향이 확실해서 읽어달라고 꺼내오는 책이 늘 정해져 있었다. 같은 책이어도 계속해서 읽어줬다. 책에는 먹다 흘린 이유식이 말라붙어 있기도 했다. 너덜너덜해진 책에 테이프를 붙여 보수 공사를 하기도 하고, 더이상 테이프를 붙여 볼 수도 없을 때 같은 책을 다시 사기도 했다. 어느새 아이에게는 자연스럽게 책 읽는 습관이 심어졌다. 회사에 복직한 이후에도 퇴근하고 집에 돌아와 제일 먼저 하는 일은 아이가 가져오는 책 몇 권을 읽어주는 것이었다. 나는 하루 종일 두 발을 가둬 두고 있었던 답답한 스타킹만은 빨리 벗어 버리고 싶었지만, 아이가 들고 온 책을 다 읽어주고 나서야 겨우 옷을 갈아입고 저녁밥을 먹는 것이 허락됐다. 아이가 커나갈수록 그림책을 보며 함께 나눌 수 있는 이야기가 늘어났다.

"밤의 귀뚜라미 소리는 생명의 클래식 뮤직과 같다."

어느 날 아이가 귀뚜라미 우는 소리를 조용히 듣더니 종이에 글을 써 왔다. 어린아이가 썼다기에는 너무 멋진 표현이었다. 아이는 책을 통해 내가 다 보여주지 못하는 세상의 아름다움과 다양함, 온갖 지식과 정서를 배우고 느꼈다. 아이가 하는 이야기에 가끔 감탄이 들었다. 아이는 책을 읽으며 나눈 이야기를 어찌나 잘 기억하는

지 아기 때 읽은 책 이야기도 불쑥불쑥 꺼내 놓는다. 책 이야기를 배놓고 내 아이 육아 얘기를 할 수 없을 정도로 책을 매개로 우리 가족의 소중한 순간들이 참 많이도 채워졌다.

요즘 세상은 웬만한 것이 즉석에서 해결된다. 필요한 물건은 온라인 주문하면 다음 날 아침 현관문 앞에 도착해 있고, 궁금한 것이 있으면 인터넷에 검색해서 바로바로 찾아볼 수 있다. 그런 영향 탓인지 우리 자랄 때에 비해 아이들이 시간을 들여 생각해야 하거나 기다리는 일에 익숙지 않은 모습을 보일 때가 많다.

나때는 좋아하는 TV 프로그램을 보려면 밖에서 신나게 놀다가도 프로그램 방영 시간에 맞춰 노는 것을 멈추고 집에 들어가야 했고, 프로그램 시작 전에도 한참이나 나오는 광고를 몇 배속으로 빠르게 본다거나 뒤로 넘겨버릴 수 없이 꾹 참고 다 보고 나야 비로소 기다렸던 프로그램을 볼 수 있었다. 그래서 더 오래 기억에 남은 것일까. 아이의 학교 엄마들이 모인 어색한 자리에서도 〈천사들의 합창〉이나 〈피구왕 통키〉 이야기가 나오면 너도나도 저마다 한마디씩 할 이야기들이 생긴다.

요즘은 거리에서 노는 아이들도 없을뿐더러 TV를 보기 위해 놀다가 집에 들어가는 일은 더더욱 없다. 길거리에는 이어폰을 꽂고 핸드폰 화면으로 유튜브나 SNS를 보며 다니는 사람들이 흔하다. 둘이 함께 있어도 각자의 핸드폰을 보고 있는 풍경에 저 둘의 관계가 괜찮은지 괜스레 보고 있는 내가 걱정이 들 정도다. 요즘 초등학생들은 나란히 앉아서도 메시지로 대화를 주고받는다고 한다.

세상이 이렇다고 하니, 나는 아이에게 정서를 나누고 깊이 생각해야 하는 책들을 찾아 권하게 된다. 천천히 생각하며 인물들 간의 관계나 감정, 사건을 모두 살피며 읽어야 하는 책들이다. 자기 전 아이와 함께 누워 책 이야기를 묻는다. 인물들의 감정에 대해 아이는 어떻게 느꼈는지 묻고, 아이가 등장인물과 비슷한 일을 겪었다거나 비슷한 감정을 느낀 일은 없었는지 물으며 대화를 나눈다. 아이에게 공감하고 소통하는 능력을 키워주기 위해서다.

아이는 어느새 많이 커 글도 길어지고 관계와 사건이 복잡하게 얽히는 소설책도 재미있게 읽는다. 그러면서 심오한 대화도 가능해졌다. 내가 초등학교 3학년 때 《꼬마 도깨비의 모험》을 읽었던 것에 비교하면 대단한 독서 수준이다. 그러나 아이는 여전히 아이이다. 갑자기 책을 읽다 말고 내게 달려와 품 안을 파고들며 앉는다. 그리고 책에서 본 것을 재잘재잘 말한다. 세상에 대한 호기심과 궁금증이 끝이 없어 보이는 아이. 아이랑 얘기를 나누며 나의 지성도 업그레이드된다.

우리는 차를 타고 이동하거나 식당에 갈 때, 미용실에 갈 때, 여행할 때도 늘 책을 챙겨 다닌다. 책을 통해 아이는 자신이 살고 있는 세상보다 더 큰 세상을 보고 있다고 믿는다. 아마도 독서 습관은 수면 습관 다음으로 내가 아이에게 준 가장 값진 선물이 되지 않을까.

복직, 일과 육아의 균형이 있을까

"규우우울, 따아알기, 양마알."

겨울이었던 돌 무렵, 말이 빨랐던 아이는 어설픈 발음으로 이런 저런 단어를 내뱉으며 적극적으로 아는 것을 표현했다. 자주 꺼내와 읽어줬던 코끼리 자연 관찰 책이나, 고양이가 나왔던 동화책 등 몇 가지 책의 내용은 달달 외워서 그 조그만 손으로 야무지게 책의 페이지를 넘겨 가며 마치 글자를 읽는 듯 실감 나게 내 목소리를 흉내 내며 읽었다. 질리도록 불러줬던 영어 동요를 나랑 주거니 받거니 하며 부르는 등 내가 천재를 낳은 건가, 싶게 영특함을 발휘했다. 그렇게 한참 예뻤던 시기에 잔인하게도 육아휴직 기간이 끝나가고 있었다. 아이가 15개월이 되었을 때, 그토록 사랑스러운 아이를 두고 회사에 복직하게 되었다.

아주 최악은 아니었던 것이, 나는 그래도 회사 일을 좋아했다. 게다가 함께 일하는 선배는 참 좋은 사람이어서 배울 점이 많았다. 선배의 지지와 격려, 우리가 나눴던 여자들만의 사적인 수다 덕분에 회사 생활을 오래 이어올 수 있었던 것이기도 하다. 나는 내 일을 가장 잘 알고 있었던 이 선배를 팀장이라 여기며 회사에 다녔다. 나는 영어 전공인데 속한 팀은 법무팀이었다. 회사 매출의 90%가 수출로 발생했기 때문에 해외 법무 업무를 영어로 소화할 수 있는 사람이 필요해서였다.

입사 후 첫 3~4년은 실무를 배우면서 실무에 필요한 법적 지식을 쌓아야 했다. 매일같이 공부하는 마음으로 직장생활을 했다. 강의를 들으며 전문적인 지식을 쌓아 나가는 동시에 동향 분석이나 판례, 법적 용어를 공부하는 것은 기본으로 해야 했고, 설득력 있는 주장을 쓰기 위해 국내외 법조인의 칼럼, 저널 등을 찾아 읽고 노트 정리를 했다. 해외 변호사와 주고받은 이메일에서 내가 써 먹어볼 수 있을 만한 영어 표현을 따로 모아 보기 쉽게 정리해 두기도 했다. 선배가 도움 되는 조언을 많이 해줬는데 허투루 듣지 않고 잘 따랐다. 배운 것을 차곡차곡 쌓으며 성장했다. 4년쯤 지나자, 일의 전체가 보이는 느낌이 들었고 일을 주도적으로 하고 있다고 느껴졌다. 선배와 나는 우리가 라이센스만 없을 뿐이지 이 분야의 전문가나 다름없다는 농담으로 서로를 격려하며 의지했다. 그렇게 일을 즐겼다. 3년쯤 더 흘러 육아휴직을 앞두고 있을 때는 일이 더 능숙해진 상태였다. 내가 일이 능숙해지면서 선배도 숨통이 트였을 텐데, 내가 다시 휴직에 들어가게 되면서 1년 동안 선배는 내가 하던 일을 그대로 다 받아서 해야 했다. 선배는 너무 힘들어 내가 돌아오기 전 그만둘 뻔했다고 했다.

회사는 정규직 90%의 직원이 남성인 남성 중심의 사회였다. 입사 때부터 군필 남자는 2년의 경력을 인정받은 채로 입사하여 함께 입사한 여자 동기보다 급여도 높고 직급도 앞서 달았다. 그러다 보니 진급도 먼저 했다. 남녀 사원은 동기라 하더라도 직급과 연봉의 격차가 벌어지게 되었고 연차 차이가 얼마 나지 않는 상황이라면 먼저 입사한 선배 여직원이 후배 남자 직원보다 직급이 낮아지게 되는 경우도 발생했다. 나는 직장 1년 후배인 남편과 사내 연애를 하여 결혼했는데, 내 경우도 남편이 나보다 직급이 높았다.

출산과 육아휴직을 하던 해, 나는 진급 대상이었다. 나는 충성심과 책임감이 강한 직원이었고 업무 처리 능력도 좋았다. 내가 육아휴직에 들어간다고 했을 때 내 업무를 할 수 있는 사람이 회사내에 선배 한 사람밖에 없을 정도로 대체하기 어려운 전문적인 업무를 맡고 있었다. 출산을 두달 앞둔 그해에는 회사에 큰 행사가 있었다. 만삭에 가까운 몸으로 업무 외 미팅에 참석하며 행사를 준비했다. 행사 당일에는 온종일 굽이 높은 구두를 신고 1층에서 6층으로 왔다 갔다 하며 내빈을 모셨고, 자리가 모두 채워진 행사장에서 2부 사회를 본 뒤에야 식사를 하기 위해 드디어 자리에 앉을 수 있었다. 그렇게까지 열심히 한 것은 임신했다고 해서 특별 대우를 받고 싶지 않았고, 맡은 일을 잘 해내고 싶었기 때문이다.

휴직에 들어가기 몇 주 전에는 연구과제를 제출하고 그동안 회사에 없던 시스템을 만드는 일을 완성해냈기에 주변에서는 좋은 결과가 있을 것이라고 기대감을 심어줬다. 그러나 연말 인사 발령 공고에 내 이름은 없었다. 그동안 회사가 말로만 나를 인정해줬던 건가 싶어 처음으로 진급 심사 결과에 대해 따져 묻고 싶었다. 내가 내년에 육아휴직에 들어가 진급하지 못한 거냐고 확인하고 싶었다. 그렇지만 이의를 제기하지는 못했다. 회사 규정에 진급 시점에 휴직이 아닌 재직 상태여야 한다는 규정이 있었는데, 나는 진급 시점인 1월 1일을 며칠 앞둔 12월에 출산 예정이었기 때문이다.

옛날 엄마들은 아이를 낳고 3일 만에 밭을 매러 나갔다고 했다. 나도 우선 2박3일 퇴원 기간이 끝나면 출근했다가 1월 1일이 지난 후에 출산휴가와 육아휴직에 들어가겠다고 할 걸 그랬나. 1월 1일에는 재직하고 있을 테니까 진급 심사를 공정하게 해 달라고 미리 얘기했다면 결과가 달라졌을까? 화장실 가는 시간도 아껴가며 누구보다 열심히 일했다고 자부했었다. 그런데 출산으로 인해 진급이 적어도 2년은 밀린다고 생각하니 서운하고 속상한 마음이 들었다. 하지만 회사에 대한 애정이 있었고, 열심히 했으니 됐다고 생각하며 묻어 두기로 했다.

복직해야 할 시기가 다가왔을 무렵, 전에 묻어둔 인사 결정에 대한 서글픈 감정이 다시 스멀스멀 올라왔다. 집에서 육아를 잘하는 것으로 남편과 아이에게 인정받으며 살아가면 그게 더 좋은 게 아닐까 하는 생각도 들었다. 그러나 회사에서 1년간 내가 하던 일까지 도맡느라 남성들 틈에서 고립되어 외롭게 고생했을 선배를 생각하면 그럴 수 없었다. 그만두지 않고 자리를 지켜준 선배를 위해서 복직하기로 했다. 자리 정리를 하고 공백 기간의 일들을 인수하는 일주일 정도의 어수선한 시간을 보내고 난 뒤, 마치 어제 하던 일을 이어 하는 느낌으로 금방 다시 업무에 적응했다.

그러나 일과 육아를 병행하는 워킹맘의 생활은 상상 초월로 쉽지 않았다. 아이가 잠을 깊이 못 자고 병치레를 자주 하는 것은 여전히 디폴트 값이었다. 복직 첫해에는 휴직으로 인해 연차가 11개밖에 생기지 않았는데 아이가 아플 때마다 연차를 나눠 쓰다 보니 3월부터 시작해 11개의 연차를 모두 소진하고 말았다. 마지막 연차 0.5개를 12월에 있는 아이 생일에 사용했는데, 생일을 치르고 얼마 지나지 않아 연말에 아이가 폐렴으로 병원에 입원하게 됐다. 사용할 수 있는 연차가 없어 친정 식구에게 아이의 병실을 부탁하고 출근했다. 게다가 나는 회사의 행사 때마다 사회를 도맡았는데, 아이가 병원에 입원했다고 하여, 매해 1월 2일에 있는 시무식에서 열외되기를 기대할 수는 없었다. 새해 첫날, 병실에서 다음날의 시무식 행사 순서를 살피고 사회 대본을 외웠다. 그리고 시무식을 위해 병실의 아이를 여동생에게 부탁하고 출근했다.

복직 후 친정엄마가 기관에 가지 않는 아이를 집에서 돌봐주셨다. 힘드셨던 엄마는 아이가 두 돌이 지나면 기관에 보냈으면 한다고 하셨다. 엄마가 힘들어하고 계신 것을 나도 눈치챘었다. 남편도 동의했다. 아이를 기관에 등록하고 등원은 이모님과 하기로 했다. 아이는 기질이 예민하여 기관에 적응하기까지 시간이 꽤 걸렸다. 나는 아침 7시 30분이면 출근을 위해 집에서 나와야 했기에 이모님께서 아이를 기관에 데려다주셨는데, 매일 아침 아이의 옷은 내가 외출복으로 갈아입혀 주고 나와야 했다. 아이가 옷의 소재가 조금만 까끌까끌하거나 옷의 라벨이 자기 몸을 스치거나 하면 갈아입기를 완강히 거부했고, 또 어느 날은 등원하기를 거부하면서 옷을 갈아입지 않겠다고 이모님께 맞섰다. 이모님께서는 아이 옷 갈아입히기가 너무 힘들다고 옷은 꼭 엄마가 갈아입혀 주고 출근하라고 부탁하셨다.

잠이 덜 깬 아이를 눕혀둔 채로 옷을 갈아입혀 준 뒤 출근 준비를 마쳤다. 그러고 나면 잠이 깬 아이가 출근하는 나를 따라 현관으로 쫓아 나왔다. 그럼 나는 아이가 문밖으로 나오지 못하도록 멈춰 세웠다. 아이의 볼에 뽀뽀하고 꼭 안아준 다음 현관 신발장 안에 감춰둔 새로운 레고 피규어 하나를 꺼내 손에 쥐여 주면서 "오늘의 선물! 이거 가지고 재밌게 놀다가 유치원 즐겁게 잘 다녀와."하며 암

시를 거는 듯한 인사를 하고 서둘러 집을 나섰다. 아이가 엘리베이터까지 쫓아 나오면 출근이 지체됐다. 닫히는 엘리베이터 문틈으로 아이의 슬픈 얼굴을 봐야했다. 엘리베이터가 1층까지 내려오는 동안 들리는 이모님과 아이의 목소리에 출근길 발걸음은 참으로 무거웠다. 등원 문제는 그분만이 아니었다. 차로 3분이면 가는 거리를 등원 차량에 태우면 울고불고 진을 다 빼니 이모님께서 아이를 유모차에 태워 직접 데려다주셨는데, 문제는 7월 폭염이었다. 아침 기온이 30도, 낮 기온은 37도 가까이 올라갔다. 이모님께 날씨가 너무 더우니 차량에 태우시라고 말씀드려도 아이 우는 것을 볼 수가 없어 직접 데려다주겠다고 하셨다.

하루는 회사에 있는데 원장님께서 전화를 걸어오셨다.

"어머니, 이모님께서 너무 덥고 힘들어 보이세요. 여기 오셔서 땀을 식히신다고 앉아 계시는데 그 모습에 다른 어머니들도 걱정하시고요. 아이가 울더라도 차량에 태워주시면 안 될까요?"

결국 나는 아이에게 차량을 타고 등원하는 연습을 시키기 위해 회사에 며칠 휴가를 냈다. 다행히 아이는 차를 타고 등원하기 시작했지만, 그렇다고 완벽한 평화가 찾아온 것은 아니었다. 이따금 아침마다 아이가 헤어지기 싫다고 울거나 열이 나고 아픈 날에는 출근하는 발걸음이 매우 무거웠고 회사에 와서도 오전 몇 시간은 일이 손에 잡히지 않았다.

내가 하는 업무는 상대와 겨뤄 우리측에게 좋은 결과를 끌어내야 한다거나 우리 쪽 리스크를 최소화하는 방식으로 방어해야 하는 성격의 일들이 많았다. 모두 글로 써서 하는 일이었는데 한 번에 단순하게 생각해서 끝낼 수 있는 일이 아니었고, 수정에 수정을 거듭하여 최선의 상태로 문서를 제출해야 했다. 모니터를 뚫어져라 쳐다보며 썼다 지웠다가 전치사의 토씨 하나 오류가 없는지 찾으며 읽다 보면 오후쯤 심한 두통이 찾아왔다. 눈이 빠질 것 같고 이마 위쪽으로 머리가 지끈지끈 울리는 느낌이 들었다. 남편과 같이 퇴근하는데, 두통이 심한 날은 대화 한 마디 나눌 수 없을 정도였다.

다 끝내지 못한 일은 머릿속에 머물러 집까지 따라오는 경우가 많았다. 아이 눈을 보고 있으면서도 일을 떠올리게 됐고, 자다가 잠깐 잠이 깨면 일 생각에 다시 쉽게 잠이 들지 못해 뒤척거리다 결국에는 옆에서 잘 자고 있던 아이를 건드려 깨우게 되기도 했다. 나 때문에 아이가 잠을 부족하게 잔 날이면 누적된 피로로 낮잠도 푹 자지 못하고 이모님께 짜증을 냈다. 제 몸이 피곤한데 그 느낌을 어떻게 설명해야 하는 줄 몰라 그저 울음과 짜증으로 표현할 수밖에 없는 아이가 안쓰럽기도 하고, 이것도 싫다 저것도 싫다 투정해 대는 아이를 마주 대하고 계신 이모님께 몹시 죄송한 마음이 들었다. 대체 왜 나는 얼마나 대단한 일을 한다고 일과 분리되지 못하는지. 일을 놓고 싶지 않았지만, 그것으로 내 몸과 마음, 아이, 주변 모두가 힘들다면 그만두고 아이 옆에 있어야 하는 것이 아닌지 생각이 많이 들었다.

나에겐 친정엄마라는 전통적인 엄마상에 대한 롤모델은 있었지만, 워킹맘으로는 어떻게 살아야 하는지에 대한 롤모델은 부재했다. 나와 동생에게 무척이나 헌신적이었던 엄마는 할아버지가 병원에 길게 입원하셨던 그해를 빼고는 우리가 학교에 갔다가 집에 왔을 때 늘 집에 계셨다. 매일 아침저녁으로 압력솥에 쌀밥을 새로 하셨고, 그날그날 직접 만든 반찬으로 끼니를 차려 주셨다. 할아버지 병원에 다녀와야 할 때도 우리가 먹을 식사는 정갈하게 준비해 식탁 위에 올려두고 외출하셨다. 옷에서는 항상 좋은 냄새가 나도록 매일 같이 세탁해 주셨고, 교복을 입을 때는 항상 반듯하게 잘 다려진 블라우스를 입고 다녔었다.

나는 엄마가 우리에게 해줬던 것을 할 수 있는 한 흉내 내어 아이를 키웠다. 일요일이면 아이가 월요일부터 금요일까지 매일 다르게 먹을 수 있는 반찬을 만들어 뒀다. 세탁기를 매일 돌리지는 못하는 대신 매일 갈아입힐 수 있도록 속옷과 티셔츠를 넉넉히 준비해 두고 아이가 늘 깨끗한 옷을 입을 수 있도록 했다.

엄마의 모습을 닮아 나도 아이에게 정성을 쏟았다. 하지만, 직장인이 되었다가, 엄마가 되었다가, 아내가 되었다가, 가사 노동자가 되었다가 하는 몇 가지의 역할을 어떻게 균형 있게 소화해 내야 하는지 혼란스러웠다. 하루 중 이렇다 할 내 시간 하나 없이 저녁 시간까지 회사 일이든 집안일이든 노동하며 보냈다. 잘 시간이 되어 아이와 같이 누우면 아이 눈보다 내 눈이 먼저 감기는 것을 느끼며 잠들었다. 자는 시간이 쉬는 시간인데 그마저도 푹 자지 못하고 계속 깼다. 삶이 고달프게 느껴졌다. '우리 가족 중 행복한 사람이 있을까?' 나와 남편, 그리고 아이까지. 우리는 모두가 각자의 자리에서 할 수 있는 만큼 부단히 노력하고 있었다. 그런데도 100%의 만족이나 행복감을 느끼는 사람은 아무도 없는 것 같았다. 그런 생각은 나를 한없이 아래로 끌어 내렸다. 아이를 생각하면 마음이 시려 눈물이 나는 때가 늘어갔다.

COVID-19, 내게 온 기회

2019년, 갑자기 전 세계적으로 코로나 바이러스가 창궐했다. 아이들이 어린이집이나 유치원, 학교에 갈 수 없게 되었고, 돌봄이 필요한 자녀를 둔 많은 엄마가 회사를 그만둘 수밖에 없었다. 다행히 내가 다니던 회사에서는 초등 저학년 이하 자녀를 둔 부모에 한하여 오전 또는 오후 반일 근무만 하도록 초기 대응을 했고 코로나19 상황이 빠른 속도로 점점 더 심각해지자 전원 격일 재택근무 체제로 전환하여 나는 아이와 육아휴직 이후 가장 많은 시간을 함께할 수 있게 되었다. 전 세계적으로 재난 상황이었지만 개인적으로는 재택근무를 하며 비로소 일과 육아의 균형을 찾은 느낌이었다.

재택근무 기간, 한동안 나는 아이의 아침 식사부터 하루 세끼의 식사를 정성스럽게 차리는 일에 푹 빠져 지냈다. 재택근무를 하기 전에는 아이가 주중에 먹을 반찬을 주말에 미리 잔뜩 해두었는데, 매일 아침 그날그날의 반찬을 새로 해서 도시락을 싸 주던 엄마의 모습과 비교되어 아이에게 늘 미안한 마음이 들었던 것을 만회하기 위해서였다.

내 옆에 앉아 내가 해준 반찬을 포크로 찍어 오물오물 맛있게 먹는 아이의 입을 보고 있는 일, 무릎에 앉혔다가 바닥에 엎드렸다가 같이 뒹굴뒹굴하며 아이가 원하는 책을 실컷 읽어주는 일, 사람이 없는 시간을 찾아 바깥을 산책하며 꼭 잡은 아이 손의 온기를 느끼는 일, 조잘조잘 아이가 하는 이야기를 듣고 있거나 비둘기를 관찰하러 달려가다 속도를 줄이고 조심조심 다가가는 아이의 모습을 보는 일들은 다시 찾은 행복이었다.

나는 아이와 있을 때, 대학 시절 지냈던 호주와 캐나다에서의 홈스테이 부모님이 자신들의 자녀나 나를 대하던 태도를 많이 떠올리게 된다. 그들은 공통적으로 가정에서 아이에게 사랑이 듬뿍 담긴 따뜻한 언어를 쓰거나 스킨십을 많이 했고, 아이를 하나의 독립된 인격체로 존중해 줬으며, 아이들을 적극적으로 자연으로 내보냈다.

내가 자랐던 환경과 대조적으로 좋아 보였던 부분들이 있었고, 내 아이를 키우는 과정에서 자연스럽게 그들의 모습을 떠올리며 그 모습이 내 모습이 되게 하려고 의식적으로 노력을 기울였다. 특히 아이의 요구사항이 나를 귀찮게 하는 것이거나 바쁜 상황에서 하던 일을 늦어지게 하는 것이라 해도, 일단은 아이를 존중하는 차원에서 들어 준다. 해줄 수 있는 것이면 바로 해주고 어려울 것 같은 부분은 아이에게 충분히 설명하거나 다른 대안을 주고서 상의를 통해 결정했다. 선택권을 아이에게도 주는 것은 이제 우리 가족의 문화가 되었다.

나는 아침 식사로 계란을 자주 준비한다. 느긋한 주말 아침 식사에서는 특별히 계란의 조리 방법이나 익힘 상태를 각자가 원하는 대로 나에게 요청하도록 하는데, 사소한 일이지만 아이는 "Over easy, please!"라 외치며 자신이 가장 좋아하는 반숙의 달걀부침을 선택해 먹을 수 있는 주말을 무척 기다린다.

한번은 만 다섯 살이었던 아이가 물고기와 거북이를 집에서 키우고 싶어 했는데, 친정집에서 강아지를 세 마리나 키웠던 경험이 있는 나는 꼭 강아지가 아니더라도 동물을 키우는 일 자체에 얼마나 많은 책임이 따르는지 잘 알고 있었기에 어떤 동물이라도 동물을 집으로 들이는 일은 피할 수 있다면 가능한 피하고 싶었다. 하지만 홈스테이 생활에서 보고 배웠던, 아이를 독립된 가족 구성원으로 보고 존중을 일삼는 것을 우리 집 문화로 만들기로 한 이상 외면할 수 없었다. 만 다섯 살 된 아이와 나, 남편이 함께 앉아 긴 토론을 마친 끝에 우리는 서로의 역할을 정해두고 물고기와 거북이를 식구로 맞이하게 됐다. 아이는 자신이 맡은 역할인 먹이 주기, 다정한 친구가 되어 주기의 역할을 제법 책임감 있게 성실히 수행했고, 여전히 수행하는 중이다.

내게는 몇 가지 뚜렷한 육아 가치관이 있지만, 아이를 친정엄마나 이모님의 손에 맡기면서부터는 엄마나 이모님의 육아가 나의 가치관과 맞지 않는 부분이 있어도 말씀드리기가 어려웠다. "그렇게 하지 말아 주세요. 이렇게 해주세요."라고 직접 말씀드리는 것은 서운함을 빚어내고 서로의 관계를 해치기만 할 뿐이라고 판단했기에 웬만해서는 상당 부분 내가 포기하는 것이 나았다. 그런데 코로나 덕분에 다시 아이를 직접 돌 볼 기회가 주어지다니 혼란스러운 시국이었지만 우리 가족에게는 기회이구나 싶었다.

사회적 거리 두기 상황이 되고 나서야 아이와 딱 붙어 지내다니, 아이러니했다. 모두에게 어려운 시기임은 분명했다. 회사 출근일도 들쭉날쭉했다. 하지만 긍정적으로 받아들이기로 했다. 나는 제일 먼저 아이 심리나 자존감 형성에 관한 책을 찾아 읽으며 그동안 워킹맘으로 사느라 어쩔 수 없이 아이 마음에 냈던 상처들을 어루만져 주는 일에 신경을 썼다. 시간이 지나며 남편과 나는 아이에게 생긴 가장 큰 변화로 아침부터 저녁까지 아이의 감정 기복이 크지 않다는 것을 꼽았다. 하루 종일 아이의 모습이 편안해 보였다. 2년이라는 시간이 흐르니 코로나 상황이 좋아지는 것이 느껴졌고, 다시 재택근무가 끝나고 사무실로 출근하던 일상으로 돌아가는 일이 머지않았구나 하고 생각될 때는 부끄럽지만 코로나가 끝나지 않기를 바랐다.

사람들은 재택근무의 가장 큰 단점이 업무시간의 구분이 사라져 낮이고 밤이고 카톡이 울리고 노트북을 켜 처리해야 하는 일들이 생긴 것이라고 했다. 나 또한 일하며 아이 챙기며 온종일 내 시간이 없기는 이전과 마찬가지였지만 어쩐지 마음에는 여유가 생겨났다. 베란다 큰 창 너머로 저녁노을이 예쁘게 지는 것이 눈에 들어왔다. 붉은 노을이 지고 집안이 어스름해지면 잠깐 노트북을 닫고 거실의 불을 켜며 저녁 식사 준비를 시작했다. 알찼던 하루가 뿌듯하게 느껴지고 지금 누리고 있는 행복이 벅차게 느껴졌다.

아이들이 다시 학교나 유치원, 어린이집에 가게 되었지만, 회사는 여전히 재택근무 체제를 유지하기로 했다. 따라서 아이가 유치원에 가고 난 후, 업무하는 시간을 제외하고는 나에게 여유시간이 생겨 났다. 당시 하고 싶은 것이 있었는데, 어린이 테솔(TESOL, Teaching English to Speakers of Other Languages) 공부였다. 아이가 태어나기 전부터 아이에게 꼭 해주고 싶었던 것이 하나는 독서 습관을 길러 주는 것이었고 다른 하나는 모국어와 비슷한 영어 실력을 갖추도록 해주는 것이었다. 글로벌 시대를 살아가게 될 아이가, 필요한 정보를 얻기 위해서나 해외에서 양질의 교육을 받기를 원한다면 영어는 꼭 필요하다고 생각했다.

아이가 태어났을 때부터 집에서 모국어만큼 영어를 사용했다. 나는 원어민의 실력을 갖춘 것은 아니지만 할 수 있는 만큼 해보기로 했다. 한글책을 읽어주면 그만큼 영어책도 읽어줬고, 한글 동요를 불러주면 영어 동요도 불러줬다. 아이에게 우리말로 말을 걸기도 영어로 말을 걸기도 했다. 엄마표 영어인 줄 모르고 해왔던 엄마표 영어로 아이는 영미권 국가의 또래 아이들과 비슷한 수준의 영어를 이해하고 구사할 수 있게 됐다. 하지만 학령기에 있는 또래 영미권 아이들과 비슷한 언어 능력을 갖출 수 있게 하기 위해서는 좀 더 전문적인 지식이 필요했다. 언어 습득에 관한 이론을 체계적으로 배우고 내 아이에게 맞는 영어 학습을 설계해 보고 싶었다. 영어유치원이나 어학원의 학습 방식 말고, 아이도 나도 즐거운 우리 집 맞춤형 어학원을 만들어 보고 싶어 7개월간 짧지 않은 여정의 테솔 수업을 시작하게 되었다.

테솔 수업의 장점은 여러 가지가 있었다. 첫째, 수업 내용이 어린이 영어 습득을 중심으로 하고 있어 내가 원했던 것을 정확히 배울 수 있었고, 둘째, 여성이었던 스승님께서 수업 시간에 한창 육아 중인 엄마들의 힘든 마음을 잘 헤아려 주시면서 삶에 대한 통찰과 지혜를 많이 나눠 주셨기에 수업에서 위로받는 느낌이 들었으며, 셋째, 학기마다 팀 과제를 수행해야 했는데, 비슷한 처지에 있는 엄마들과 소통하며 얻는 에너지가 좋았고, 줌 미팅을 통해 과제를 진행하는 과정을 옆에서 아이가 지켜보며 엄마가 하는 공부에 흥미를 보이기도 하고 응원해 주기도 해서 아이에게 좋은 본보기가 되었다는 생각이 들었다.

그렇게 매주 수업을 듣고 과제를 제출하며 2학기의 수업 과정을 마쳤고 자격증 시험에 무사히 합격하여 테솔 수료증 및 자격증을 받게 되었다. 막연히 회사를 그만두게 된다면 아이들에게 영어를 가르치는 일을 해보고 싶다고 생각했었는데, 테솔 공부를 하는 과정에서 그 꿈에 대해 구체적으로 생각해 보기도 했다.

테솔 자격증을 취득했으니, 이제는 아이들을 가르칠 수 있는 공식 자격을 얻었다. 아이들을 위한 영어 그림책 놀이 봉사활동 같은 것도 해볼 수 있을 것 같다. 내 아이와 함께 어린 동생들에게 영어로 책을 읽어주고 즐거운 놀이를 해준다면 매우 보람되고 가치 있는 일이 될 것 같다는 생각이 든다.

다시, 벚꽃

재택근무를 하면서 집에서 일을 하다 보니, 사무실의 수십 개 밝은 형광등 불 밑이 아니어서 그런가, 자꾸 눈이 침침해지는 느낌이

들었다. 아이에게 책을 읽어주는데 글자가 잘 보이지 않아 불편함이 느껴졌다. 글자뿐 아니라 마주 보고 앉은 아이의 얼굴이나 남편 얼굴의 이목구비가 희뿌옇게 보이기도 했다. 어느 날 밤에 운전해서 친정에 다녀오는 길이었는데 아주 캄캄한 도로를 지날 때 차선 표시가 보이지 않았고 가로등 불빛이 부서지는 게 무척 불편하게 느껴졌다. 아무래도 운전이 힘들다 느껴지는 것을 보니 눈이 정말 나빠졌나 보다 싶어 안과에 가기로 했다.

"여기 시신경 보이시죠. 오른쪽 눈의 시신경인데 얇아져 있어요. 시야 결손도 있고요. 나이가 젊으신데…. 녹내장이 의심되니까 대학병원에 가셔서 정밀검사를 받아보시는 게 좋겠어요. 소견서 필요하면 데스크에 말씀하세요."

나는 그저 시력검사를 하기 위해 아이 하원 시간 전, 병원에 후딱 다녀와야지 하며 가볍게 들려본 것이었다. 그런데 갑자기 녹내장이라니. 녹내장은 뭐길래 대학병원 검사 얘기를 하는 거지?

녹내장은 진행하는 시신경 병증으로 시신경의 기능에 이상을 초래하고 해당하는 시야의 결손을 유발하는 질환이다. 시신경은 눈으로 받아들인 빛을 뇌로 전달하여 '보게 하는' 신경이므로 여기에 장애가 생기면 시야 결손이 나타나고, 말기에는 시력을 상실하게 된다.

'말기에는 시력을 상실하게 된다고…?' 갑자기 심장이 쿵 떨어지는 느낌이 들었다. 실명한다는 건가? 얼마나 빠르게 진행되는 병이

지? 혹시 아이 얼굴을 볼 수 없게 될 수도 있는 거야? 덜컥 겁이 났다. 가장 이른 날짜로 대학병원 진료를 잡고 검사를 받았다.

검사 결과 녹내장은 아니라고 판단된다고 했다. 그러나 시신경 결손이 있다고 했다. 일시적 혈류 차단이 원인인 것으로 보이고 몇 차례 검사를 통해 진행 속도를 확인해 볼 것이라고 했다. 이후 몇 개월 단위로 추가 검사가 좀 더 진행됐다. 다행히 급성 결손은 아닌 것으로 보인다는 소견을 들었다. 평소에 두통이 있었는지 물어 그랬다고 답했다. 규칙적으로 운동하는 것이 필요하다고 했다. 가급적 안경을 계속 착용해서 눈에 힘이 덜 들어가도록 하고, 모니터나 휴대전화를 오래 보는 것과 같은 눈의 사용을 줄이는 것이 진행을 늦추는 데 도움이 될 수 있다는 조언을 듣고 병원 밖으로 나왔다.

"약을 복용 하면 치료가 되나요?"

"아니오, 손상된 신경을 좋아지게 할 방법은 없어요. 진행 속도를 늦추는 것이 최선의 치료에요."

집에 돌아오는 길 내내 마음이 복잡했다. 남편과 상의 후, 퇴사하기로 했다. 갑작스러웠지만 남편이 적극적으로 일을 그만두는 게 좋겠다고 말했다. 규칙적으로 운동도 하고 눈을 덜 사용하려면 어쩔 수 없는 선택이라고 말이다. 회사에서 긴밀한 관계를 맺고 크고 작은 성취를 함께 이뤄냈던 선배의 얼굴이 떠올랐다. 어떻게 말해야 할지 망설여졌다. 하지만 회사 일을 계속하는 한 눈이 혹사할 수밖에 없었기에, 긴 고민을 마치고 말을 꺼내기로 어렵게 마음먹었다.

"지금껏 힘든 시기 다 견뎌 왔는데 일을 그만두는 게 너무 아깝지 않아? 근무 시간을 줄이면 어때? 육아기 단축 근무 쓸 수 있지?"

"남아있기는 하지만…. 회사에서 허락할까요?"

"내가 업무에 지장 없다고 얘기할게. 재택근무와 단축 근무를 병행해 보자."

선배는 나의 퇴사를 적극적으로 만류했고 반일 단축 근무를 하기로 했다. 단축 근무 기간이 끝나 퇴사할 수밖에 없는 때가 왔을 때 선배와 나는 마지막 진통을 겪었다. 선배는 회사에 퇴사 이유를 육아 문제라고만 말하자고 했다. 혹시라도 내 눈의 상태가 생각보다 괜찮아 다시 일하러 돌아올 수도 있지 않겠냐고. 나는 그 말이 맞을 수도, 틀릴 수도 있다고 생각했다. 선배의 의견대로 회사에 아이가 초등학교 입학을 앞두고 있어 육아에 전념하기 위해 퇴사하겠다고 얘기했다. 회사에서는 나의 퇴사에 대한 회의가 몇 주간 이어졌다. 논의 끝에 1년 재택근무를 해보면서 아이를 학교에 잘 적응시키고 복귀하라고 했다. 무척 감사한 일이었다. 눈이 보이는 한 그냥 일을 계속할까 싶기도 했다. 하지만 내 성격상 확실하지 않은 걸 약속할 수가 없었다.

"상황에 따라 복귀하기 어려울 수 있어서 선뜻 그러겠다고 약속드리기가 어렵습니다. 꼭 지금 복귀를 약속해야 하는 것이면 재택근무 없이 바로 퇴사하겠습니다."

선배와 내가 겪은 마지막 진통의 사단이었다. 그냥 알겠다고 하고 시간을 가지며 고민해봐도 될 일인데 융통성 없게 답했다고 선배가 몹시 서운해했다.

"나에게 헤어짐을 준비할 시간을 준다고 생각해 줘. 내가 1년 뒤를 준비할 수 있는 시간. 마음의 준비를 하며 1년을 보낼게. 하지만 복귀에 대해서는 늘 긍정적으로 생각해 줘."

"감사합니다. 다시 그만둘 수밖에 없게 될지라도 복귀하려고 노력할게요."

1년의 재택근무를 진행했다. 1년이 다 됐을 때 우리 팀에서는 내가 재택근무를 연장하여 계속 적당히 일해 주기를 바랐다. 그러나 다른 부서에서 형평성의 이유로 이의를 제기했다. 내가 재택근무를 지속하면 배려해 주고자 하는 우리 팀이나 경영진에게 피해를 주는 일이 될 것만 같았다. 일을 지속할 수 없을 것 같다고 말씀드렸다. 경영진께 마지막 인사를 드리러 갔다.

"그래, 퇴사하게 되었다고. 일한 지 몇 년 되었지?"

"15년 조금 넘었습니다."

"매우 아쉽다. 너는 회사의 보물이었다. 잊지 말고 언제든 다시 일하고 싶을 때 돌아올 수 있도록 끈을 놓지 않고 지내면 좋겠다. 너무 멀리 가지 말고 주변에 맴돌며 지내거라."

"네. 감사했습니다. 건강히 지내세요"

나의 아버지뻘 되는 부회장님의 말씀은 그 어떤 직급으로 진급한 것 이상으로 감사한 말씀이었다.

그렇게 올해 3월을 마지막으로 15년 7개월의 회사 생활을 마무리하고 진짜로 회사를 떠나게 되었다. 집으로 돌아오는 길, 예년보다 이르게 핀 벚꽃이 찬란하게 아름다운 풍경을 만들어 내고 있었다.

어떻게 키울까, 타고난 것 존중하기

'이제 본격적으로 육아만 하게 됐는데, 아이와 어떻게 지내볼까. 맘카페에 가서 요즘 엄마들은 어떻게 아이를 키우고 있나 한번 살펴볼까.' 수많은 엄마가 어느 한 길을 정해두고 또래의 아이들과 제 아이를 비교하고 있었다. 그 길을 앞서 달리고 있어 자부심에 찬 글과, 뒤처지고 있는 것 같아 초조함과 조바심을 내비치는 글들이 뒤섞여 있었다.

입시까지 앞으로 10년. 10년을 입시 중심으로 살아간다?' 회사 밖의 육아 라이프는 입시 중심 사회로 연결되는 듯 보였다. 회사를 그만두고 새로운 세상에서 살고 싶었는데 다시 과거로 돌아가 숨이 막히는 듯한 느낌이 들었다. 어떤 면에서는 내가 입시를 준비하던 시대보다 아이들이 더 혹독하게 세상을 살고 있는 느낌이었다. 아이도 나도 지금부터 삶의 중심을 입시에만 두고 싶지는 않았다. 맘카페나 SNS 정보를 탐색하는 일은 그만두고 서점에 나가 보기로 했다.

서점에는 ChatGPT에 관한 책들이 진열대 한 칸을 모두 차지하고 있었다. 'ChatGPT가 그렇게 핫한가.' 책을 골라 읽다 보니 좀 더 자세히 배워보고 싶은 마음이 들기 시작했다. ChatGPT 강의에 관한 온라인 강의가 있어 수강하고 직접 활용해 보기로 했다. ChatGPT는 정말로 놀라운 세계였다. ChatGPT와 함께 활용할 수 있는 다른 AI의 기능도 가히 환상적이었다. 나는 이것저것 만져보다 아이를 불러 내가 ChatGPT와 대화하는 것을 보여줬고, 아이는 매우 흥분했다.

"나도 해볼래, 나도 해볼래!"

아이는 ChatGPT 가 새로운 놀잇감인듯 말을 시켜보고 대답하기도 하며 무척 재미있어 했다. 신이 나서 ChatGPT와 놀고 있는 아이를 보며 일론 머스크의 말이 떠올랐다.

"It's a new world. Goodbye homework!"

아마도 배운 지식을 얼마나 기억하는지 숙제로 제출하던 방식을 벗어나 학습에 대한 새로운 접근이 필요하다는 것을 의미하는 말일 것이다. 코로나 팬데믹을 겪으며 세상이 많이 바뀌었다고 느꼈다. 온라인으로 세상이 급속도로 가깝게 연결되는 것을 보기도 했다. 대면 수업이 어려워지면서 미국에서는 아이들이 집에서 활용할 수 있는 독서 프로그램이나 홈스쿨링 플랫폼을 마련했고, 그것을 한국에 살고 있는 내 아이가 이용했다. 해외에 거주하고 있는 외국 아이들과 함께 온라인 수업을 들으며 우리가 미래 사회에 진입했다고 생각했었다.

컴퓨터 앞에서 신이 나 눈을 반짝이고 있는 아이를 보며 앞으로 새로운 세계를 살아갈 이 아이를 위해 내가 무엇에 중심을 둬야 하는지 생각이 났다. 아주 본질적인 것, 좋아하는 것을 할 수 있게 해줘야 한다. 아이가 무엇에 새롭게 흥미를 보이는지, 원하는 것이 무엇인지를 알고 지원해 주는 일, 아이의 관심사를 진심으로 지지하고 존중해 주는 일이 아이를 위해 가장 중심에 두고 해야 하는 일이었다.

하고 싶은 것을 스스로 선택할 수 있어야 한다. 나는 아이가 성인이 되고 나서가 아니라 자라는 동안 자신의 마음을 끌어당기는 일을 선택하여 하루하루를 채워 나갔으면 한다. 하루의 일정 시간은 자신이 좋아하는 것을 하며 내가 무엇을 할 때 행복한 사람인지 알기를 바란다. 그것으로 내면에 자존감이 깊이깊이 뿌리 내리도록. 그렇게 스스로 하고 싶은 것을 하며 영혼을 불태우다 보면 자연스럽게 입시에 대한 자신의 판단이 서게 될 것이라고 생각한다.

어떻게 키울까, 자기조절력 +1 레벨 업

올해 만 나이 일곱 살, 한국 나이 아홉 살인 아들은 지난해 입문한 마인크래프트 게임을 무척이나 좋아한다. 애초 게임은 내 계획에 없던 것이었지만 학교에서 친구들이 하는 이야기를 듣고 자신도 게임을 시작해 보기로 마음먹고 온 아들에게 무조건 안 된다고 할 수는 없었다. 우리 가족은 대화를 통해 모두가 동의하는 우리 가족만의 게임 규칙을 정했다. 주중에 집안일과 자신이 정한 만큼의 학습 등 해야 할 일들을 잘 해낸 경우 주말에 한 시간을 넘기지 않는 선에서 아이가 원하는 만큼의 게임 시간을 허용하기로 했다. 아이는 대부분 약속을 잘 지켰다. 하지만 이따금 게임을 멈추기 어려워할 때가 생겨났다. 약속 시간을 10분, 20분 넘기다가 결국은 남편이 큰소리를 내고 아이는 즐거웠던 게임 시간을 눈물로 종료하게 됐다. 그런 상황이 몇 번 반복되다 보니, 게임을 꺼야 하는 시간이 다가오면 집안에 묘한 긴장감이 형성되었다. 게임을 멈추기 싫어하는 자와 멈추게 해야 하는 자의 눈치싸움이 시작되면 그 끝은 언제나 유쾌하지 않았다.

아이가 좋아하는 일을 지지해 주자고 했다. 아이가 게임을 좋아하고 있으니까 하고 싶은 만큼 실컷 하도록 둬야 하는 것일까? 그것은 아닐 것이다. 아이가 좋아하는 것이 무엇이든, 빠져있는 것에 대해 긍정적으로 도움을 주고 격려하는 것이 중요함은 잘 알고 있다. 그렇다고 해서 모든 상황에서 자유롭게 허용해야 하는지는 선뜻 그렇다고 답하기 어렵다. 게임을 통해 스트레스를 해소할 수 있다. 또래 관계 속 사회성을 높이기도 하고, 문제 해결 능력을 높이는 긍정적인 효과도 있다고 전문가들이 말한다. 하지만 우리가 겪어봤듯이 지나치면 생활의 균형이 깨질 우려가 있으므로 어느 정도의 제한을 두는 것은 필요하다고 본다.

'게임 시간을 가지고 지지고 볶는 것도 다 배움의 과정이라 여기자.' 우리는 어느 정도 제한을 두기로 했다. 다만, 다시 한번 커피의 브루잉을 시작한다고 생각했다. 하루아침에 평화가 찾아올 일은 아니라는 것을 인정한 것이다. 그 시간을 통과하며 우리는 또 성장한다. 나는 아이와 의견 조율 노하우를 습득하게 되고, 아이는 우리가 합의하여 만든 규칙을 준수하려고 노력하면서, 게임을 좀 더 하고 싶은 마음을 통제하고 조절하는 힘을 자기 안에 쌓아가며 성장해 나간다. 지난해 아이가 처음 게임을 시작했던 때를 돌아보자. 1년 전 그때보다 지금은 훨씬 더 감정을 잘 통제하고 있다. 게임이 끝나는 시간을 미리부터 걱정하여 발을 동동 구르지 않는다. 게임하는 동안은 그 순간을 온전히 즐기다가 끝내야 하는 시간에는 딱 멈추고 끄려는 것이 보인다. 뒤집히게 울고 떼쓰는 일은 아예 사라졌다. 물론 여전히 아쉬워하고 눈물을 내비쳐 보일 때가 있기는 하지만 아이는 스스로 게임에 대한 통제권을 쥐는 방법을 많이 터득한 것 같다.

게임을 하면서 아이의 관심사가 자연스럽게 프로그래밍으로 넓혀졌다. 요즘에는 온라인 사이트나 어플이 너무 잘 만들어져 있다. 구글 검색을 할 줄 아는 아이는 흥미로운 사이트를 찾아 간단한 코딩을 통해 자기가 좋아하는 동요의 뮤직비디오를 만들기도 하고 어학용 학습 자료 만들기도 한다. 아이의 원두에서 어떤 향의 커피가 추출될지 기대가 된다.

어떻게 키울까, 내비게이션 업데이트

"공부 열심히 해. 엄마처럼 집에만 있는 게 좋아 보이니? 공부를 잘해야 네 일을 갖고 당당하게 살 수 있어."

나는 많은 부분에서 나의 의견을 존중해 주는 부모님 밑에서 자랐지만, 성적에 있어서는 엄마의 잔소리를 지겹게 들으며 컸다. 그 때문에 내 아이에게 공부에 대한 강요는 절대로 하지 말아야지 다짐하지만 그렇다고 학생이 공부를 아예 손 놓을 수는 없다. 초등학교 입학을 앞두고 아이가 적당한 분량으로 공부를 즐겁게 마주하고 매일 해야 하는 일상 습관으로 갖도록 도와주는 것은 필요하다고 생각했다.

아이가 초등 입학을 1년 앞둔 일곱 살이 되면서 학습 작전을 짜는 것이 필요하겠다는 생각이 들었다. 10년이 넘게 걸리는 장기전이니만큼 거시적 미시적 관점의 중·장단기 작전이 모두 필요했다. 하나에 꽂히면 스스로 충분하다 느껴질 때까지 파고드는 나의 열정이 다시 불타올랐다. 유튜브에는 양질의 콘텐츠가 넘쳐난다. 공부 정서나 습관 형성, 공부 방향에 관한 전문가의 의견을 쉽게 찾아서 들어 볼 수 있었다. 서점을 돌아다니며 여러 책을 살펴보기도 했다. 책장에 꽂아 두고 오래 활용해야 할 책들을 찾아서 돌아왔다.

'작전 개시!' 아이의 일곱 살 여름 무렵부터 아홉 살인 지금까지 하루에 적당한 양의 공부를 스스로 정하고 완수하는 루틴을 만들었다. 아이는 지금까지 학습지를 해본 적이 없다. 다만, 자기가 선택한 수학 문제집 세 권을 두고 매주 한 주의 학습할 분량을 정한 뒤 그날그날 어느 문제집을 풀 것인지 자유롭게 선택해 하루 한두 장 조금씩 풀어나간다. 욕심이 있어 쉬운 문제집을 선택하지는 않았기에 적은 양이지만 깊이 있는 공부가 된다. 엄마표 영어로 나와 책을 읽고, 책의 내용에 관한 대화를 나누거나 퀴즈를 풀어보기도 하고, 좋아하는 게임이나 과학 활동을 매개로 하여 말하기, 쓰기 활동을 하며 영어를 배운다.

"엄마, 내 친구들 중에 내가 시간이 제일 많아."

친구들과 비교하며 자신의 시간이 제일 많다고 얘기하거나 얼마나 재밌게 공부하고 있는지에 대해 얘기할 때가 있다. 한번은 학교에서 가족에 대해 발표하는 시간이 있었는데 엄마에 대해 말할 때, "우리 엄마는 공부를 쉽고 재밌게 가르쳐줘요."라고 발표해서 담임 선생님께서 상담 때 집에서 학습 지도를 어떻게 하고 있는지 궁금했다고 물어보시기도 했다.

나의 작전대로 아이는 이 정도 공부는 해야 하는구나 받아들이는 눈치이다. 하교 후 집에 돌아오면 샤워부터 하고 간식을 먹으며 책 한 권 읽고 스스로 계획을 세운다. 딸기쨈 바른 식빵이나 초코 우유, 오레오 과자 등이 입안으로 들어가면 이 세상 행복을 다 가진 듯한 표정을 짓고 흥얼거리며 계획대로 할 일을 뚝딱 마친다. 물론 언제나 그런 것은 아니다. 어느 날은 하기 싫다는 아우라를 온몸으로 내뿜기도 한다. 그럴 때 나는 목구멍까지 하고 싶은 이야기가 올라오는 것을 느끼지만 절대로 내뱉진 않는다. 그 얘기는 어린 내가 상처받았던 이야기들이기 때문이다. 머릿속에서 이성의 버튼을 누르고 마음속에 있는 이야기가 입 밖으로 나가지 못하도록 제어하고, 내 딴엔 가장 세련되고 정제된 이야기를 내보낸다.

"너무 하기 싫지? 하지 않아도 돼. 그런데 오늘 하지 않은 부분은 내일이든 모레든 언젠가는 해야 할 거야. 하기 싫은 마음과 싸워서 이기는 사람이 될지 아니면 미루는 사람이 될지는 네가 결정하면 돼. 엄마는 어떻게 해도 괜찮아."

이렇게 얘기하면 처음에는 울적한 얼굴을 하고 책을 꺼내 보다가 결국에는 다시 책상 앞에 앉아 스스로 계획한 양을 해낸다. 그럴 때 보면 아직 어린애지만, 아이에게 그릿(GRIT)이 있는 것 같기도 하다. 내 주변 친구들은 차라리 화를 내라고 나의 그런 말이나 태도가 더 무서워 공부할 수밖에 없는 거라고 우스갯소리를 하기도 하지만 말이다. 나는 아이가 앞으로도 자신이 해야 할 공부에는 최선을 다할 것이라는 믿음이 있다. 그러고 보면 나는 자연주의 출산을 결심했을 때처럼 여전히 아이를 신뢰하고 있다.

대한민국에서 사회인이 되기 전 으레 거쳐야 하는 것으로 여겨지는 관문이자 수단과 같은 대학 입학. 대입을 위해 달려 나가는 아이들 얘기를 들으면 때때로 불안이나 욕심이 올라오는 것을 느낀다. 그럴 때마다 나는 아이를 등원 차량에 태우기 위해 전쟁 치르던 때를 떠올린다. 그때 우리는 큰 교훈을 얻었다.

'말을 물가에 데려갈 수는 있어도 물을 먹일 수는 없다.' 결국은 아이가 차에 오르기로 결심한 뒤에야 등원 차량으로 등원할 수 있었다. 필요할 때를 대비하여 미리 교육과정과 입학요강 등 입시에 관한 사항을 비롯하여 미래에 요구되는 역량 등에 관한 공부를 잘해 두었다가 아이가 필요로 할 때 좋은 선택을 할 수 있도록 방향을 안내해 주는 것. 즉, 말이 갈 수 있는 몇 군데 좋은 물가를 알아두었다가 물가로 가는 방향을 알려주는 것이 학부모이기에 내가 해야 하는 의무이자 역할이라 생각한다. 내비게이션을 제때 업데이트해 두자. 내비게이션이 잘 작동하고 있을 때 엉뚱한 길을 선택하여 가게 될 확률은 낮을 테니까 말이다.

엄마도 성장해

나는 스물여섯 살, 대학을 졸업하기도 전에 사회생활을 시작해, 집-회사만을 오가며 살아오다가, 마흔이 넘어 드디어 집-회사의 굴레를 벗어나 자율적이고 주체적인 생활을 해볼 기회를 맞이했다. 집-회사의 굴레밖에는 넓은 세계가 펼쳐져 있었다. 다양한 스터디 모임이 있었고 커뮤니티가 열려 있었다. 영어 공부를 계속하기 위해 영어토론모임에 나갔고, 재테크가 궁금해 북클럽에서 책을 읽고 작은 실천을 해보며 차근차근 배워 나가고 있다. 가끔은 좋아하는 커피에 관한 책을 펼쳐 커피 공부를 해보기도 한다. 입시나 교육에 관한 공부도 계속한다. 어렵지만 블로그 글쓰기를 꾸준히 해보는 중이기도 하다. 퇴사한 지 불과 몇 달밖에 지나지 않았지만, 그 사이 나의 세계는 아주 많이 넓어졌다. 우물 안 개구리가 나를 두고 하는 말이었구나 싶다. 요즘은 하루하루가 마치 꿈을 꾸듯 새로운 일들로 채워지고 있다.

최근에 나는 목소리 훈련을 받기로 했다. 꼭 해보고 싶은 일이 있어서다. 시각장애인을 위한 라디오 방송이나, 책을 대신 읽어주는 오디오북 만들기에 참여하고 싶다. 그들이 볼 수 없다고 해서 세상과 단절되어 살아가야 하는 건 아니다. 세상과 계속해서 연결된 느낌이 들도록 도움을 주는 일을 해보고 싶어졌다. 아이에게 책을 읽어줄 때 눈이 잘 보이지 않으면 눈을 세게 꼭 감았다 뜨기를 반복한다. 처음에는 아이가 내 걱정을 하더니, 요즘은 시각장애인에 대해 질문한다. 그들이 겪고 있는 불편함을 이해하고 어떤 도움을 줄 수 있을지 생각하고 있는 모양이다. 장애를 갖고 살아가는 사람들의 불편함이 얼마만큼일지 감히 가늠할 수는 없다. 그들이 상대적으로 갖고 있을 상실감에 대해서도 생각해 보았지만 역시 알기 어렵다. 그렇지만 아이가 장애에 관심을 두고 자기가 줄 수 있는 도움에 대해 고민하는 모습이 기특하게 느껴진다. 아이와 함께 시각장애인을 위한 일을 해볼 수도 있지 않을까. 인생은 마음만 먹으면 해볼 수 있는 다양한 일들로 가득 차 있는 것 같다. 조금만 의미를 부여하면 내가 멋진 인생을 살고 있다 느껴지기도 한다.

내가 도전하는 일이 꼭 성공으로 이어져 있지 않아도 괜찮다. 성공과 성장은 다른데, 나의 목표는 '성장'이기 때문이다. 노력하고 발전해 나가는 나의 모습들이 내 아이의 내면에 새겨져 아이의 성장동력이 되어 준다면 그것은 '성공'이라 부를 수 있을 것 같다.

커피의 향, 그리고 주몽

이번 여름, 아이와 제주에 온 이유는 캠프 참여였다. 캠프의 목적은 자신의 꿈에 대해 선포하고 그 꿈을 비즈니스로 발전시키는 모의 활동 과정을 거치며 또래와 공감하고 소통하는 능력, 협력하는 역량을 기르는 것이었다. 다양한 연령의 낯선 또래들과 한 공간에서 어울리게 되는 일이 프로젝트 시작에 앞서 걱정되기도 했지만, 아이가 해보고 싶다고 한 만큼 믿고 참여시켜 보기로 한 것이다.

아이가 캠프에 참여하는 내내 제주의 하늘이 맑았다. 물감을 풀어 놓은 듯 파란 하늘과 푸른 바다. 제주에서만 볼 수 있는 푸른색이 있다. 나는 멋진 풍경을 감상하며 카페에 앉아 신선하게 내려진 커피를 마셨다. '감사하다.' 조금씩 나로부터 독립해 이제는 나에게 커피 향을 느끼며 책을 읽을 여유로움을 주고 있는 아이에게 고마운 마음이 들었다.

캠프가 끝나고 아이가 나왔다.

"엄마, 이렇게 재밌는 캠프에 보내줘서 고마워. 처음에는 어색했는데, 새로운 친구들을 사귀어서 좋았어. 다음에도 또 할 수 있지? 그리고 내가 영어를 잘하더라고. 이게 다 엄마 덕분이야."

스스로 뿌듯해하는 아이의 모습에 나는 바로 말을 잇지 못하고 눈 주위가 뜨거워지는 걸 느꼈다. 알아줘서 고마웠다. 캠프를 주관하신 선생님으로부터 피드백을 받았다. 나와 남편의 걱정을 무색하게 만들 만큼 의외로 아이는 적극적이었다고 한다. 친구들에게 공감하는 태도를 보였고, 경청하고 소통하며 관계를 만들어 나갔고, 협력하여 프로젝트를 멋지게 완성했다고 했다. 눈에 띄게 제 생각을 잘 표현하는 아이이기도 했다고.

다시 집으로 돌아오는 길.

아이는 뜨거운 햇볕 아래에서 땀을 뻘뻘 흘리며 무거운 캐리어를 끌었다. 제주는 더이상 우리에게 그냥 휴가지가 아니었다. 우리의 성장을 볼 수 있는 곳, 미래를 꿈꾸고 준비해 가는 곳이 되었다. 아이 임신 전, 나와 남편은 아기가 오기를 기다리면서 태명을 미리 지어 놓았다.

'주몽.'

남편의 성을 딴 '주'에 '꿈'을 뜻하는 '몽', '꿈을 꾸는 아이'라는 뜻이었다.

나는 내 아이가 늘 꿈이 있기를 바란다. 꿈을 향해 노력하고, 성장해 나가기를. 삶의 태도 중심에 가진 것을 나누는 가치가 자리하기를 소망한다. 나보다 나은 모습으로 인생을 신명나게 살아가기를 바란다.

 **엄마가 엄마에게**

여러분은 자녀가 어떤 모습으로 세상을 살아가기를 바라시나요?

저는 제 아이가 저보다 나은 모습으로 자신의 인생을 살아가기를 바랍니다.

그렇다면 나보다 나은 어른은 어떤 모습인가요?

저는 아이가 세상을 넓게 보기를 바랍니다. 가슴이 뛰는 일을 하고, 다른 사람을 돌볼 줄 알며, 마음이 기쁨과 즐거움으로 가득 채워지는 충만한 삶을 살아가기를 바랍니다.

198

제 인생을 돌아볼게요

저는 학창시절 대학에 들어가기 위해 공부하며 지냈고, 대학에 가서는 좋은 직장에 입사하는 것을 목표로 지냈습니다. 취업 후에는 좋은 배우자를 만나 결혼하고, 아이를 낳고 잘 키우는 일이 순차적인 목표가 되었습니다. 제가 자랄 적, 어른들이 그렇게 해야 한다고 말씀하시는 대로 살아왔던 셈입니다. 세상에 얼마나 재미있는 일이 많은지, 내가 좋아하고 잘 하는 것이 무엇인지 찾아볼 새도 없이 '남들이 말하는 잘 사는 인생'을 살기 위해 성적을 올리고, 성과를 높이기 위한 삶에 매진했습니다. "잘했다"라는 인정을 받는 일이 왜 그렇게 중요했던지요. 성취의 기쁨, 일상의 행복을 느끼면서도 충만한 삶을 살고 있다고 느끼기는 어려웠습니다.

하지만 제 아이는 일찍부터 자신이 하고 싶은 것을 찾고, 그 일을 해 나가는 과정을 즐겼으면 좋겠습니다. 그 과정에서 책임지는 법도 배우고, 타인과 어우러지고 함께 성장해 나가는 재미를 느꼈으면 합니다. 나아가 자신이 가진것을 다른 사람들과 나누었으면 합니다. <u>스스로 만족스럽고 잘했다고 느껴질 때 벅차오르는 그 마음, 삶의 충만함을 자주 느끼며 살아가기를 바라요.</u>

자식은 부모의 뒤를 보고 자랍니다. 부모의 삶을 대하는 태도가 자식에게 새겨진다고 하지요. 아이에게 보여주세요. 엄마가 삶을 어떻게 즐기고 주도적으로 살아가고 있는지.

내가 바라는 어른이 된 아이의 모습과 현재의 내 모습과의 차이를 발견하셨나요? 변화를 위해 어떤 노력을 기울여 볼까요?

저는 마흔이 훌쩍 지나고 나서야 비로소 인생을 즐겁게 사는법을 알아가는 중입니다. 아이가 아주 어렸을 때는 제 마음대로 살 수 있는 시간이 아주 적었습니다. 시간이 생겼다고 하더라도 체력이 따라주지 못해 무언가를 실행하기 어려웠습니다. 이제 아이가 초등학교 2학년이 되었어요. 제 시간이 조금씩 생겨나는 느낌이 듭니다. 앞으로 더 많은 여유가 생기겠지요. 아이가 스무살이 되어 독립하고 나면 제 시간의 대부분이 저만의 시간이 될 것입니다. 그때 온전히 나를 위한 시간을 누리기 위해 지금부터 조금씩 해보고 싶었던 것을 배우고 공부해 나가는 시간을 갖고 있습니다. 멈춰있기 보다는 조금씩이라도 쌓아 올려 가는 것입니다. 나의 백 세 인생 중 남은 인생을 충만하게 살기 위해 준비하는 성장과정이라고 생각하면서요.

혹시 아직도 내가 좋아하는 것이 무엇인지, 하고 싶은 것이 무엇인지 찾지 못해 불안하세요?

그래도 괜찮습니다. 백 세 시대에 남들과 비교해 몇 년 더 앞서거나 뒷서는 것은 사실 따지고 보면 큰 시간이 아닙니다. 그리고 내 생각을 지지해주는 완벽한 내편을 꼭 만들어 두세요. 확신이 없거나 용기가 필요할 때 "그렇게 해도 돼, 일단 해봐!"라고 말해 줄 수 있는 사람이요. 저는 배우자의 응원이 큰 힘이 되었습니다. 제가 어떤것을 배워봐도 좋을까 망설이고 있을 때마다 "잘하지 못해도 큰일나지 않으니까 그냥 해봐!"라고 말해주는 남편에게 많이 고맙습니다. 남편의 말에 힘을 얻어 일단 저지르고 보게 됩니다.

당장 생각나지 않아도 괜찮습니다. 오늘부터 설거지 할 때나 길을 걸을 때와 같이 혼자 있는 시간에 계속해서 나에 대해 생각해 보세요. 나는 무엇을 좋아하는지, 무엇을 할 때 잘한다고 느껴지는지, 예전에 나는 무엇을 해보고 싶었는지 등을요. 낯선 여행지에 놓여 있다고 생각해 보는 것도 좋아요. 길을 잃었다고 느껴지는 순간이 오더라도 걷다 보면 반드시 목적지로 가는 길로 이어지게 됩니다. 조금 돌아가게 되는 것은 큰 문제가 되지 않아요. 목적지에 도착했을 때의 기쁨에 힘들었던 마음은 모두 희석되어 크게 남지 않거든요.

"The most important thing is to enjoy your life, to be happy, it's all that matters." (가장 중요한 것은 당신의 인생을 즐기며 사는 것입니다. 행복하게 지내는 것, 그것이 제일 중요합니다.)

전 세계인으로부터 엄청난 사랑을 받은 배우, 오드리 햅번이 남긴 유명한 말입니다.

우리는 즐거움을 찾아 헤매는 와중에도 계속해서 성장합니다. 그 모습이 우리 아이들에게 고스란히 남아 아이들이 스스로 성장하고 자신의 인생을 행복하다 느끼고 즐길 줄 알기를 바래요. 아이들에게 빛나는 삶을 선물해 주는 성장하는 엄마가 되기를 진심으로 바랍니다.

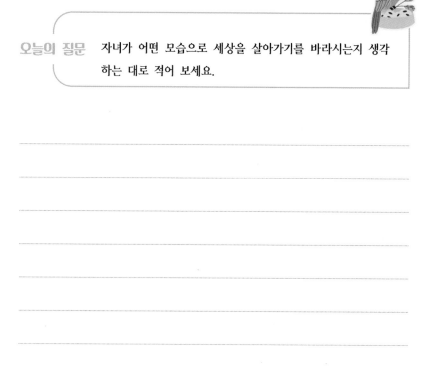

오늘의 질문   자녀가 어떤 모습으로 세상을 살아가기를 바라시는지 생각하는 대로 적어 보세요.

방민희

외할아버지 별

무대위 화려한 프리마돈나 소프라노를 뒤로 두 아들을
키우고 있는 지금, 나는 꾸준히 성장 중이다. 오롯이 홀
로설 수있는 아이들의 미래를 위해 예쁘고 멋진 엄마로
매일 노력하는 나의 삶을 위로하며 안아준다.

인스타그램 @min___1124 @writer_min1124

결 핍을 포장하기 위해, 보이는 모습을 신경 쓰고 무엇이든 열심히 했던 똑 부러진 아이. 나는 항상 예쁘게 보이고 싶고, 잘하고 싶은 아이라 욕심이 많다는 이야기를 많이 듣고 자랐다. 유년 시절 역시 풍요롭고 부족함이 없었다. 모든 일가친척의 사랑과 관심을 한 몸에 받고 자란 나의 얼굴은 항상 밝고 누구보다 천진난만했다. 온 동네 떠돌이 동물들을 그냥 지나치지 못했던 나는 아프고 버려진 동물들을 집으로 데리고 와 치료하고 돌봐주며 말 못 하는 동물들과 소통을 하고 위로를 받았다.

넓은 마당에는 여덟 마리의 다양한 견종들과 토끼 두 마리, 여기저기 길고양이들이 자리를 잡은 공간으로 동물들은 나의 친구가 되어 주었고, 동생이 되어 주었고, 때로는 엄마가 되어 주기도 했다. 아빠만의 사랑으로만 커야 했던 나는 그렇게 사랑과 희생이 주는 의미가 얼마나 크고 어려운 것인지 알아갔다.

7월 15일 초등학교 4학년 여름 방학식 평생에 잊지 못하는 날짜.
"엄마! 엄마! 가지 마!"
우리 집골목 끝 모퉁이를 돌아 목 놓아 울던 나를 매정하게 뒤도 돌아보지 않고 버리고 간, 작고 가녀린 한 여자의 매서운 뒷모습.
"우리 엄마는 아닐 거야."
자존심이 강했던 나는 그렇게 나와 아빠를 떠나버린 엄마를 용서할 수 없었고, 한창 예민했던 사춘기 시절 나는 친구들에게 "우리 엄마는 죽어서 없어."라고까지 말했다. 내 마음속으로도 '엄마는 죽었어. 내 인생에는 엄마라는 존재는 없는 거야.'라고 수없이 외치며 엄마를 지우고 또 지워버리면서 약해지지 않으려 마음을 다잡았다.

아빠는 나에게 엄마가 없는 부족함을 조금도 느끼지 않게 하려고 했다. 나의 하루하루를 그리고 모든 방학 기간, 유년 시절 모두를 단 한 순간도 다른 생각을 할 수 없을 정도로 바쁘게 지내게 했다. 어린이합창단, 학교합창단, 걸스카우트, 교회성가대 등. 많은 활동과 시간으로 눈코 뜰 새 없을 정도로 바빴고, 넘치게 풍요롭고 바쁜 시간은 엄마의 자리를 대신해 주기에 충분히 행복했다. 나는 다양한 활동들과 세계 여러 나라를 다니고 경험하며 넓은 세상의 다른 인종들의 관계 속에서 생각의 폭을 넓히며, 나로서 온전히 설 힘을 배우기에 충분했다.

아빠는 항상 내가 연주할 때면 큰 단복 가방과 큰 카메라 가방을 메고 내가 연주하는 곳이 어디든 세종문화회관, 예술의전당, 국립대극장 등 연주회장 맨 꼭대기 층에서 가장 큰 렌즈의 카메라를 설치하고 나의 연주를 한순간도 놓치지 않고, 가장 높은 곳에서 가장 아름답게 찍어 주었다.

나는 그렇게 아빠의 무한한 사랑과 희생으로 나이에 맞는 허용과 단호함을 배우며 성장했다. 중학교 시절, 예고 입시를 준비했던 나는 하교 후, 친구들과 떡볶이집에서 떡볶이를 먹곤 했다. 친구들과 교복 입은 채 학원에 가고 싶어서, 학원을 보내달라고 아빠에게 조르기도 했다. 아빠 몰래 하교 후 집에 왔다가 교복을 벗고 사복으로 갈아입는 척을 하고서 교복으로 몰래 다시 입고 나갔다가 아빠한테 자주 혼났던 기억도 난다.

"아빠 왜 교복을 못 입고 다니게 하는 거야? 교복 입고 학원 가면 안 돼?"

"학생이 학교 끝났으면, 교복을 입고 돌아다니는 건 안 돼. 교복은 제복이야. 항상 깔끔하게 입고, 교복은 학교 갈 때만 입는 거야. 학교 끝났으면 바로 사복으로 갈아입어야지."

여자는 항상 깔끔해야 한다는 말과 함께 딸의 단정한 모습을 위해, 늘 속옷부터 옷 안에 입는 티셔츠와 청바지까지, 항상 매일 하루도 빠짐없이 정성으로 새 옷처럼 다림질해 주셨다.

어느 날 화장실에서 울면서 나온 나를 보자마자 아빠는 이미 직감적으로 준비된 마음가짐과 눈빛으로 나를 꼭 안아주고 괜찮다고 놀라지 말라고 꼭 안아주었다. 그리고 나를 업어주시고, 축하의 꽃다발과 포장된 생리대와 케이크로 내가 숙녀가 된 날을 축하 파티해주셨다. 그렇게 아빠는 숙녀가 된 나에게 인생에서 두렵고 무서운 순간에도 엄마의 빈자리를 느끼지 않게 했다.

중학교 시절 나의 통금시간은 오후 4시였고, 하교 후 친구들과 수다도 떨고 친구 집에서 놀다가 통금시간이 다가오면 어김없이 울리던 전화벨. 90년대인 그때 당시도 휴대폰 벨 소리를 사람마다 다르게 지정할 수 있었는데, 우리 아빠의 벨 소리는 만화 마징가Z였다. 크고 든든하고 언제 어디서든 나를 위해 달려오는 마징가Z 같은 우리 아빠의 모습.

성악을 전공했던 나는 예고에 합격했다. 그날, 아빠는 가장 친한 친구에게 우리 딸이 예고에 합격했다며 자랑하셨다. 합격자 발표자가 붙여진 예고 정문에 함께 가자고 해서 아빠, 아빠 친구, 나 이렇게 셋이 예고의 합격자 명단에서 내 이름을 확인하고 근처 가장 비싼 갈빗집을 갔다. 그날 먹었던 갈비와 함흥냉면 맛은 어디에서도 먹을 수 없는 아직도 잊지 못하는 맛이다. 그날 이후, 그 갈빗집은 아빠의 단골집이 되었고, 음악회, 학교 행사, 모임이 있을 때마다 아빠가 항상 밥을 사곤 했다. 아빠는 나의 예고 시절 많은 엄마 사이에서 아빠 혼자 딸을 키우는 것이 조금이라도 흠이 되지 않는다는 것을 보여주었다. 언제나 멋있고, 든든했던 우리 아빠.

남자로서 힘들지는 않았을까? 어쩌면, 엄마가 아닌 남자로서 창피했을 순간도 있었을 텐데.

아빠의 든든한 지원으로 힘들 때보다는 마냥 해 맑고 즐겁게 예고 생활을 했다. 그렇게 열심히 놀기만 했던 나는 내가 원하는 대학에 가지 못했고, 교수님과 아빠의 동의 없이 대학교 원서를 가, 나군만 쓰는 말도 안 되는 선택으로 재수를 하게 되었다. 노래라면 누구보다 잘했던 내가 재수 생활이라니. 참을 수 없는 자존심 손상과 창피함에 1년의 재수 기간에 두문불출하며 친구들도 만나지 않고, 휴대폰도 없이 재수 생활을 했던 것 같다. 나중에 예고 동기들에게 들은 이야기이지만, 내가 재수한다는 건 생각지도 못했고, 유학 간 줄 알았다고 한다.

여자대학교 음대 실기 우수자로 수석 입학했다. 입학 후 어느 날 K대학교 남학생들과 강남역에서 미팅을 했다. 그때 당시 나의 통금 시간은 저녁 8시~10시였다. 그날은 정말 지금 생각해도 아찔하다. 있지도 않은 친오빠를 만들기도 했으니…. 통금시간이 다 되어 어김없이 무수히 울리는 전화벨은 아빠였다.

"여보세요?"

"민희야 어디니?"

"아빠, 나 강남역이야."

"어, 알겠어."

한 시간이 안 되었을까? 또 울려대는 벨 소리. 그때 우리 아빠의 벨 소리는 '추적60분'의 BGM이었다. '당당 다라 다라다. 다라 당'

"여보세요? 금방 들어갈게요. 그만 좀 전화해, 아빠."

"응 그래 민희야 늦지 않게 얼른 들어와."

잠시 후 또 울리는 아빠의 전화.

"민희야. 아빠 여기 강남역이야."

'와! 너무 창피해.' 나는 어쩔 수 없이 차마 아빠가 데리러 왔다고는 할 수 없어서, 친오빠가 지금 강남역으로 데리러 와서 가야 한다고 하고는 미팅 시작하고 한 시간 반 만에 나왔다.

어느 날은 동기들이 나이트를 가자고 했다. 그때 당시 가장 뜨거웠던 청담동 호텔 지하에 있는 나이트. 나이트는 보통 밤 9시 넘어서 가지만, 나의 통금시간 덕분에 사람이 아무도 가지 않은 오후 5시인지 6시 오픈 시간에 맞춰 사람이 아무도 없는 이른 시간에 입장해서 우리끼리 놀았다. 하루는 놀다 보니 통금시간이 다 되어가고, 어김없이 울리는 추적60분 벨 소리. 그날 아빠는 나이트 앞으로 나를 데리러 왔다. 이 두 번의 사건은 지금도 아빠를 떠올리며 웃음짓게 한다.

나에게는 가끔 멈춰진 시간과 공기의 냄새가 있다. 해가 지기 전 하늘을 보면 어김없이 주황빛의 노을이 지고 있다. 그때 공기의 냄새. 모두 아빠를 생각하게 하는 그리움에 사무치는 시간이 된다. 심장이 조여 오는 아픔을 안고 광화문에서 일산으로 가는 빨간 버스에 몸을 실었다. 창밖을 바라보았다. 주황색 붉은 하늘의 노을은 아빠를 향한 나의 그리움에 빨갛게 타고 있는 거 같았다. 뜨겁지만 가슴 시린 창밖의 풍경.

엄마가 집을 나가고 나를 이모 집으로 보내놓은 뒤, 아빠는 텅 빈 그 큰집에서 혼자 외로움과 괴로움, 슬픔에 술하고 담배만으로 한 달을 지냈다. 어느 날, 아빠는 혼자뿐인 집 방안에서 피를 토하며 데

굴데굴 굴렀다. 그렇게 피를 토하면서도 집에 걸려있는 십자가를 보면서 기도했다고 한다. 나를 키워야 하니 살려 달라고.

"하나님 우리 민희 키워야 해요. 살려주세요."

"우리 민희 키워야 합니다. 제 잘못을 다 용서하시고 불쌍한 우리 민희…. 하나님 살려주세요."

딸밖에 모르고 오로지 딸을 위해 살았던 딸 바보 우리 아빠. 며칠 후 아빠는 고대병원에서 간경화 진단이 내려졌다. 2년밖에 못 산다는 시한부 선고와도 같은 이야기를 들었다.

간경화 진단 이후로 아버지는 나를 키우기 위해, 오로지 나만을 위해 매일 마셨던 술도 담배도 끊고 교회도 열심히 다녔다. 그리고 2년 후 다시 병원에 갔다.

"간이 그냥 그대로입니다. 더 이상 나빠지지도 않고, 좋아지지도 않고 그냥 그대로입니다."

기적이었다. 고대병원에서 의사의 말을 듣고 나온 아빠는 정문에 이르러 하늘을 올려다보았다. 하늘 문이 열리는 거 같았다. 아빠는 바로 그 자리에서 무릎 꿇고 기도했다.

"하나님 감사합니다. 우리 민희 대학교 졸업할 때까지만 살게 해주세요."

아빠 왜 그때 대학까지만이라고 기도했어? 나 시집갈 때 내 손도 잡아줬어야 하고, 멋지고 자랑스러운 손주들도 보고. 오래오래 민희 옆에서 오래오래 살게 해달라고 기도했어야지….

초등학교 6학년 때인가, 내가 아빠한테 말도 안 하고 혼자 미용실 가서 긴 머리를 자르고 온 날이었다.

민희가 혼자 미용실에 가서 긴 머리를 짧게 자르고 왔다.
아빠인 내가 머리 손질을 해줄 수 없으니, 말도 안 하고 혼자 머리를 자르고 온 거 같다.
잠자리에 든 민희의 얼굴을 보니 너무 안쓰럽다.
울다 잠이 든건지.
얼굴을 쓰다듬어 주며 머리에 손을 올려 기도했다.
나 같은 죄인 살리신 하나님.
우리 민희 외롭지 않게 해주세요.

[아빠의 일기장 내용 중]

반쪽 사랑이 아닌 차고 넘치는 사랑을 매일매일 주었던 우리 아빠. 매일 잠이 든 나의 얼굴을 바라보고 쓰다듬어 주고, 이불 덮어 주며 머리에 손을 데고 기도해 주었던 우리 아빠의 그 투박하고 두꺼운 손의 느낌…. 아직도 잊을 수 없다. 세상 어떤 손보다 따뜻했고, 든든했던 우리 아빠의 손이었다는 것을.

어느 날은 내가 자면서 꿈에서 엄마를 찾으며 울었던 거 같다. 흐르는 나의 눈물을 닦아 주면서 아빠도 울었다는 일기를 보았다. 얼마나 수많은 날을 아빠 혼자 울었을까? 그때는 왜 몰랐을까? 그때는 왜 아빠의 희생과 사랑이 당연하다고 생각하고 아빠는 내 옆에 영원히 있을 거라는 생각을 했을까. 지금도 졸업 연주회에서 아빠와 찍은 사진을 보면 가슴이 저며와 숨조차 잘 쉴 수가 없다. 왜 나만 몰랐을까? 어느 누가 모르는 사람들이 보아도 시커멓게 아파 보이는 아빠의 얼굴을 왜 나는 몰랐을까?

졸업 연주회가 끝나고 아빠는 기립박수를 쳐주었다.

"아빠가, 정말로 내 딸이 이렇게 어려운 곡을 연주할 수 있다니 감격했어. 딸이 이 곡을 부른 걸 들을 수 있어서 너무 자랑스럽고 행복하다."

그러고는 두둑이 봉투와 함께 친구들과 맛있는 거 먹고 너무 늦지 않게 들어와, 라고 이야기하시며 집으로 혼자 돌아가셨다. 그때 아빠랑 밥이라도 먹고 헤어질 걸 아직도 후회가 남는다.

한 달 뒤 아빠는 갑자기 응급실에 실려 가셨고, 아빠는 바로 중환자실로 가셨다. 중환자실 복도에서 아빠 면회 시간만 기다리며 밤을 새웠던, 사흘. 그리고 이튿날 저녁 면회 시간에 아빠가 내 얼굴 보면서 말했다.

"민희야, 아빠가 여기 왜 이렇게 누워있는지 모르겠다."

"아빠 괜찮아!"

나는 아빠의 목소리를 듣고 조금 안심했다. 하지만 집으로 가서 잠든 지 얼마 되지 않은 새벽 2시 40분, 병원에서 전화가 왔다.

"빨리 다른 가족들에게 전화하세요."

"아버지 시간이 얼마 남지 않았어요"

"네? 가족이요? 없는데요."

"누구 없어요? 오빠나 누구 없어요? 빨리 다른 가족들에 알리고 지금 병원으로 오세요."

정신없이 혼자 택시를 타고 병원에 도착해서 닫힌 중환자실 문을 두드리며 말했다.

"우리 아빠요. 저 방원석 보호자예요."

면회 시간이 아니지만 위급한 환자의 보호자여서 중환자실 문을 열어주었다. 누워있는 아빠를 보는 순간 나는 그 자리에서 주저앉아 버렸다. 여기저기 너무 많이 꽂힌 주삿바늘과 의식이 없이 산소호흡 기에 의존하고 있는 우리 아빠의 모습…. 간호사에게 달려갔다.

"우리 아빠 살려주세요."

"우리 아빠 어제까지만 해도 괜찮았잖아요!"

이내 의사가 와서 말하기 시작했다.

"이제는 손을 쓸 수가 없습니다. 간을 치료하면 췌장을 치료할 수가 없고, 췌장을 치료하면 간을 치료할 수가 없습니다. 이미 전이가 너무 많이 됐습니다. 마음의 준비를 하세요."

이 무슨 말도 안 되는 소리인가, 돌아서는 의사 선생님 다리를 붙잡고 무릎 꿇고 빌었다.

"의사 선생님 우리 아빠 살려주세요! 의사 선생님! 우리 아빠 좀 살려주세요! 의사 선생님이시니까 살려 주실 수 있잖아요! 우리 아빠 죽으면 안 돼요. 우리 아빠 좀 살려주세요. 제발 살려주세요."

나의 손을 뿌리치고 가는 의사 선생님의 어렵고 무거웠던 손. 나의 애절하게 울부짖는 목소리. 그 모습을 본 주변 간호사들은 딸밖에 없다는 것을 직감하고 애처롭게 바라보았다. 그 눈빛들을 아직도 나는 잊을 수가 없다.

큰 집 오빠에게 전화했다. 그리고 엄마 연락처는 몰라도 이모 연락처를 알고 있어서 이모한테 전화했다.

"이모 저 민희예요. 엄마한테 아빠 돌아가실 거 같다고 알려주세요. 아빠에게 시간이 없다고 빨리 병원으로 와달라고 전해주세요."

믿을 수 없는 이 현실에서 내가 할 수 있는 것이 아무것도 없었다. 누워있는 아빠를 안았다. 아빠의 얼굴을 만졌다. 아빠의 다리도 만졌다. 그리고 아빠의 손을 만지며 말했다.

"아빠 사랑해, 아빠 사랑해. 아빠 내가 아주 많이 사랑해."

내가 할 수가 있는 건 사랑한다고 말하는 것뿐이었다.

두 시간 정도 흘렀을까, 이모의 전화를 받고 병원 로비로 내려갔다. 멀찍이 작고 왜소한 모습의 엄마가 보였다. 중학교 1학년 때 보고 10년이 넘게 안 봤던 엄마였다. 엄마와 나는 아무런 말도 없이 중환자실로 들어가 아빠에게 같이 갔다. 엄마는 아빠를 보자마자,

"민희 아빠 나야. 민희 아빠 여기 왜 이러고 있어. 나랑 할 말 있잖아!"

'삐…'

야속함과 원망이 가득한 엄마의 말끝에 났던 그 무섭던 기계음. 아빠는 그래도 끝까지 자신과 나를 버린 엄마를 기다렸다.

돌아가시는 마지막 순간까지 평생 함께 살지도 않았던 엄마를 기다렸던 아빠의 모습을 보면서, 부부의 인연이라는 것이 어떤 것인지

알 수 있었다. 아빠가 돌아가시고 아무런 삶의 이유도 없고, 살고 싶은 마음도 없었다. 나의 우주였던 아빠를 세상에서 잃어버린 채, 나는 고아가 되었다. 매일 아빠에 대한 그리움에 사무쳐 가슴을 뜯어냈고, 아무것도 못 하며 지냈다.

아빠가 돌아가시고, 나를 혼자 둘 수 없는 큰집 오빠들과 식구들은 그래도 엄마와 함께 사는 게 좋겠다고 했다. 엄마도 늦었지만 나와 살고 싶다고 하여, 엄마가 사는 집에 엄마와 함께 살게 되었다. 인생의 반 이상을 따로 살던 엄마와 내가 같이 사는 일은, 아무리 부모 자식 관계여도 쉽지 않았다. 당연히 맞지 않은 것이 천지였고, 엄마의 사랑은 아빠의 사랑과 너무나 달랐다. 아빠에게 단 한 번도 듣지 않았던 잔소리를 엄마에게 들었다. 잔소리를 듣고 자란 적 없던 나에게 엄마의 잔소리는 마음에 비수처럼 꽂혀 상처가 되었다. 그렇게 나와 엄마는 서로 상처 주는 말, 온갖 말들로 서로에게 아픔을 주었다. 어쩌면 그렇게 아빠에 대한 그리움을 표현했던 거 같다.

숨을 쉴 수 없을 정도로 아빠를 향한 그리움에 목 놓아 울기만 하고 지냈던 그때, 마치 아빠가 나에게 보내준 것처럼 운명같은 남자가 나타났다. 아빠와 똑같이 사랑 넘치고 자상하게 나를 대해주며 사랑해 주는 아빠 같은 남자를 만났다. 아빠가 돌아가신 후 1년, 나는 엄마에게서 도피하듯 결혼했다.

아무것도 모르는 내가 어른이 되고 엄마가 되어 보니, 할 수 있는 것이 아무것도 없었다. 아무것도 모르는 어른이 되고 엄마가 된 것이다. 30대의 보이지 않은 깜깜한 터널 속에서 아이 둘을 낳고 40

대가 된 지금 아빠에게 너무 미안하고 아빠가 매순간 그립다. 비로소 이제야 조금은 알 거 같은 우리 아빠의 무한한 사랑과 희생은 지금도 나를 어디에서나 반짝반짝 빛나게 하는 힘이다. 무대 위의 화려한 주인공만큼, 진실한 인생의 주인공으로 매일 열심히 살고 있다. 언젠가는 진실한 인생의 주인공으로 무대 위에서 화려하게 빛날 나를 그려보며 끝으로 아빠에게 편지를 써 본다.

사랑하는 아빠에게

세상에서 내가 제일 존경하고 사랑하는

세상에서 가장 멋진 우리 아빠

나를 위해 평생을, 나만을 위해 살아 주셔서 감사합니다.

그 사랑이 가슴 사무치게 그립고 매일 아빠가 많이 보고 싶습니다.

나에게 반쪽이 아닌 넘치는 사랑으로 키워주셔서 감사합니다.

아무것도 바라지 않고 아빠의 목숨까지 내어 주신 사랑 잊지 않겠습니다.

하늘을 바라보면 항상 가장 크게 반짝반짝 빛나고 있는 별은 외할아버지 별이라고 말하는 우리 예쁘고 착한 아이들도 아빠가 저에게 주신 만큼 잘 키우겠습니다.

천 번이고 만 번이고 불러봐도 보고 싶은 우리 아빠

아빠의 무한한 희생과 사랑의 깊이

많이 보고 싶고 많이 사랑합니다.

다음 생에도 나의 아빠가 꼭 되어 주세요.

그땐 제가 외롭지 않게 해드릴게요.

아빠
내 아빠
우리 아빠
사랑하고 또 사랑합니다.
나의 아빠가 되어 주셔서 감사합니다.
아직도 버리지 못한 휴대폰을 찾아 전원을 켜고 오늘은 아빠에게
전화를 걸어 봅니다.

아이를 낳아 키워보니 어느덧 나의 모습 속에 우리 아빠가 나에게 해주신 모습이 투영되어 있다.

우리 아빠가 나에게 하는 매번 같은 말.

"민희야 밥 먹었어?"

"밥 먹어야지."

내 입에 들어가는 밥이 우선이었던 우리 아빠.

배 속이 뜨뜻한 것이 가장 중요했던 우리 아빠.

학교 갈 때도 중학교가 되어 시간이 없어도 밥을 먹지 않으면 학교에 보내지 않았던, 그래서 현관 신발장 앞에서까지 밥그릇을 들고 서서 한 숟가락이라고 먹고 학교 보냈던 우리 아빠의 모습은 어느덧 나의 모습이 되어 있다.

가장 따뜻하고 맛있는 밥을 하기 위해 매일 아침 압력밥솥의 밥을 하고 솥밥 해주는, 아이들이 아프기라도 하면 곰국와 육수를 우

려내어 밥을 먼저 생각하는, 그래서 우리 둘째가 항상 아플 때마다
하는 말이 있는 있다.

"엄마, 밥으로 이겨내야 해, 엄마 맞죠?"

내 새끼들 입속으로 들어가는 것이 가장 중요해 등교할 때 신발
장 앞에서 사과 한 쪽이라도 입에 물려 주는 내 모습.

가장 좋은 것만 주고 싶었던 우리 아빠의 모습처럼 나 역시 우리
아이들에게 가장 좋은 것을 주고 싶어 매일 최선을 다해 열심히 살
고 있다. 그것이 나를 키워주신 아빠의 사랑에 대한 보답이라고 생
각한다.

엄마가 엄마에게

**나의 커리어에서, 엄마로 돌아와 자존감이 낮아졌을 때 자존감을 회
복하기 위해 어떠한 방법을 쓰고 있나요?**

저는 이렇게 하고 있습니다. 사회에서 쌓던 커리어 뒤로 하고 엄마로 살
게 되자, 통장엔 더 이상 회사명이 매달 찍히지 않게 되었죠. 그 통장을 보
자니 공허했습니다. 그래서 남편에게 당당히 요구했습니다. "내 통장으로
매달 급여가 입금되듯이 회사명으로 전업주부의 월급을 주었으면 해"라고
말이죠. 그래서 매달 통장으로 월급 명세가 찍히고 있습니다.

오늘의 질문   내가 꿈꾸는 가정의 이상적인 모습은 어떤 것인지 적어 보세요.

220

이지희

만들기는요, 서로 돌보는 거예요

아이의 멋진 성장과 함께, 의사로서 스스로의 성장도 포기할 수 없는 80년대생 엄마다. 나와 남편, 아이로 구성된 가족의 울타리 안에서 행복하고, 서로 지지하는 관계가 되기 위해 오늘도 공부하며 배워간다.

인스타그램 **@easy0820**

아침에 눈을 뜨니 새벽 5시 반이다. '휴, 오늘은 또 뭘 해야 하나.' 11월이고 곧 첫눈도 올 것 같다. 오늘 초등학교 올라가기 전에 영어학원을 옮길 생각이다. 새 영어학원 테스트가 있는 날이다. 테스트 준비용 문제집 정보를 받았다. 한번 쓱 봤는데도 어려워 보인다. 이걸 일곱 살이 푼다고? 역시나 아이는 일단 한숨을 푹 쉰다. 혼내가면서 풀리긴 했지만, 어쩐지 잘 볼 것 같지 않다. 답답하다. 영어유치원까지 보내고 집에서 방송은 영어밖에 안 틀어줬는데, 왜 그러는 걸까? 영어가 익숙한 것 같긴 한데, 그렇다고 잘하는 건 아니고. 하고 싶어 하지도 않았다. 내가 뭘 잘못한 건지, 다른 좋은 게 있는지, 내가 뭘 모르나 싶었다.

영어학원의 매월 돌아오는 먼슬리 테스트도 두렵다. 화로 시작해서 화로 끝내기가 일쑤. 울지 않으면 다행이다. 억지로 맞춰 올라가는데 어쩐지 잘하는 것 같지 않다. 겨우 올라간 반에서 떨어지고 얘가 실력이 없다고 할까 봐 두렵다. 그럼 내가 너무 창피하다. 항상 저녁 공부 시작하기 전에 마음을 단단히 먹어야 한다. 사실 한글도 잘 못 쓰는데 영어만 이렇게 하는 게 맞는지 의문이다. 왠지 아닌 것 같은데, 다들 하니 나만 안 할 수는 없다.

난 왜 매일 힘이 들까? 왜 화가 나고, 우울해질까? 남편도 번듯하고, 아이도 하나이고, 직업도 있고, 주변에 도와주시는 부모님도 계시는데 뭐가 문제인 걸까? 내가 정상은 아닌 것 같다. 누가 좀 알려줬으면 좋겠다.

[7살 남자아이를 키우는 40살 엄마 일기]

3년 전 이야기네요. 그때는 정말 치열했어요. 내 일을 하듯이 아이를 '만들어야' 한다는 생각이었어요. 아이가 곧 나와 같았어요. 아이를 제일 미워했던 시간이었네요. 지금 열 살 남자아이의 43세 살 엄마인 내가 그때의 나로 가서 옆에 있어 주고 싶어요. 그렇게 여섯 살 때 영어유치원부터 시작해서 아홉 살까지 2~3년을 버거워하며 살았던 것 같아요.

힘들죠, 힘들어요. 당연히 힘들 수밖에. 엄마가 이상한 것도 아니고 아이가 문제가 있는 것도 아니에요. 그저 지금까지와 다른 세계를 살아야 해요. 룰이 바뀐 거예요. 이제부터는 나만 잘한다고 이루어지는 게 아니에요. 그래서 나만 보면 안 되고, 아이를 봐야 해요. 시선을 아이에게 옮기고, 살펴야 해요. 주자가 바뀌는 거니까.

그리고 앞으로의 삶은 너무 많고 다양할 거예요. 그중에 나한테,

아이에게 맞는 것을 찾아내고 뽑아내야 합니다. 지금까지는 일명 닥치면 다하고 까라면 까는 생활을 했었잖아요. 안 되는 건 없다고 생각도 했었어요. 하기 싫어서 안 할지언정 하고자 하면 안 될 것 없다고. 하지만 그건 좁고 정돈된 세상에서는 가능했지만, 이제는 넓고 다양하고 혼란스러운 세상으로 이미 나와버렸어요. 이 가운데 다 할 수도 없고, 모든 걸 가질 수도 없다는 사실을 받아들여야 해요. 아이는 내가 아니니 까라면 까지 않더라고요. 그냥 하나만 정하고 하나부터 시작하는 거예요. 그렇게 시작해서 차차 펼쳐나가면 되는 거니까. 그렇게 키워가는 거예요.

주변 얘기들이 자꾸 들리죠. 아이 친구 엄마들을 만날 때마다 아이가 못나 보이는 생각이 자꾸 들 거예요. 그래도, 남들이 뭐라고 하든 무슨 상관인가요. 여차하면 안 보면 되는데. 그냥 나와 아이에게 집중합시다. 같이 했던 이 순간, 이 시절을 우리 둘이 기억할 거예요. 앞으로 다가올 것들을 공부하듯이, 조각하듯이 한 땀 한 땀 하나씩 만들어 가면 되는 거예요.

아이에게 맞춰가면 어느 세월에, 어떻게 주변을 따라가나 싶죠. 안 그래도 외동이라 안쓰럽고 또래에 비해 미숙한 것 같은데…. 그래도 이렇게 하는 게 맞아요. 이렇게 매일매일 옆에서 이야기해 주고 싶어요. 이렇게 하는 거라고. 그때 이런 언니가 있었으면 얼마나 좋았을까요.

지금 힘든 것은 스스로 만들어 놓은 기준과, 성에 안 차는 아이 때문인 거예요. 나는 밤을 새워서라도 노력하면 되지만, 아이 문제가

되면 내가 하는 만큼 결과가 나오지 않고 턱턱 걸리는 느낌이 드는 거죠. 제일 많이 했던 말이

"이 정도 했으면 최소한은 해줘야지! 나보고 더 어떻게 하라는 거야?"

혼자만 열심히 가고 있는 억울함과 허무함에 지쳤어요.

"혹시 내가 뭘 몰라서, 나 때문인가?"

자신을 의심하고 두려움도 컸어요. 그중에서도 '내가 뭘 몰라서, 나 때문일까 봐.'가 제일 두려운 것 같아요. 그건 내가 일을 못한다는 것이고, 능력이 없다는 거니까. 내가 부족한 것은 노력하든 괜찮은 척하면서 메꾸면 되는데, 아이 문제는 숨길 수도 메꿀 수도 없이 적나라하게 다 드러나니 용납이 안 되더라고요. 나를 힘들게 만드는 상황은 아이에 대한 부담과 미움으로 바뀌다가 어느 순간에는 내가 아이를 사나운 눈빛으로 보더라고요. 나 자신도 무서워져요.

지나 보니 '성에 안 찬다.'가 제일 풀기 힘든 마음이었어요. 이건 사실 '안 되도 된다. 어차피 내 자식이다, 아이의 방식대로 끊임없이 성장할 거야. 부모로서 포기하지 않고 성장시킬 거야' 같이, 인정과 성장이라는 키워드를 가지고 마음을 먹고 나서야 조금씩 풀렸던 것 같아요. 내가 가진 기준은 사실 내가 다른 사람을 보는 평가 기준이잖아요. 내가 그렇게 평가하고 있더라고요. 저 사람은 첫째는 잘 됐는데 둘째는 좀 기대만큼 안 되었구나. 한 80점 정도? 오, 저 사람은 어떻게 첫째, 둘째 둘 다 의대를 보냈을까. 100점.

내 기준도 중요하고 남들이 하는 평가도 중요하지만, 제일 중요한 건 나와 아이잖아요. 아이는 자신의 온도와 속도대로 간다는 것, 그

리고 엄마와 아이의 관계가 나쁘면 방법이 없다는 것을 알게 되었어요. 여차하면 다른 사람들은 안 만나고 안 들으면 그만이니까, 다른 사람의 인정은 중요한 게 아니에요.

엄마의 성에 차는 아이가 얼마나 있을까요? 엄마가 만족하도록 끌기 시작하면 2~3년은 가는 것 같아요. 여섯 살부터 아홉 살까지는 가능했어요. 그런데 이 상황의 끝은 아이가 나가떨어지든가 엄마가 힘들어서 포기하던지예요. 제 경우는 내가 먼저 포기하지는 않으니, 아이가 먼저 나가떨어지더라고요. 아이는 입만 벌리고 있고, 잔뜩 온갖 좋은 음식을 미어터지게 넣고 있는 것 같은. 아마 아이가 어렸으니 그냥 입이라도 벌리고 있었을 테죠. 이건 아니다 싶은 순간이 와요. 이렇게 하다가는 큰일 나겠다. 진짜 가만히 앉아서 입만 벌리고 있겠구나. 일이 생겼을 때 스스로 할 생각도 못 하고, 어떻게 해야 할지도 모르겠구나. 생각해 보면 가만히 앉아서 입만 벌리라고 한 건 엄마인 나잖아요. 그러면 안 되는 거였어요.

엄마인 내 위치를 바꾸어야 해요. 아이 앞에서 잡아끌지 말고 옆에, 뒤로 좀 물러나 보고 바라보는 연습부터 해야 해요. 잡아끄는 게 실력이 아니에요. 아이 뒤에서 아이 앞을 같이 보고 있는 게 실력이에요. 아이가 잘되길 바라는 욕심을 어떻게 내려놓나요. 그건 포기할 수 없지만, 엄마가 잡아끌지 말고 옆에, 뒤로 물러나 있으면, 내가 아무리 용쓰고 열심히 한다고 해도 한계가 보여요. 기다려 줄 수밖에 없지 않겠어요. 나는 아이 뒤에, 옆에 있는데.

그저 아이 옆에서, 등 뒤에서 앞에 펼쳐질 것들을 부지런히 준비할 수밖에요. 달라고 할 때, 물어볼 때 좋은 방법을 알려주고, 나은 선택을 할 수 있도록 미리 길을 알아 놓아야죠. 아이의 눈을 잘 보고 눈동자가 어디를 향해있는지, 무엇을 보고 달려가는지, 무엇을 주저하는지, 무엇을 걱정하고 있는지 물어보고 알아주어야 하는 거예요.

이건 사실 잡아끄는 것보다 더 상위의 고난도 스킬입니다. 잡아끄는 건 그냥 엄마가 가고 싶은 대로 손잡고 가는 거지만, 뒤에 있는 것은 앞에 있는 모든 상황을 고려해서 보고 있고 적당한 때를 기다린다는 거잖아요. 참 엄마가 되는 건 너무너무 대단한 일임이 틀림없어요. 이런 일을 잘하는 엄마가 무슨 일이든 못할까 싶습니다. 분명 내 일에서도 고수가 될 거예요. 일단 아이를 중심에 두고 모든 것을 시작하면 답은 달라지는 것 같아요. 내 성에 안 차는 게 뭐가 중요한가요. 아이는 성장할 거고 자신의 속도와 온도대로 뻗어나갈 텐데.

그리고 이제 다른 사람에게, 특히 아이의 주변 사람들에게는 아이에 대한 장점도 단점도 말하지 않아요. 그저 조용한 조각가처럼 고요하게 집중하는 게 맞는 것 같아요. 아이도 깎고 새기고 만들어 나가고, 나도 조용히 집중해서 한 땀 한 땀 같이 해야 하는 거죠. 그저 묵묵하게, 끝까지, 앞으로 다가올 일을 준비하면서 말이죠. 하다 보면 참 많이 휘어져 있구나, 구멍이 뻥 뚫려 있구나, 이 부분은 매끈하구나, 이 부분은 도드라져 있구나 이렇게 느끼면서, 고요히….

어제도 공부시킬 때 너무 느리고 꾸물거리고 금방 하면 될 것을 세상 큰일처럼, 습관처럼 힘들다 할 때 화가 불쑥 나더라고요. 참고서 혼잣말했어요. '내가 화내도 소용없어. 고요하게 다스리고 잘 봐봐. 그래 뭐, 공부하기 싫은, 놀고 싶은 열 살 아이인 것뿐이잖아. 그래도 넌 공부하는 방법을 배워야 하잖아. 매일매일 꾸준히 그냥 해야 하고, 너에게 좋은 방법을 끈덕지게 찾고, 생각하는 방법을 배워야 하니까. 싫어도 그냥 하는 거야. 그걸 엄마인 내가 시켜야 하는 거야.'라고, 주저리주저리 속으로도 말하기도 하고. 그럼 또 가라앉기도 해요. 참 대단하네요. 내가 이런 경지까지 이르다니요.

다른 힘든 점 하나는 혼란스러움이에요. 요즘은 너무 많은 정보와 너무 많은 좋은 것들. 이렇게 해라, 저렇게 해라, 너무 많은 답이 넘쳐요. 너무 많아서 힘들어요. 그런데 그렇게 고르고 골라서 모은 좋은 것들인데, 뭐가 문제인지 아이와 맞지 않아서, 효과가 없어서 힘들어요. 이렇게 저렇게 다 해봤는데

"뭐야, 왜 안 되는 거야?".

전문가인 것 같은 사람들의 말은 다 다르고, 교과서 같은 책이 있는 것도 아니고. 징징거리는 아이를 볼 때 "이제 좀 그만해!"라고 싶은데, '아이의 감정을 헤아려 주어야 합니다.'라는 말이 생각나서 꾹 참고, "이게 마음대로 안 되어서 속상하구나. 어떻게 할까?" 했어요. 하지만 이것도 반복하다 보면 그냥 징징거림을 다 받아주는 부모와 버릇없는 아이만 남는 그런 현실이 되어 힘들어요. 나는 도대체 어떻게 해야 하는 건가요? 어느 장단에 맞추어 춤을 추어야 하는 건지 정말 알 수가 없어요.

지금 생각해 보면 좋다는 거 이런 거, 저런 거 다 해봐서 그랬었나 봐요.

이게 좋다네, 이런 게 있다는 말에 해보면 아이는 정작 "싫어."

"몰라!" 이렇게 대답하고 있어요. 그러고 나면 내가 잘 몰랐나 싶어서 다른 거 또 찾아서 해보고. 이렇게 이리저리 왔다 갔다, 이거 사고 저거 사면서 시간이 흘러갔어요.

그냥 제일 중요한 거, 그중에 아이한테 맞는 거 하나만 정해서 꾸준히 하나씩 해야 하는 거였는데. 천천히 하나부터 시작해서 펼쳐갈 수 있게 해야 하는 거였는데. 여기서 공을 들일 부분은 좋다는 정보를 모으는 게 아니라, 지금 이 시기에 중요한 것을 찾고, 그중에서도 아이에게 맞는 것을 찾는 것이었어요. 부담스럽지 않게 쓱, 우연처럼. '이런 것도 있어.' 정도로. 그냥 아이로부터 시작하는 게 맞는 것 같아요. 거기에 답이 있겠죠. 끝까지 찾고 뽑아내겠어요.

열 살 아이를 키우는 현재의 고민은 '아이의 생각과 태도를 어떻게 키워야 하나?'입니다. 아직 어려서 그런 줄 알았어요. 어떤 과제나 문제가 있을 때 하는 "몰라, 하기 싫어." 그런 대답들은 크면 하지 않게 되는 태도인 줄 알았어요. 하지만 그건 태도보다는 그냥 습관이었어요. "왜 그런 것 같아?"라고 물으면 "몰라", "기억이 안 나" 주로 이런 대답을 하니 더 이상 진행을 못 했었어요. 그래도 더 깊게 물어보는 게 맞아요. 일단 '좋아, 싫어'처럼 답할 수 있는 단답형 질문부터 해보고 점차 어떤 게 싫었는지, 왜 싫었는지, 어땠으면 좋았겠는지도 물어보면 또 나름 의외의 답변을 얻을 때도 있거든요. 이걸 물어보는 시간을 확보하려고요. 생각을 키우는 시간이니까 따로 준비해야겠어요. 일단 밤 9시 반부터 잘 준비하고 밤 10시쯤 침대에 누워 30분은 쓰려고 합니다. 매일은 하기 힘들어도 한주에 두세 번은 해야겠어요. 성의 있게 물어보고 깊이 있게 대답해 주면 의외의

답을 해줄 때가 많아요.

얼마 전에는 아이가 "나 한 번씩 우리 가족이랑 같이 있어도 혼자 있는 것 같아. 마음이 이상해."라고 하는 거예요. 순간 당황스러웠지만 잠시 생각하다가 질문을 이어갔습니다.

"음. 엄마도 그런 느낌 들 때가 있어. 그건 외로움인데, 모든 사람은 다 혼자 태어났으니 외로움이 있을 수밖에 없어. 네가 보기에 엄마를 제일 사랑하는 사람은 누구인 것 같아?"

"할머니?, 엄마를 낳았으니까?"

"음 당연히 사랑하지. 그래도 더 사랑하는 사람이 있지."

"그럼, 아빠?"

"아빠도 엄마를 사랑하지만 그래도, 엄마를 제일 사랑하고 모든 순간 같이 있는 사람은 엄마 자신이야. 혼자 있는 것 같은 외로움은 당연한 거야. 엄마는 너를 너무 사랑하지만, 그래도 모든 순간 제일 사랑하고, 옆에 있어 주는 건 너인 거잖아. 스스로를 제일 아껴주고, 사랑해 주는 게 맞는 거 같아."

이렇게 대답해 주었는데, 이해한 듯 보였어요. 안심한 듯 자려고 하더라고요. 이렇게 말해주길 잘한 것 같아요. 아이의 진심은 날아가는 풍선 같아요. 그 순간에 잡지 않으면 다시 돌아오지 않았을 거예요.

태도도 그때그때 맞는 태도를 알려주려고요. 아이가 조심성이 많아서 시작을 어려워해요. 보통 "내가 그걸 어떻게 해. 안 될 거야."라고 말해요. 버겁고 두렵다는 뜻인 것 같았어요. 3학년 학급 임원 선거 공지를 들었을 때 해보고 싶냐고 물었더니 "내가 이걸 어떻게 해?" 하더라고요. 그래서 제가 "이건 해도 되고, 안 해도 되는 일이야. 그런데 하면 너한테 멋진 일이 될 거야. 되면 하고는 싶어?" 물었더니 하고는 싶은데, 안 될 것 같다는 거예요.

낮 동안 고민하다가 자기 전 침대에서 "해보고 싶은 마음이 있으면 한번 해보자. 되든 안 되든 해봤다는 게 더 중요한 거야. 되면 좋은 거고, 안되는 마는 거야. 엄마가 최선을 다해서 도와줄게."라고 하니까 고개를 끄덕이더라고요. 우리 아이는 이렇게 해야 편안해지나 봐요. 일단 해보고, 가보고 생각해 보자. 안 되어도 돼. 뭐가 있을지 모르잖아. 엄마가 도와줄 테니 같이 준비해 보자고 하면 할 수 있더라고요.

아이가 느리죠. 적어도 엄마인 제 기준에는 아주 느려요. 어쩔 수 없어요. 남편에게 이야기했어요. 우리 아들은 30~40살에 빛이 날 것이다. 그때까지 꾸준히 성장할 거니까 평가하지 말자고. 분명 멋지고 대단할 거라고. 저도 고요히 아이를 찬찬히 보고 성장시키는 데 포커스를 맞추어야 한다고 많이 이야기합니다.

이제는 나 자신도 챙겨야 해요. 이렇게 아이에게 에너지와 시간을 쏟고, 같은 직종이어도 상대적으로 힘들게 일하는 남편도 챙겨야 하는 대상으로 생각하다 보니, 저 자신도 문제가 되더라고요. 주기만 하고 받지는 못하는 것 같아요. 나는 누가 챙겨주나요. 억울해지고 화가 납니다. 내 일과 공부를 먼저 챙기기에는 에너지와 시간이 부족해요. 아이에게 쏟는 시간이 부족해집니다.

아이를 낳기 전부터도 로망이 있었어요. 일은 반으로 줄이고, 일과 가정을 두 가지 다 병행할 수 있었으면 좋겠다. 저는 운 좋게 일은 줄일 수 있었는데, 양쪽도 다 잘하는 게 아닌, 그냥 양쪽 다 어설픈 상태가 된 것 같아요. 일도 적당히, 육아도 적당히 되어버린 어중간한 상태인 나는 어쩌나요. 나의 일을 키우지도 못했고, 육아도 인정받을 만큼 빛나지 못해요.

주기만 하고 받지 못하는 엄마 위치와 애매해진 전문가의 위치. 작아지고 낮아지는 나의 자존감이 자신을 힘들게 하죠. 그나마 지금 제가 찾은 방법 중 좋은 것은 '내 것부터 하자.'였어요. 누가 날 챙겨주겠어요. 내가 날 먼저 챙겨야지.

예전에는 달고 맛있는 복숭아 한 상자를 사 오면 아끼고 멍들거나 흠이 있는 것을 제가 먹었을 거예요. 크고 예쁜 거 두 개는 아이와 아빠 거, 흠이 있는 건 제가 먹었죠. 자르고 남은 부분을 먹거나. 이제는 사서 오면 혼자 있을 때 맛있어 보이는 복숭아를 나에게 먼저 줍니다. 아무도 모르겠지만 짜릿하고 나름 만족스럽습니다. 나쁜 것 같은 약간의 미안함과 함께. 뭐 어때요. 이제 아이와 남편에게 두세 개를 이쁜 접시에 담아서 입에 넣어줄 건데요. 그러니까 조금 낫더라고요. 내가 조절하고 있다는 장악력이 저에게는 중요한 것 같아요. 좋은 것은 내가 먼저 해보고 좋은 것을 나누어 줘야지. 이렇게 마음먹으니까 마냥 억울하지는 않아요.

사실 둘러보면 저를 도와주려는 사람들이 많아요. 이제야 비로소 감사를 전합니다. 그전에는 제가 이것도 못 하고, 저것도 못 해서 못 마땅했거든요. 도움에 감사하기보다는 내가 못 해서 도와주나 보다, 하고 부담스러웠어요. 그냥 편안하게 얘기해도 될 것을 너무 스스로 잘해야 하고, 모든 것에 이 정도 해야 한다고 생각하고 있었더라고요. 나만 나에게 불만을 품고 있지, 남편은 큰 불만도 없었어요. 오히려 아이는 불만을 품고 있는 엄마가 힘들었죠. 나만 편하면 다 편해지는데.

그냥 한 가지만 할래요. 아이는 엄마가 해주는 요리가 중요하고, 남편은 아내가 타 주는 커피가 중요한 것 같아요. 저에게는 출근이라는 단어 하나가 중요하고요. 출근해서 인정까지 바랄 때는 아직 아닌 것 같아요.

"엄마는 날 알아줘. 엄마는 날 잘되게 해줘."

30살쯤이 된 아이에게 이 두 가지 말을 들을 수 있다면 성공입니다. 나를 알아주고 인정해주는 사람이 엄마이고, 엄마가 알려준 대로 해봤더니 잘 되었다면 최고입니다.

요즘 의대 열풍으로 전문직에 대한 열망이 큽니다. 내 이름 앞에 평생 누가 가져갈 수 없는 직업을 달아주는 거니까요. 특히 여자인 저에게는 일을 조절할 수도 있고, 쉬어도 다시 시작할 수 있는 일이 있다는 게 너무 좋아요.

아이를 의사로 만들 거냐는 질문을 들을 때는 뭐라고 말해야 할지 모르겠어요. 만들고는 싶죠. 같이 서로를 돌보고, 성장하는 관계가 되었으면 좋겠으니까요. 그런데 요즘 현실을 보면 되고 싶다고 되는 건 아닌 것 같아요. 기준과 관문이 너무 높아요. '나라도 못 하지 않을까?' 싶어요. 그냥 하다 보면 되는 거지, 하나를 향해서 가라고는 못 하겠어요. 아이를 보면서 그 순간순간 판단해야죠. 자신의 온도와 속도대로 가고 있을 테니까요. 그리고 꾸준히 성장하고 펼쳐지게 도와줄 거예요. 의사가 아니더라도, 사람과 생명에 관련된 세상을 알려주고는 싶어요. 보람되고, 할 일도 많고, 펼칠 수 있는 게 많거든요. 어느 분야든 좋은 태도와 성실함을 무기로 자신의 길을 열어갈 수 있는 어른이 되었으면 하는게 저의 소망입니다.

자녀 교육 고민으로 시작했지만 이렇게 글까지 쓰면서 나를 여는 연습을 합니다. 아이 키우는 고민이 저까지도 더 멋진 사람으로 만들어 주는 것 같아서 즐거워요. 앞으로도 나아가는 길이 지혜롭고 경쾌했으면 좋겠습니다.

 **엄마가 엄마에게**

1. 아이가 내 마음대로 되지 않고, 미울 때 어떻게 하나요?

① 화를 낸다

② 포기한다

③ 징글징글하지만 포기할 수 없으니 그냥 하던 대로 한다

④ 일단 내 마음부터 가라앉히고 좀 시간이 필요하다

⑤ 정확하게 상황을 보려고 한다. 무엇이 문제일까, 어떻게 풀어야 하나, 궁리한다.

　제가 찾은 답은 일단 산책하러 간다고 하고 집을 나오는 것입니다. 바람을 빼듯이 마음도 좀 가라앉혀야 그제야 판단을 할 수 있더라고요.

　생각보다 별일 아닐 수도 있고, 엄마인 내 문제일 수도 있고, 정말 해결해야 할 문제일 수도 있어요.

　제 경우는 생각보다 엄마인 제 문제가 많더라고요. 주로는 나의 속도와 아이의 속도가 맞지 않아서. 아이가 하는게 엄마인 내 성에 차지 않아서가 문제였습니다. 이건 아이 문제가 아니라 엄마인 제 마음 문제인 거죠.

　정말 해결해야 할 문제라면, 정확한 상황판단을 하고, 확실한 정보를 모으고, 천천히 준비해 나가야 할 거예요. 조급해하지 말고, 서두르지 말자고 다짐하고 속도를 늦추려고 노력합니다.

2. 아이 교육을 내가 제대로 하고 있는지 확신이 들지 않고 혼란스러울 때 어떻게 하나요?

① 그럴 때 정확한 정보를 찾아야 하는데 그것이 무엇이라고 생각하시나요?

② 그걸 어떻게 얻나요?

③ 누구에게 물어보시나요?

　저는 아이가 통과해야 하는 대입에서, 또 취업에서 원하는 사람에 맞게 준비해야 한다고 배웠습니다.

어떤 사람을 뽑는지, 이것도 역시 출제자의 의도를 알고 맞게 준비해야 합니다. 그 기준을 베이스로 무엇이 중요하고, 지금 무엇을 해야 하는지, 그리고 실제 할 수 있는 방법까지 알아야 합니다.

저는 전문가를 찾을 때, 제일 많이, 제일 오랫동안, 실질적인 경험이 많은 분이 좋습니다. 여러 가지 방법을 알고 있다는 뜻이고, 주변에도 그 분야에서 오랫동안 검증된 좋은 분들이 많을 것이니까요.

저는 그렇게 샤론코치님을 만났습니다. 현재까지도 현역으로 지혜를 주시는 코치님이 같이 걸어가고 계심이 감사합니다.

오늘의 질문 부모로서 아이를 다스리려 노력하는 유형인지, 아니면 친구처럼 편하게 대하는 유형인지 적어 보세요.

김미연

안달복달한다고 될 일이 안 되지 않아요

대학 졸업 후 패션 브랜드 회사 디자이너로 나만을 위한 삶을 살다가 결혼 후, 특히 아이를 낳고 나서 큰 깨달음을 얻은 아들맘. 현재 워킹맘과 전업맘을 넘나들며 생활하는 패션 브랜드 디자이너 & 디렉터. 이름은 하나인데 직업은 여러 개인 나는 오늘도 이루고 싶은 것들을 향하여 사랑하는 남편 그리고 아이와 함께 꾸준히 걸어가고 있다.

인스타그램 **@directormango, @mymiy_atelier**

늦여름의 저녁 느낌을 좋아합니다. 풍요롭고 운치가 있는 가을이 다가오려는 느낌이 들거든요. 햇볕이 쨍쨍 비추는 열정적인 한낮을 지나, 아직 그 열기는 남아 있지만 더위는 한풀 꺾인 늦여름의 저녁. 푸른 나무에 바람이 불면서 나무 향이 느껴지는 그 분위기에 혼자 걷는 것을 참 좋아합니다. 그렇게 지나가는 여름을 느끼며 걷던 어느 날 문득 한 가지 생각이 떠올랐습니다. 나는 누구일까? 나는 그동안 어떻게 살아왔을까? 가던 길을 멈추고 급하게 제일 한가해 보이는 카페를 찾아 들어갔습니다. 구석 자리에 앉아 좋아하는 카페라테를 한 잔 주문하고 앉았습니다.

생각해 보니 저는 적어도 세상을 인지하는 순간부터는 제가 해야 하는 많은 일을 해내면서 살아온 것 같았습니다. 공부, 취업, 사랑, 결혼, 출산 등 많은 기억이 떠올랐습니다. 사실 아주 어렸을 때의 기억은 어떤 장면으로만 간단하게 기억됩니다.

엄마랑 외할머니와 함께 놀이동산에 갔던 기억, 무슨 일인지는 모르지만 엄마가 나에게 화내던 기억, 엄마랑 간지럼을 태우며 깔깔거리며 웃었던 기억 등 어릴 때 기억의 대부분은 엄마와 함께였습니다. 그리고 초중고 시절의 기억 대부분은 친구들과 선생님, 학교 교실, 운동장, 수학여행 등 즐거웠던 그리고 공부하며 어른이 되기를 꿈꿨던 기억이 찰나의 모습으로 머릿속에 남아 있습니다.

성인이 된 이후에는 대학 캠퍼스 생활, 사랑, 앞으로의 진로와 미래에 대한 고민, 취업 등등 그때는 분명히 심각한 일이었는데 지금은 기억이 잘 안 나는 소소한 기억들도 떠올랐습니다. 몇 입 먹지 않은 따뜻한 커피가 식을 때까지 푸른 나뭇잎이 보이는 창가에 앉아 이런저런 생각을 했습니다. 여러 가지 과정들을 겪으면서 좋았을 때도 있고 힘들었을 때도 있었습니다. 마냥 행복하기도 했고 때로는 도망가고 싶기도 했습니다. 그 길을 거쳐 하나씩 인생의 점들을 이어왔고 현재 지금의 저의 모습으로 살아가고 있었습니다. 행복하고 즐거웠던 기억들은 추억이라는 이름으로 감싸서 혼자 내 마음속에 간직하면 됩니다. 재밌는 것은 그때는 죽을 것 같았던 일들이 지금은 소소하게 느껴진다는 것이었습니다. 그리고 '난 지금 이렇게 잘 살아가고 있구나' 하는 생각에 피식 헛웃음이 나왔습니다.

인생은 이런 걸까요. 몇 년이 지나 또 나이가 들면 그때의 나는 지금의 나를 이렇게 바라보게 될까 하는 생각에 그래도 마음이 조금 편안해졌습니다. 그리고 나처럼 내가 사랑하는 내 아이도 그 과정을 겪겠다고 생각하니 묘한 기분이 들었습니다. '그래 너도 잘할 수 있을 거야. 별것 아니야. 엄마보다 더 잘할 거야.' 생각이 여기까지 이르자, 좀 다시 걷고 싶었습니다.

늦여름의 저녁을 다시 느끼고 싶어서 카페에서 나와 다시 걸었습니다. 그리고 생각을 이어갔습니다. 그러면 내 인생에서 나에게 가장 인상 깊었던 일은 무엇이었을까? 그리고 어떤 일이 나의 인생을 확 바꿔놓았을까? 오래 생각할 틈도 없이 바로 생각났습니다. 인생의 터닝포인트는 각자마다 다르겠지만 저는 아이가 탄생하던 날이었습니다. 나만큼 사랑하는 존재가 세상에 나오게 된 날, 그날 이후로 완벽히 다른 세상이 열리게 되었습니다. 너무나 행복했고 반면에 나만을 위해서 자유롭게 살던 이전의 내가 아니게 된 첫날이었습니다.

워킹맘 이야기, 하나

아침 시간은 너무나 정신이 없습니다. 피곤한 몸을 겨우 일으킵니다. 씻고 대충 스킨과 크림을 바르고 아이에게 달려갑니다. 아이를 깨워 간단한 식사를 챙기고 하루를 시작하는 준비를 합니다.

일과의 1부 타임을 끝내고 2부 타임을 위하여 출근합니다. 회사 일을 하면서 문득 아이가 떠오릅니다. 학교생활은 잘하고 있을까? 친구들이랑 싸우지 않겠지? 알림장에 준비물이 뭐였지? 이따 집에 가서 무엇을 해야 할까? 다시 정신을 가다듬고 컴퓨터 모니터로 눈을 향합니다. 회사에서는 일에 집중하자 됩니다. 회의와 미팅 등 오전 업무시간 종료 후 점심시간과 잠깐의 자유시간이 생깁니다. 아이의 교육과 관련된 인터넷 검색을 하거나 아이와 관련된 용품을 온라인에서 구매합니다. 뭐가 이렇게 많은지…. 오후 업무까지 마치고 회사가 끝나자마자 바로 집으로 향합니다. 퇴근 시간은 왜 이렇게 복잡하고 차도 사람도 많은지 속으로 중얼거립니다.

부랴부랴 집에 도착해서 현관문을 열기 전에 심호흡을 한 번 합니다. 3부 타임 시작 전입니다. 크게 숨을 내쉬면서 밝고 큰 소리로 외칩니다.

"엄마 왔다!"

사랑스러운 내 아이. 정말 예쁘긴 합니다. 두런두런 아이와 대화를 나누는 것은 잠깐, 몸은 천근만근인데 할 일이 태산입니다. 2~3시간 동안 집중해서 집안일과 육아에 열중합니다. 아이의 공부 리스트를 체크하고 내일 준비물을 준비해 주기도 합니다. 그림도 같이 그려주고 하루 동안 밀린 수다도 떱니다. 아이의 친구 이야기도 듣고 내가 모르는 그의 일과를 듣다 보면 아이의 하루가 머릿속에 그려지기도 합니다. 이런 것이 행복이라는 생각에 웃음이 납니다. 어린 시절 보드게임을 같이 하자고 낑낑대며 상자를 가져오는 아들의 모습은 참 귀여웠습니다. 아이와 같이 노는 어느 순간 회사에서 멈추고 온 일들이 생각납니다. 학창 시절에 자주 들었던 이야기가 떠올랐습니다.

"얘들아 딴생각하지 말고 국어 시간에는 국어 공부하고, 수학 시간에는 수학에 집중하렴."

우리도 들었고 아이들에게도 자주 하는 잔소리 중에 하나. 이 순간에 집중하려고 하고 머릿속으로는 현재에 충실해지자고 생각하지만 쉽지 않습니다. 일과를 마무리하고 아이를 재우고 나면 어느새 시간이 훌쩍 지나가 있습니다. 알 수 없는 공허함과 내일에 대한 부담감이 찾아옵니다.

"얼른 자야겠다. 내일을 위하여…."

전업맘 이야기, 하나

아침 시간은 역시나 너무 정신이 없습니다. 헐레벌떡 아이와 남편을 보내고 나면 그래도 잠깐의 행복한 여유가 생깁니다. 테이블에 앉아 커피 한 잔을 마십니다. '아 좋아…' 하루에서 제일 행복한 찰나의 시간. 그것도 잠시, 집안을 둘러봅니다.

아침 식사를 한 그릇이 싱크대에 가득하고 거실 바닥에 아이 장난감들과 책들이 펼쳐져 있습니다. 몇 가지 집안일을 하고 아이와 관련된 일들을 처리합니다. 저만을 위한 잠깐의 휴식 시간도 갖습니다. 시간이 후딱 지나가 곧 아이가 집에 돌아올 시간이 됩니다. 집에 도착한 아이의 이야기를 들어 주며 식사를 챙겨줍니다.

이것저것 하다 보면 시간이 훅 지나가 있습니다. 갑자기 급하게 피곤해지면서 기운이 빠집니다. 거울을 보니 어떤 아줌마 한 명이 보입니다. 누구신가요? 낯선 얼굴에 깜짝 놀랍니다. 너는 누구니. '나 예전처럼 자유롭게 일하던 그때로 돌아갈 수 있을까?' 난 누구이고 여긴 어디인가. 갑자기 조급함과 서러움이 밀려옵니다.

워킹맘의 이야기, 둘

새로운 학기가 시작되었습니다. 오랜만에 아이의 친구 엄마들과 모임 약속을 잡았습니다. 배려심이 많은 어머님을 만나서 다행입니다. 일하는 엄마를 위해 모임을 저녁으로 잡아주셨습니다. 반갑게 인사를 합니다. 맛있는 음식을 먹으며 서로의 근황을 묻습니다. 그러다가 어느 순간이 되면 자연스럽게 아이들 이야기 그리고 교육 이야기로 화제가 옮겨집니다. 지난주에 샀는데 뭐가 좋더라, 지난달에 가봤는데 여기가 좋더라, 이번에 학원을 옮겼는데 맘에 들더라…. 처음에는 휴대전화 메모장을 열어서 열심히 저장하다가 갑자기 생각이 듭니다. '나는 뭐 하고 있는 거지? 나 왜 이렇게 아는 것이 없지? 일한답시고 아이에게 좋은 것들을 못 해주고 있나 봐. 다들 이렇게 잘 챙겨주는데 내가 이렇게 밖에 나와 있어서 우리 아이만 못하고 있으면 어쩌지?' 갑자기 조급함이 밀려옵니다.

전업맘 이야기, 둘

오랜만에 예전 회사 동료에게 연락이 왔습니다.

"잘 지내고 있는 거지? 왜 이렇게 통화하기가 힘들어. 우리 만나자."

약속 날짜를 잡고 준비합니다. 먼저 해야 할 일이 있습니다. 화장하고 옷을 챙기는 준비가 아니라 우선 남편에게 연락해서 스케줄을 물어봅니다.

"나 이날 저녁 약속이 있는데, 몇 시에 들어올 수 있어요?"

약속 하나를 내 마음대로 잡지 못하다니 정말 예전과 다름을 느낍니다. 약속 나가기 전에 간단한 집안일과 아이가 먹을 음식들을 해놓습니다. 해야 할 일들을 체크해 주고 부랴부랴 약속 장소로 향합니다.

'아…. 저녁에 나와 본 적이 언제였지?' 은근히 설렙니다. 기다리면서 커피 한 잔을 마십니다. 여유 있게 이런 시간을 가져본 것도 꽤 오랜만입니다. 문 쪽으로 시선을 두고 있는데 마침 동료가 도착해서 들어옵니다. 너무 반갑습니다. 그런데 걸어 들어오는 모습부터 나와 다른 모습을 느낍니다. 당당한 걸음걸이에 화려한 모습이 돋보입니다. 나도 예전에 그랬었는데…, 과거 나의 모습이 떠오릅니다.

주문한 음식은 먹는 둥 마는 둥 하며 동료의 출장 다녀온 이야기 그리고 승진한 이야기를 듣습니다. 얘기만 들었는데도 머릿속에 그 장면들이 상상됩니다. 동료는 참 행복해 보입니다. 그러다 문득 생각이 떠오릅니다. '맞다. 나도 그랬었는데…, 나에게도 저런 시절이 있었는데….' 밀린 대화를 정신없이 하다가 잠깐 화장실에 갑니다. 손을 씻고 거울을 보는데 낯선 나의 모습이 보입니다. '나 다시 예전처럼 내 모습을 찾을 수 있을까?' 다시 조급함이 밀려옵니다.

위의 워킹맘, 전업맘 이야기들은 같은 사람의 이야기입니다. 바로 저의 이야기입니다. 기억의 왜곡이 있을 수 있지만 과거의 모습 그리고 현재의 모습이 섞여 있는 저의 기억이고 현재도 진행 중입니다. 어느 날 이런 생각을 했습니다. '아, 워킹맘과 전업맘의 경계는 모호하구나. 언제라도 그 선을 넘나들 수 있구나. 단지 내가 가진 상황에 맞춰서 선택만이 있는 것이구나.' 그러기에 멀리 있는 이야기가 아니며 그 누군가는 지금도 경험하는 일일지도 모릅니다. 그리고 저도 겪고 있습니다. 지나가는 세월을 잡을 수 없다고 합니다. 멈추려고 해도 시간은 흐릅니다. '언제 다 클까?' 했던 아이가 벌써 이만큼이나 컸다고 얘기하는 분들의 이야기를 자주 듣습니다. 아이와 마찬가지로 엄마도 나이가 듭니다. 어차피 시간은 누구에게나 주어지고 그 시간은 냉정하지만, 반드시 지나가니 말입니다.

제가 알기로는 꽤 많은 분들이 아이가 생긴 후에 많은 감정을 느낍니다. 저도 마찬가지입니다. 긍정적인 감정은 당연히 너무나도 행복하고 좋은 일입니다. 많이 행복해지고 싶고 저의 글을 읽는 독자분들도 그렇게 되기를 기원합니다. 반면에 가끔 밀려오는 걱정과 우울감이 있습니다. 대부분 이 양면의 감정들을 느끼며 살아갈 것 같습니다. 저도 그랬고 앞으로도 그러리라 예상합니다.

저는 많은 감정 중, 걱정에 관해 이야기하고 싶었습니다. 저도 그런 시절이 있었고 지금도 종종 그러니까요. 일단 그런 감정을 갖는 것도 나의 모습 중 하나이기 때문에 인정하기로 했습니다. 하지만 왜 그럴까 생각해보기로 했습니다. 제 생각은 끝은 '조급함'이라는 감정 때문일 것이라는 결론이었습니다. 그 조급함 때문에 일을 그르친 적이 꽤 있었기 때문일 것입니다. 그러다가 생각해 보았습니다. '엄마가 조급해하고 걱정한다고 흐르는 시간이 멈춰질까? 될 일이 안 될까?'

답은 명확한 한 가지. 어차피 엄마의 마음과는 상관없이, 어떤 방향이 되었든 될 일은 된다는 것입니다. 그러면 기한이 정해져 있고 결과가 나올 일이라면 마음을 좀 편하게 가지면 어떨까 생각해 봤습니다. 될 대로 돼라 내버려 두라는 것이 아니라 정성을 다하되 조금만 조급한 마음을 내려놓자는 것입니다. 전업맘이든 워킹맘이든 내 마음 편하자고 선택한 것을 이러지도 저러지도 못하면서 불편해하며 소중한 나의 인생이 그렇게 흘러가고 있었습니다. 누구나 완벽할 수 없고 완벽한 것이 정답도 아닌 데 내가 가진 것과 내가 처한 상황에 집중하지 못하고 조바심을 낼 때가 많았습니다. 안달복달하고 걱정한다고 해서 될 일이 안 되지 않는다는 것을 알면서도 말입니다.

아이에게 종종 하는 잔소리가 하나 있습니다. 현재 하는 일에 집중 못 하고 있을 때 아이에게 말합니다.

"원래 공부 못하는 사람들이 국어 시간에 수학하고, 수학 시간에 국어 공부한다. 너무 웃기지 않니? 국어 시간에는 국어만 집중해 봐. 수학 시간에는 수학만 집중해서 해보렴. 그게 더 맞을 거야."

갑자기 웃음이 피식 납니다. '이 얘기를 누구한테 하는 거니? 나한테 하는 말이니?' 맞습니다. 아이에게는 그렇게 이야기해 주면서 정작 왜 나는 그렇게 하지 못할까요. 그렇게 말하고 정작 헤매는 엄마를 보면 아이가 엄마의 말을 신뢰할 수 있을까 하는 생각이 듭니다. 아이가 엄마의 모습을 보면서 배우고 깨달을 수 있을까도 말이지요.

나를 되돌아봅니다. 나야말로 국어 시간에 국어 공부하고, 수학 시간에 수학 공부를 했는지 생각해 봅니다. 워킹맘은 회사에서 일하면서 집안일과 아이가 걱정됩니다. 퇴근하면 두고 나온 회사 일에 마음이 불편합니다. 전업맘은 시간은 기다려 주지 않는다며 아이에게 집중하겠다고 당당히 사표를 내고 아이와 함께하지만, 집에 있어도 힘이 들 때가 많고 나 자신이 사라진 것 같습니다. 가끔 주변에서 회사에 다닐 때가 힘든지 집에 있을 때가 힘든지 물어보는 사람들이 있습니다. 그러면 저는 보통 이렇게 얘기합니다.

"회사 다니는 것은 힘이 들어. 그런데 집에서 있으면 진이 빠져."

유머이지만 슬픈 현실이기도 합니다. 저 역시 워킹맘 시절이 있었고 전업맘 시절이 있었습니다. 두 가지 모두 장단점이 있습니다. 모든 것을 다 가질 수 없다는 것을 깨달은 기회이기도 합니다. 그리고 얼마나 각각의 시간이 소중하고 의미 있는 것인지를 알게 되었습니다.

아이에게 고마운 부분이 정말 많이 있습니다. 철없는 나를 엄마로 만들어 주었고 그전에 알지 못했던 감정을 많이 갖게 해주었습니다. 나를 더욱 성숙하게 만들어줬고 세상에 무슨 일이 생겨도 나의 소중한 너를 지켜주겠다는 굳은 의지도 만들어 주었습니다. 그리고 기쁨과 말로 표현할 수 없는 행복까지 말입니다. 너무 감사한 일입니다. 아이 덕분에 많은 인연을 맺게 되었고 저의 인생도 많이 풍요로워졌습니다. 특히나 처음 시작은 아이 교육 때문에 알게 되었지만, 지금은 저의 인생 멘토가 된 샤론코치님을 알게 된 것에 감사합니다. 아이가 아니었다면 몰랐을지도 모르는 정말 소중한 인연. 운명처럼 다가온 인연 덕분에 저의 많이 것들이 달라졌습니다.

회사 생활로 너무 바쁘던 시기, 직장에 있는 선배 중 먼저 아이를 키우던 분들이 말해주더군요. 아이가 초등학교 입학하고 1학년 정도 보내면 훨씬 낫다. 그때까지만 잘 돌봐주면 점점 괜찮아진다. 저도 경험해 보지 않은 인생이기에 그 말이 맞을 것으로 생각했고 마음 한편으로는 그렇게 되기를 바랐습니다. 아이가 학교생활에 잘 적응하도록 도와주고 싶은 마음에 연차를 내면서까지 엄마들 모임에 최대한 참석했고 그 시절 저의 1순위는 아이의 초등학생 적응 프로젝트였습니다. 정말 열심히 했던 기억이 납니다. 그런데 대부분이 제 의지대로 되지는 않았습니다. 점점 괜찮아질 것이라는 주변의 말은 일단 저에게는 맞지 않는 조언이었습니다. 아이의 상황이 특별히 안 좋거나 나쁘지는 않았지만, 저의 마음은 '이건 아닌데… 뭔가 이상해'라는 마음으로 변해가고 있었습니다. 경력에 따라 중간관리자에서 더 높은 자리로 올라가야 하는 시점에서 회사도 간부급으로 나에게 원하는 부분이 많아졌고 아이에 대한 왠지 모를 기분에 마음이 아주 불안정하던 시기였습니다.

그때 '화목한 가정에서 인재 난다.'라는 주제로 자녀의 양육과 교육을 위해 엄마의 성장과 행복을 이야기하시는 샤론코치님을 알게 된 덕분에 저의 많은 부분이 좋아졌습니다. 가르침대로 항상 공부하는 엄마가 되어 흔들리지 않으니 예전처럼 매우 불안하지 않게 되었습니다. 아이와도 더욱 잘 지내게 되니 그것이 결국에는 아이가 잘 되게 되는 길인 것 같습니다. 자녀 공부뿐만 아니라 엄마도 성장해야 결국에는 모두 행복해질 수 있다는 이야기를 기억하며 저는 지금도 공부하고 성장하며 발전하는 중입니다.

요즘의 저는 예전의 일을 하던 나의 모습으로 돌아가려고 합니다. 일단 아이가 전보다 많이 컸고 관계가 꽤 돈독해졌으며 개인적으로 다시 일을 하고 싶은 마음이 생겼기 때문입니다. 하지만 완전히 독립적이던 젊은 시절의 나로 다시 돌아갈 수는 없습니다. 시간도 흘렀지만, 저에게는 사랑하는 아이가 있기 때문입니다. 그래서 슬프거나 안타깝지 않습니다. 오히려 사랑하는 나의 아이에게 본보기를 보일 수 있는 사람이 되기 위해 새로운 나의 모습을 만들어 가려고 노력하고 있습니다.

공부하고 대비하며 세상에 대하여 알아가는 삶, 그리고 현재에 집중하여 나에 대하여 알고 건강하게 살아가는 삶. 회사에 다니고 있다면 회사에서는 그 일에 충실하고 집에서 양육한다면 그 일에 집중하려고 합니다. 집에서 살림할 때는 집안일에 집중하고 나를 위한 일을 할 때는 그것에 집중하는 것입니다. 이렇게 생활한다면 적어도 내가 선택한 길에 대한 후회는 없지 않을까 합니다. 많은 사람이 본인이 그 길을 선택했지만, 다른 길에 대한 아쉬움을 간직한 채 현재의 삶에 집중하지 못합니다. 저도 그랬기 때문에 솔직하게 이야기하는 것입니다. 하지만 이런 생각을 해봤습니다. 내가 선택한 일에 진심으로 충실히 집중해 본다면, 적어도 그 부분에 대해서는 훗날에도 미련은 없지 않을까 하는 생각 말입니다. 조급함을 내려놓고 현재에 충실하며 그 일에 집중하고 생활하다 보면 그 힘으로 언젠가는 지금보다 더 나은 내가 되어있을 것입니다.

육아는 시간이 한정되어 있다고 합니다. 그리고 사회생활을 하는 것도 현재의 기회가 계속 있지는 않은 경우가 많습니다. 육아든 사회생활이든 하고 싶어도 못할 때가 온다는 것입니다. 그래서 저는 지금, 현재에 집중해 보려고 합니다. 그 어떤 기회도 소중하기 때문입니다. 정착하지 못하는 나를 발견하며 우울해하고 또는 어느 것도 선택하지 못한 나를 보며 힘들어하기도 합니다. 그런데 그것은 내가 이상해서가 아닙니다. 그리고 잘못도 아닙니다. 그저 내가 갖지 못한 다른 부분에 대한 못난 조급한 마음 때문이라고 생각하게 되었습니다. 그 마음을 가지고 있는 것만으로는 아무 일도 일어나지 않더라고요. 차라리 부정적인 마음을 버리고 털고 일어나서 현실에 충실하고 미래를 준비하는 것이 나았습니다.

덤 한 가지가 있다면 이런 나의 모습을 보고 자란 아이는 삐뚤어질 수 없을 것 같다는 생각이 듭니다. 사실 어느 시점이 되면 아이는 내가 키우는 것이 아닙니다. 아이와 가까이에 있는 사람들에게 영향을 받으면서 아이는 스스로 자라납니다. 가장 큰 영향을 주는 사람이 엄마인 내가 될 수도 있지요. 어쩌면 아주 어린 아이일 때부터도 엄마를 바라보면서 닮아가며 자랐을지도 모릅니다. 아직도 가끔은 불안하거나 조급한 마음이 들 때가 있습니다. 하지만 언제까지 조급해하고 내가 가지 못한 길에 대하여 부러워하고 아쉬워해야 하는 것인가에 대하여 생각해 보았습니다. 결국에 답은 나의 마음속에 있었고 그 길도 내가 찾아야만 했습니다. 저 역시 현재진행형입니다. 단지 예전과 마음가짐이 달라졌을 뿐입니다. 그런 마음들을 조금 내려놓고 공부하며 나의 인생을 준비하는 것이 어떨까요. 내가 꿈꾸는 나와 그리고 내 아이의 미래를 위해서 말입니다. 워킹맘은 본인의 삶을 열심히 살아가며 가정과 아이에게 충실하고 전업맘은 가정과 아이를 보살피며 미래의 나를 위하여 준비하는 것입니다. 그렇게 살아가는 엄마를 본다며 우리 아이도 엄마가 그렇듯이 자신의 삶을 사랑하게 될 것이라고 생각합니다. 그토록 자신을 사랑하는 엄마를 보며 아이 또한 자기 자신을 사랑하게 되지 않을까 생각해 봅니다.

살다 보면 왜 이런 일이 나에게 일어난 것일까? 왜 나에게 힘든 일이 생기는 것일까? 답답하고 속상한 순간들이 있습니다. 제 생각에는 서로 말을 안 해서 그렇지 마냥 부러워만 보이는 그 누군가라도 고민과 좌절은 다 있을 것으로 생각합니다. 저 역시 그런 순간들이 꽤 많이 있었습니다. 저는 아이를 키우면서 회사에 다니는 것에 대한 고민이 많았습니다. 떡 두 개를 손에 쥐고 있는 어린아이처럼 둘 다 내 것이 아닌 그리고 남의 것도 아닌 상태의 모습이었습니다. 둘 다 잘하지도 못하는 그렇다고 선택하거나 놓지도 못하는 애매한 나를 자책하고 답답해하는 순간들도 많았습니다.

어느 날 친정엄마가 말씀하셨습니다.

"너도 자식을 낳아보니 소중하고 그런 아이에게 다 해주고 싶은 마음이 들지? 엄마도 그랬단다. 너는 너의 일을 사랑하고 하고 싶어 하는 것을 알기 때문에 엄마가 그동안 아이 키우는 것을 도와준 거야. 그런데 이런 생각이 든단다. 먹이고 재우고는 할머니가 해줬지만 아이 교육은 나보다는 네가 했으면 좋겠다. 그리고 너도 그 기회를 통해 아이에게 미안해하는 마음을 정리해 봐. 엄마가 그런 마음을 가지고 있는 것은 별로 좋지 않은 것 같아. 한번 생각해 봐."

그 이후로 잔잔하게 들은 엄마의 그 이야기가 머릿속에서 떠나지 않았습니다. 심지어 너무 맞는 말 같아서 마음이 아팠습니다. 그리고 그다음 드는 생각은 '아, 분명히 엄마가 나에게 이런 이야기를 한 이유가 있을 거야. 내가 그렇듯 엄마에게 나도 소중한 아이일 테니 분명히 나를 위해서 하는 말씀일 거야.' 고민의 시간이 있었지만, 그 이후로 자연스럽게 퇴사하고 전업맘의 시간이 찾아왔습니다.

사실 저의 인생에서 첫 휴식의 시기이기도 했습니다. 학창 시절을 보내고 대학 졸업 후 바로 취업한 뒤, 거의 쉬지 않고 회사 생활을 했기 때문입니다. 처음 몇 개월은 참 좋았습니다. 저는 집에서 모두가 다 나간 아침 시간에 조용하게 식탁에 앉아서 커피 한 잔을 마시는 시간이 참 좋았습니다. '아, 너무 좋다. 여유 있는 이 시간이 너무 행복해.' 가끔은 살짝 화가 날 때도 있었습니다. '아니, 이렇게 좋은 것을 나는 그동안 못하고 있었던 거야? 너무 아쉬울 뻔했어.' 지금 생각해 보면 도대체 그게 뭐라고 그런 생각까지 들었나 싶지만 그때는 그 정도로 행복했습니다. 하지만 몇 개월 후 다시 고민은 시작되었습니다. '나 정말 이렇게 살아도 되는 걸까.' 어찌 보면 참 아이러니합니다. 그렇게 행복해하더니 다시 원점으로 돌아왔으니까요.

그런데 예전과 달라진 것이 있었습니다. 몇 개월간 쉬면서 여유가 생기니 사실 저는 제가 하는 일을 좋아하는 사람이었다는 것을 발견했습니다. 역시 어느 정도의 쉼표는 필요하다고 생각합니다. 그런데 다시 회사로 돌아가기는 싫다는 생각이 들었습니다. 아마도 다시 예전처럼 회사를 다닌다면 지금처럼 아이를 곁에서 볼 수 없다는 생각이 들었기 때문이었을 겁니다. 지금의 내 상황에서 탈출하거나 도망가고 싶지는 않았습니다. 그만큼 저에게 아이와의 시간은 소중했기 때문입니다. 회사까지 버리고 선택한 내 길이 아쉽지 않을 정도로 마음속으로는 정말 간절히 바랐던 시간이었습니다. 저는 그때 제 손으로 아이를 돌본 지 채 1년이 안 되었으니 그런 생각을 할 수 있었던 것 같습니다. 그럼 어떻게 해야 할지 생각했습니다. 저는 그 순간을 즐기면서 다른 준비를 하고 싶었습니다. 그래서 공부하고 차근차근 준비했습니다. 저는 먼저 나 자신을 아는 것이 필요했습니다. 나는 어떤 사람인지 그리고 뭘 좋아하고 뭘 잘하는지에 대한 생각들을 했습니다. 다른 사람들이 말해주는 것도 필요하지만 자기 자신은 보통 스스로가 제일 잘 알기 때문에 솔직한 마음으로 본인을 파악해 보는 시간이 필요합니다. 그러려면 마음의 여유도 필요하고 최소한의 시간도 필요합니다. 꼭 그런 시간을 갖기를 기원합니다. 저도 그랬고 아직 완성형은 아니지만 지금도 그런 시간들을 통해 생각을 정리하고 그 방향을 찾아 저만의 길을 찾아가고 있습니다.

최근에 나의 아이가 어떻게 자랐으면 좋은지에 대한 질문을 받았습니다. 막연하게 머릿속으로 생각했던 질문을 그 계기를 통해서 다시 생각해 보았습니다. 저는 아이가 저의 소유물이라고 생각하지 않게 되었습니다. 내가 낳았고 나를 통해서 탄생한 아이지만 그 아이는 그 자체로 독립적인 존재라고 생각합니다. 다 성장하기 전에 당분간만 제가 아이들 보호하고 있다고 생각하고 저와 함께 있는 동안 인생을 지혜롭게 살아갈 수 있도록 가르쳐 주고 싶습니다. 그리고 도와주고 싶습니다. 그래서 어느 순간 아이가 독립할 시점이 오면 가뿐한 마음으로 아이를 떠나보내 주고 싶습니다. 아이가 자신을 사랑하는 사람으로 크기를 바랍니다. 본인 대한 믿음을 가지면 좋겠습니다. 그 힘으로 인생을 살면서 여러 가지 과정들을 잘 극복하고 이뤄내길 바랍니다. 본인을 사랑하고 아낀다면 잘못된 유혹에 빠질 일이 적을 수 있고 다른 사람들도 아낄 것으로 생각합니다.

어쩌다 보니 지인들의 워킹맘, 전업맘 비율이 비슷합니다. 서로가 부러워하는 부분들이 있고 본인이 가지 못한 길에 대한 아쉬움이 있습니다. 엄마들이 아이를 키우면서 본인의 꿈을 꾸기가 쉽지 않을 수 있습니다. 지금이라도 하나하나씩 새로운 인생을 준비해 간다면 그 언젠가 지금 가지고 있는 아쉬움은 없지 않을까 생각합니다. 저와 비슷한 고민을 하는 누군가에게 이야기하고 싶습니다. 행복한 마음을 가지고 앞으로 더욱 행복해지자고 말입니다. 자유롭게 살던 우리가 10개월 동안 나를 뒤로하고 나의 아이를 위하여 노력하고 산통까지 견뎌냈으니 정말이지 뭔들 못할까 하는 생각이 듭니다. 저는 이렇다 할 무언가를 이뤄내지 못했을 수도 있습니다. 그런데 그런 것들이 뭐가 중요할까요? 서로 각자의 인생을 사는 것일 뿐일 텐데요. 저의 이야기를 시작하게 된 첫 번째 생각, 서두에 썼던 내용입니다. 어느 날 문득 한 가지 생각이 떠올랐고 나는 누구일까? 나는 그동안 어떻게 살아왔나? 스스로에게 질문했고 그 질문에 대한 대답을 어느 정도는 찾았습니다. 그리고 앞으로도 계속 질문하게 되겠지요.

10대에 공부하고 20대, 30대에 회사를 다닐 때, 뭔가 하기 싫은 적이 있었습니다. 잘 몰라서든 아니면 정말 하기 싫어서이든 말입니다. 떠올려 보니 그래도 일단 이유를 불문하고 한 번 해보았던 나 자신이 있었습니다. 그것이 나의 모습이었고 그렇게 살아왔던 것입니다. 뭔가 이슈가 생겼을 때 성공이든 실패든 그때 그 기억으로 이후에 다시 도전해 보는 마음가짐이 생겼던 것 같습니다. 그렇게 성공 여부와 관계없이 무언가가 남았다고 생각합니다.

저의 아이도 그랬으면 좋겠습니다. 생각해 보니 저도 저를 사랑해 주셨던 어른들의 모습을 보며 배웠던 것이 아닐까 생각합니다. 인생의 고민스러운 부분들이 있었을 때가 많이 있습니다. 그리고 현재도 그렇습니다. 다행히 오랜 직장생활을 성실하게 했던 습관이 남아 있어서인지, 어떤 일을 할 때 일단 해보려는 도전 의식과 꾸준히 하려는 마음이 있습니다. 어쩌면 바보 같기도 한 그 꾸준함과 현재에 충실해지려는 마음이 저의 인생을 성장시키며 만들어 가게 될 것 같기도 합니다. 저는 요즘 부정적인 생각을 오래 가지고 있지 않고 최대한 긍정적으로 삶을 바라보려고 노력합니다. 걱정하거나 조급한 마음을 가져봤자 해결되는 것이 없다는 것을 깨달았기 때문이기도 합니다. 요즘 저는 제가 사랑하는 주변 지인들에게 작은 취미나 돈벌이 또는 미비한 시작이라도 일단 한 번 해보기를 권합니다. 작은 관심사가 취미가 되고 그 활동들이 일과 직업이 될 수도 있으니까요. 우리의 작은 날갯짓이 어떤 반향을 일으켜 그 이후에 어떤 일이 생겨날지는 아무도 모르니 말입니다. 그렇게 도전하는 모습으로 아이에게 존경까지 받는다면 얼마나 행복할까요? 진정한 인생의 보너스라고 생각합니다.

저는 모든 여성이 행복하고 존중받았으면 좋겠습니다. 우리는 새로운 생명을 품고 그들에게 영향을 줄 수 있는 사람들이니까요. 얼마나 중요하고 소중한 일인지를 매일 깨닫고 있습니다. 어느 자리에서 어떤 상황에 있던지 하루하루의 일상에서 행복을 느끼고 감사하는 마음을 가지는 분들이 많아지기를 바랍니다. 그리고 저도 그렇게 살고 싶습니다.

저는 지금도 현재진행형입니다. 아직 온전하지 못하고 앞으로 더욱 성장하고 싶은 마음이 있으니까요. 점점 나이를 들면서 깨닫는 부분들이 생기는 것에 감사합니다. 그것에 가장 영향을 끼치는 요인 중의 하나는 아이를 키우며 배우는 것들입니다. 제가 좀 더 나은 어른이 되는 느낌이 참 좋습니다.

마음먹기에 따라 달라진다고 합니다. 만약 지금보다 행복해지고 싶다고 생각해 본 적이 있으신가요. 그럼 오늘 내가 가진 상황을 있는 그대로 받아들이고 지금보다 조금이라도 나은 내일을 꿈꿔보면 어떨까요. 저는 제가 불행하다고 느꼈을 때 그렇게 생각하며 마음을 바꿔 먹었거든요.

온전한 나를 찾고 싶을 때도 그렇게 했고 두렵지만 새로운 일을 도전할 때도 그랬었던 기억이 있습니다. 그리고 앞서 말했듯이 지금도 극복하며 해내는 과정에 있습니다.

아이에게 어떤 엄마가 될까 하는 생각을 해본 적이 있습니다. 좋은 엄마는 어떤 것인가에 대해서도 말이죠. 저는 제가 저를 사랑하고 저의 인생을 사랑하기로 했습니다. 그러니까 훨씬 더 나아지더라고요. 저는 이런 방법을 선택하고 찾았지만, 각자의 마음이 향하는 대로 멋진 방법을 찾아내기를 기원합니다. 그래서 지금보다 행복한 내가 그리고 당신이 되기를 소망합니다.

오늘의 질문   어떤 엄마가 좋은 엄마라고 생각하시나요?

에필로그

엄마를 공부하는 엄마

밑줄 긋는 말

이효재

어떤 책에 밑줄을 긋는 순간은 자신의 마음속에 있던 무의식적인 가치관을 발견했을 때입니다. 책이 나를 공감해 주고 내 편이 되어 주는 순간, 우리는 바로 그때 한 권의 책에 반하며 미소 짓게 됩니다. 제가 샤론코치님을 유튜브에서 처음 뵌 날이 바로 그랬습니다. 어떤 유튜브 채널에 게스트로 출연하신 코치님의 몇 말씀에, 저는 순식간에 코치님께 밑줄을 그었지요.

일을 중단하고 오롯이 엄마로 살게 되면서 어떻게 하면 두 딸을 잘 키울 수 있을지 예전보다 더욱 고민하던 시기였어요. 코로나로 인해 누구를 만나지도 못하던 때라 배움의 기회도 적었고요. 이런저런 교육채널을 들어보면서 제 나름의 교육 방향을 세워보고 적용도 해보았습니다. 그러다 코치님을 알게 되었고, 조각나 흩어져 있던 모든 퍼즐이 한순간에 맞춰지는 기분이 들었습니다.

제가 아이들을 잘 키우고자 하는 방향은 비단 입시만은 아니에요. 명문대를 졸업하고도 사회인으로서 자신의 역할을 하지 못하는 젊은이들을 주변에서 너무 많이 보아 왔기 때문이지요. 또한 아이들이 살아가야 할 세상은 지금과 너무나 다를 텐데, 미래에 펼쳐질 세상의 모습을 저조차 잘 모르니 아이들을 이끌어갈 때 두려움도 있었습니다. 무엇을 어떻게 해야 엄마의 역할을 제대로 하는 것인지 어디 물어보고 확인할 곳이 없어 막막할 뿐이었어요. 다행히 샤론코치님을 알게 된 후 코치님의 삶, 그리고 두 자녀를 이끌어 가시는 모습에서 오래도록 갈망했던 그런 길을 조금은 찾게 되었습니다.

언젠가 코치님이 라이브 Q&A를 진행하시면서 어떤 분에게, "엄마가 꿈을 크게 가져야지, 애가 한번 해보겠다는데 엄마부터 안 될 거라 생각하면 뭐가 되겠어요."라며 따끔하게 말씀하신 적이 있었습니다. 사실 그날 저도 많이 반성했습니다. 내가 살아온 테두리 속에 아이들의 가능성을 내 멋대로 가둬놓은 것이 아닐까 생각하게 되었지요. 결과가 어떻든 간에 엄마만큼은 포부를 좀 크게 가져보자고 굳게 다짐했고요. 둥지가 커야 크게 키울 수 있을 테니까요. 누가 이런 이야기를 저에게 해줄 수 있을까요.

저는 코치님으로부터 엄마로서 자세를 본받고자 합니다. 변화하는 미래에 나와 아이들이 잘살아 갈 수 있도록 공부하고, 현재의 맞닥뜨린 입시를 공부합니다. 늘 말씀하시는 거꾸로 로드맵을 실천하려고 노력합니다. 영어 잘하는 이과, 책을 사랑하는 이과로 키우고자 합니다. 사회에 기여하는 글로벌 인재로 만들어 보겠다는 야무진 꿈도 한번 가져봅니다. 글로벌 스탠다드로 나아갈 우리나라 교육과정 변화를 염두하며, 저와 아이들이 걸어갈 방향을 잡아봅니다.

매일 새벽같이 회사에 나가 밤늦게 돌아왔던 저였습니다. 아이의 학업에 도움을 주지 못했던 지난 시간을 만회하고 싶어 몇 년간 일을 하듯 절실하게 공부했습니다. 광고가 많은 교육카페, 학원설명회, 주변 분들에게 정보를 구하기보다는 강의를 들었습니다. 전문가에게 배워야 전문가처럼 아이를 이끌 수 있다는 믿음 때문이었지요. 다른 아이와 내 아이는 다르므로, 결국 엄마인 내가 고민하고 결론을 내리려면 공부만이 답이었습니다. 교육과정, 입시, 학원의 교습방법을 이해하게 되면서 무엇이 중요하고 중요하지 않은지 구분 가능해져 아이의 부담을 덜어줄 수 있었습니다. 어떤 내용에서 아이들이 힘들어하는지 미리 파악하여 질책하는 엄마가 아닌 격려하는 엄마가 될 수 있었습니다.

제가 좋아하는 샤론코치님은 허울뿐인 명성보다 소수의 소중한 인연이 중요하다고 여기는 분입니다. chatGPT 같은 유행에 유난 떨지 말라고 배포 있게 말씀하는 분. 감정선 깊은 드라마와 영화를 사랑하는 낭만이 있는 분. 비싼 과일 먹이지 말고 제철 과일 먹이라는 말씀. 미치지 않고서야 어떻게 매번 한우를 먹이냐며 그런 건 엄마나 몰래 먹으라고 재치 있게 말씀해 주시는 분. 아이들 키울 때는 만 원을 10만 원처럼, 노후에는 10만 원을 만 원처럼 쓸 줄 알아야 한다고 멋지게 말씀하시는 분. 과한 해외여행보다 가까운 곳에서 엄마와 아이의 추억 쌓기가 더 소중하다고 알려주시는 분. 구독자들의 짤막한 채팅 상담에도 문제의 핵심을 간파하시는 분. 그 모든 답변에는 늘 아이의 행복이 기준인 분.

저는 그런 코치님을 좋아합니다. 코치님께 배우는 하루하루 좋은 엄마가 되어가는 제 모습이 마음에 듭니다.

함께라서 가능한 일

이아름

'꿈이 있는 엄마, 성장하는 엄마'가 되어 두 딸에게 좋은 롤모델이 되고 싶어요. "내가 너를 위해 어떻게 살았는데."라고 한탄하며 자신의 삶을 희생하고 아이에게 부담을 주는 엄마가 되고 싶지 않아요. 아이들은 엄마가 감정을 감추려 해도 누구보다 잘 알더라고요.

"행복한 엄마, 행복한 아내, 그리고 무엇보다도 행복한 나"
공부하며 내 안의 무엇인가가 채워지는 느낌이 좋아요. 하루를 뿌듯하게 지낸 것에 대한 성취감도 들고요. 아이들에게도 열심히 사는 엄마의 모습을 보여줄 수 있고, 상대적으로 예전보다 잔소리도 줄었어요. 공부에 몰입하니 불안감도 줄고 마음이 편해지더라고요. 예전에는 남편이 퇴근했을 때, 주로 아이들 학교생활, 교육 이야기, 각종 육아 고민을 토로했어요. 이제는 좀 더 활력있는 모습으로 다양한 주제의 대화를 나눌 수 있게 되었어요.

세상에서 가장 편한 말, "다음에" "나중에" "언젠가" 샤론코치님의 저서《오늘 엄마가 공부하는 이유》를 읽으며 제 마음을 움직였던 구절이에요. 예전에는 '아이가 성인이 되면 그때 나의 새로운 인생을 설계해야지'라고 막연하게 다짐했어요. 그러다 보니 아이의 육아와 교육을 위해 내 꿈을 잠시 접어두어야 한다고 생각했지요. 이제는 아이와 동반 성장하는 미래를 꿈꾸어요. 아이와 내가 '함께 걷는 길'이요. 샤론코치님께서 저희에게 늘 많은 조언을 주시지만, 그 조언을 본인이 먼저 실천하고 발전하는 모습을 보여주시거든요. 그게 저에게 큰 자극이 되어요. 저도 그런 엄마가 되고 싶어요. 말이 아닌 행동으로 아이에게 영감을 주는 엄마요. '리즈시절'(특정 인물이나 단체의 '황금기', '과거 전성기'를 가리키는 유행어)이란 말이 있죠. 아이를 키우는 동안 엄마의 시간과 노력을 투여하고 감내할 부분이 있는 건 사실이에요. 하지만 먼 훗날, 아이들과 함께 성장하는 지금이 내 인생의 '리즈시절'이라고 떠올릴 수 있으면 좋겠어요. 가정에 충실하면서도 나의 성장과 발전을 도모하는 것이 가능하다는 것을 30년의 세월 동안 몸소 보여주신 코치님처럼 '나만의 브랜드 만들기'를 목표로 끊임없이 성장하고 싶어요.

이 글을 쓰며 참 많이 아팠고 또 행복했어요. 애써 묻어둔 기억을 다시 떠올리기가 쉽지는 않았지만, 다른 아홉 명의 작가님의 글을 읽으며 서로 연결되고 치유되는 느낌을 받았어요. 어른이 되어도 여전히 인간관계는 어렵죠. 타인에게 상처받고 마음의 문을 꽁꽁 닫은 적도 있어요. '시절 인연'이라는 말처럼 한때는 마음을 나누었던 이들과 멀어진 기억도 있고요. 그런데도 다시 이렇게 '사람'을 통해 회복되고 위로받네요. 무더운 여름이 시작되기 전 집필을 위한 첫 회의를 했고 여름 내내 어떤 이야기를 담을지 함께 고심했어요. 글쓰기의 힘일까요? 덕분에 올해 9월은 처음으로 아프지 않았어요. 이제는 엄마를 생각하며 슬픈 기억보다는 함께했던 소중한 추억을 떠올리게 되었어요. 다시 밝게 웃고 새로운 도전을 하는 딸을 응원하고 자랑스러워하실 모습이 눈에 선해요. 늘 묵묵히 우리 가족의 든든한 버팀목이 되어주는 나의 짝꿍 남편에게도 고마움을 전하고 싶어요. 엄마보다 더 나은 어른으로 자라날 나의 소중한 두 딸, 연수야 연재야. 엄마의 딸로 태어나줘서 정말 고맙고 사랑해.

저에게 '작가'라는 평생의 꿈을 실현할 수 있게 길을 열어주신 샤론코치님 항상 감사하고 존경합니다. 바쁜 스케줄에도 불구하고 늦은 밤 저희를 위해 기꺼이 시간을 내어주시고 함께 웃고 울며 마음을 나누어주신 장이지 대표님, 편집자로서 전문적인 조언을 주시며 날것인 저희의 글이 몇 차례의 퇴고를 통해 탈바꿈하게 이끌어 주신 박은정 편집자님 감사합니다. 한 권의 책으로 함께 묶일 수 있어서 감사한 아홉 명의 작가님 사랑합니다. 이 글을 읽는 엄마들에게 우리의 진심이 전해진다면 더 바랄 것이 없겠습니다.

빛나는 눈을 갖게 해주시네요

심은희

'공부는 평생 하는 것이다.'라는 말을 다들 한 번쯤은 들어보셨을 거예요. 저는 이 말을 들을 때마다 가슴이 답답한 사람 중 한 명입니다. 맞는 말인 것은 알겠는데, 실천하려고 하니 너무 답답하고 막막한 마음, 공감되시나요? 잘난 척하며 "나 지금 공부한다, 너희도 하지 않겠니?"라고 적었지만, 저도 공부보다는 노는 것이 좋은 평범한 사람 중 한 명입니다. 그래도 제가 책을 펴 공부하는 이유는, 앞에서 적은 것처럼 아이들이 어린 시절에 제가 범했던 과오를 반복하고 싶지 않기 때문이에요. 어설프게 알고 독단적으로 생각해서 아이들을 몰아붙이고 싶지 않습니다.

제가 어린 시절, 1980년대는 대부분 어머니가 주부였습니다. 저는 그 시절 정말 흔하지 않은 워킹맘의 둘째 딸로 컸습니다. 여기서 '둘째 딸'이라고 밝히는 이유는 아무래도 첫째보다는 기대를 덜 받아서 마음의 부담이 덜했다는 것을 말하고 싶어서예요. 지금만큼 정보가 넘쳐나지 않고, 한정된 곳에서만 정보를 얻을 수 있던 시절이었기에 저희 엄마는 저의 교육을 오로지 저에게 맡기셨어요. 지금 말로 하면 자기주도 학습이었던 것이죠. 저는 단과학원 두세 달 다니는 것 외에는 학원 교육 없이 중고등학교 6년을 보냈고(그래서인지 재수를 하기는 했습니다), 수능을 치고 난 이후에도 그 당시 '배치표'라는 것을 제가 스스로 보고 원서를 썼어요. 요즈음 시선으로 보면 대학을 간 것이 기적인가 싶을 정도지만 그 당시는 그렇게도 가능했었어요.

전혀 상관없어 보이는 2000년대 초반 이야기를 하는 이유는, 저의 학습을 자랑하고 싶어서가 아니라 저희 부모님이 저에게 주도권을 줬던 방법이 지금도 적용될 수 있다고 말하고 싶어서입니다. 물론, 지금은 워낙 입시가 복잡해지고 아이들이 배울 부분도 많아지고 달라져서 그대로 적용하면 안 되겠지만, 아이 인생이기 때문에 인생의 큰 방향은 아이가 결정해야 한다고 생각해요. 입시의 큰 흐름과, 아이가 놓치거나 혼자서 해결하기 힘든 부분은 엄마가 파악해서 조용히 도와주고 하고 싶은 일, 배우고 싶은 것은 스스로 결정하도록 하고 싶어요. 그리고 배우는 과정에서 시간을 단축할 방법이나 경험하면 좋은 부분들을 알고 싶어서 유튜브도 찾고, 책도 읽었습니다. 그러다가 샤론코치님을 만났어요.

'대치동' 샤론코치라고 잘 알려져서 저도 그 이름만 들었을 때는 선입견이 굉장히 강했습니다. 아이들 사교육 엄청나게 시키셨겠구나, 대치동 학원가를 꿰뚫고 계시겠다고 생각했어요. 하지만 제 예상은 완전히 빗나갔습니다. 코치님의 가장 큰 모토는 '화목한 가정에서 인재 난다.'로 아이와 엄마 그리고 가족 모두가 행복해지는 방향에 대해 엄마들을 교육하는 방송을 주로 많이 하셨고, 그 내용 중에 입시가 포함되어 있을 뿐이었어요. 그 방송을 들으면서 저는 무릎을 여러 번 쳤습니다. 코치님의 방송을 들으면 들을수록 아이들의 입시 교육보다도 아이들의 성장 시기에 엄마와 함께하는 경험이 더 중요하다는 것을 알게 되었어요. 또, 세상의 일원으로 아이들의 꼭 익혀야 할 예의와 인성을 더 강조해 주셔서 이제 전 세계를 누리면서 살아가야 할 알파세대의 아이들에게 무엇이 가장 중요한지 배우게 되었습니다. 학령기부터의 공부는 과도한 선행보다는 능력에 맞추어 힘들지 않게 교육하는 방법, 세상의 변화에 따라 익혀야 하는 것을 알려주셔서 제가 그리던, 꿈꾸던 방향을 드디어 찾았다고 생각하고 따라가고 있어요.

아이를 키우다 보면 아이와 엄마 본인을 동일시하여 아이의 교육과 성장에만 매몰되기 쉬워요. 하지만 세상이 너무나 변했기에, 아이는 아이대로 성장을 이루어 나가야 하고, 앞으로 50년 이상 살 7080년생 엄마들은 본인의 성장을 위해 노력해야 한다고 봅니다. 지금 직업이 있는 분도, 그리고 직업이 있었지만, 현재는 아이들을 키우기 위해 집중하는 분들도 아이들이 큰 이후 더 당당해진 나의 모습을 위해 매일 하나라도 공부한다는 마음으로 책을 펴길 권합니다. 내 눈앞에서 보이는 당장의 회사일, 집안일, 아이들 뒷바라지에서 느끼지 못했던, 찾지 못했던 내 꿈과 희망이 하나씩 생겨나더라고요.

　나 자신을 사랑하는 엄마의 눈에서는 빛이 납니다. 당당한 엄마의 보살핌을 받는 아이들은 세상을 향한 두려움이 없을 것이라고 믿습니다. 우리는 모두 엄마입니다. 엄마여서 느낄 수 있는 감정들, 엄마여서 할 수 있었던 행동들, 엄마여서 행복했었던 시간들. 다들 머릿속에 떠오르는 것이 있을 거예요. 시작은 '어쩌다' 엄마였지만 끝은 '역시나' 엄마가 될 수 있게, '네 엄마 나 아니면 누가 하니?'라는 자신감으로 우리 모두 당당해집시다. 가족과 아이들에게 섭섭했던 일, 미안했던 일 모두 '그땐 그랬지'로 훌훌 털고 앞으로 보이는 창창한 내 미래를 향해서 매일 영어 단어 하나씩이라도 배우고 익혀요. 같이 하면 외롭지 않습니다. 함께 하면 행복합니다. 그리고 같이 나아가는 분들을 통해 기회가 주어지고 새로운 자극과 배움을 얻습니다.

　함께 한 전국 각지의 9명의 작가님, 그리고 브랜딩포유 장이지 대표님, 대경북스 직원 여러분, 그리고 저희 작가들을 모집해 주시고 늘 배움의 자세를 잃지 않게 도와주시는 샤론코치 이미애 대표님! 제게 새로운 세상이 있음을 알게 해 주셔서 감사합니다.

성장하는 나날

김채은

저는 우리 아이들이 어릴 때, 무엇에 빠져있었는지를 기억하고 기록하기 위해 당시에 좋아했던 책들을 찾아보곤 합니다. 딸이 돌에 관심이 많았을 때는, 보석, 원석 관련 책을 많이 읽었고, 아들이 공룡에 푹 빠졌을 때는 공룡 관련 책이 너덜너덜할 때까지 봤지요. 그래서 저는 아이들을 키우는 10년 동안 저 자신이 무엇에 관심이 있었고, 어떤 내용을 공부했는지 되돌아보며 집에 있는 책장들을 찬찬히 둘러보았습니다. 20대까지는 소설이나 에세이 등 문학을 좋아했습니다. 그래서 그런지 결혼하면서 저와 남편이 각자 가져온 책들의 장르가 확연하게 달랐습니다.

임신했을 때는 임산부라면 누구나 보는 《임신 출산 육아 대백과》와 자연주의 출산 관련 책을 읽었습니다. 첫째 임신 중 태교는 제대로 하지 못했지만, 출산이라는 첫 단추부터 잘 끼우면 원하는 방향으로 차근차근 키울 수 있을 거로 생각했어요. 자연주의 출산이 아이의 건강, 정서발달, 그리고 부모와의 교감 형성에 좋다는 내용의 다큐멘터리를 접한 후, 관련 서적을 읽으며, 출산을 준비했고, 그렇게 계획대로 출산했어요.

하지만 육아는 계획대로 되지 않았습니다. 재우기도, 먹이기도 너무 어려웠고, 일명 국민 육아 아이템들도 소용없었습니다. 아이를 이해하고 싶어 영유아 발달단계, 수면 교육, 정서발달에 관한 책을 읽었습니다. '요즘 왜 이렇게 많이 징징대고, 우는 걸까?'라는 궁금증과 답답함을 해소하기 위해 아기 띠로 아이를 안은 채 책을 찾았습니다. 물론 이론과 실전은 달랐고, 초보 엄마의 티를 벗어내기는 쉽지 않았습니다.

첫째를 낳고 복직한 후에는 새로운 팀에 적응하느라 퇴근이 많이 늦었습니다. 아이는 제가 올 때까지 자지 않고 기다렸는데, 늦은 시각 제가 아이에게 가장 쉽게 해줄 수 있는 일은 아이를 품에 안고 그림책 읽어주기였습니다. 아이와 저의 애착 관계는 책 읽기로 이루어졌던 것 같아요. 그러면서 자연스럽게 책 육아 관련 서적에도 관심을 가지게 되었고, 그 관심은 영어 그림책으로도 이어졌습니다. 영어책 읽기로 유명하신 교수님 강의를 들으러 가기도 하고, 유 초등 아이들에게 영어 그림책을 읽어주는 지식 나눔 행사에 봉사자로 참여하여 전문가들의 노하우를 배우기도 했고요.

저는 아이들이 아프거나, 문제가 생겼을 때 바로 달려오고 싶어서 회사와 가까운 거리에 집을 구했습니다. 그리고 아이들 어릴 때는 교육도 남에게 맡기기보다는 제가 직접 해주고 싶은 마음이 컸습니다. 그래서 엄마표 영어, 엄마표 공부에 관한 책을 읽기 시작했습니다. 세 번으로 나누어 쓴 육아휴직 기간은 아이들에게 집중했어요. 그동안 아이들을 잘 챙겨주지 못했다는 아쉬움을 달래기 위해서였습니다. 낮에는 놀이터에서 신나게 놀기도 하고, 저녁 식사 후에도 여유를 즐겼습니다. 한글 동요와 영어 동요를 따라 부르며 율동도 하고, DVD 만화를 보며 대사를 나누어 연극 하듯 놀기도 했습니다.

첫째가 커가자, 인터넷 맘카페나 책을 통해 알게 된 방법으로 한글, 영어 사이트 워드, 파닉스를 함께 공부했습니다. 코로나 팬데믹 시기, 제가 재택근무를 할 때면, 첫째는 옆에 앉아 책을 읽거나, 영어 숙제, 한글/연산 문제집을 풀며 초등학교 입학 준비를 하였지요. 물론 막연한 걱정과 고민도 많았습니다. 7세에 가게 된 영어유치원은 코로나로 반은 비대면 수업으로 진행되었고, 저의 엄마표 학습도 맞는 방향인지 의구심이 들었기 때문이었지요. 둘째가 커가면서 아이 둘을 챙기기가 힘들어졌는데, 직주 근접 주거지에 살다 보니 근처에 사교육 기관을 찾기도 어려웠습니다.

그러던 중 우연히 인터넷 맘카페 라이브 방송에서 샤론코치님을 처음 알게 되었습니다. 전달력 높은 목소리로 엄마 주도학습과 공부 습관 만들기에 관해 재치를 더하여 말씀하시는데, 제가 생각해 온 이상적인 교육 방향과 결이 비슷하다는 생각이 들었어요. 무엇보다, 엄마표 공부에 사로잡혀 갈팡질팡하던 저에게 '엄마 자신의 행복과 인생도 중요하다'는 메시지로 마음의 위안을 주셨습니다. 그 후 코치님의 라이브 방송과 책들을 읽고, 검색을 통해 샤론코치클래스 강의를 수강했습니다. 여기저기에 흩어져 있는 교육 정보가 체계적으로 정리되는 느낌이었습니다. 3년이 지난 지금 책장 한 칸은 강의자료로 가득 차 있네요.

'난 이제 공부는 끝이다.'라고 생각했던 어리석은 시절이 있었습니다. 하지만, 엄마라는 새로운 직업은 배우고, 알아야 할 점들이 많았습니다. 학창 시절이나 사회생활을 하며 배웠던 지식과는 다른 영역이라는 생각이 들었습니다. 내가 공부하거나 경험한 내용들을 나 자신이 아닌 아이들에게 적용해야 했으니까요. 흔들림 없이 아이들을 이끌어 주려면 엄마는 좀 더 멀리, 더 넓게 봐야 하는데, 그런 시각은 저절로 생기는 게 아니었어요. 공부 조금 한다고 그런 시각을 바로 갖게 되는 것도 아니었지요.

저는 여전히 초등학교 3학년 딸, 일곱 살(만 6세) 아들과 함께 신경전을 벌이고, 시행착오를 겪으며 하루하루 지내고 있습니다. 제가 공부하고 배운 대로 아이들이 따라주지 않아 속상하고, 무기력해진 적도 아주 많습니다. 20대까지는 적어도 노력한 만큼의 성과가 있었는데, 엄마가 되면서부터 돌발 상황과 변수도 많고, 계획한 대로 하기가 참 쉽지 않습니다.

같은 배에서 나왔지만, 아이들 성향은 각각 다르니, 한 아이에게 잘 맞던 방식이 다른 아이에게는 전혀 맞지 않는 일이 대부분입니다. 하지만, 큰 방향을 잡고 있으니 여러 사람 말에 휘둘리거나 불안하지는 않습니다. 하기 싫다며 짜증을 내면서도 할 일은 하고 자는 성실한 딸과 하기 싫은 건 절대 하지 않지만, 뭔가에 빠지면 몇 시간이고 집중하는 아들을 관찰하는 재미를 느낍니다.

다행히 아이들도 어릴 때 엄마와 함께 놀면서 공부하던 때를 떠올리면 즐거웠다고 이야기하곤 합니다. 요즘도 아이들은 삶은 달걀에 얼굴을 그린 후 '험티덤티' 노래를 부르며 바닥에 떨어뜨립니다. 어릴 때 다 같이 불렀던 노래를 기억해 줘서 뭉클합니다. 제가 공부하는 이유는 아이들의 러닝메이트(running mate, learning mate)가 되어 알게 모르게 이끌어 주고, 힘들면 일어설 수 있게 조용히 돕고 싶어서예요. 나중에 아이가 지난 시절을 돌아보며 혼자가 아니었음을 느끼게 해주는 것이지요. 물론 아이들이 공부까지 잘하면 좋겠다는 솔직한 마음도 있습니다. 하지만, 아직 어린 아이에게 당장의 결과물이나 성과를 기대하며 노심초사하기보다는 저의 성장도 함께 챙겨야겠더라고요.

저의 화장대 옆 작은 장에는 제가 앞으로도 두고두고 볼 책들이 꽂혀있습니다. 최근에는 자녀 교육서들 외에 산문집, 에세이, 퍼스널 브랜딩 관련 책, 자기계발서 벽돌 책이 자리를 잡았답니다.

SNS와는 거리가 멀었던 제가 블로그를 만들고, 글을 쓰기도 합니다. 여전히 아이들을 바라보고 있지만, 이제는 다시 저 자신에게도 조금씩 눈길을 주고 있습니다. 자녀 교육뿐 아니라 엄마들의 성장, 일, 행복을 응원해 주시는 샤론코치님 덕분에 저는 많이 변화하였고, 지금도 변화 중입니다.

이 글을 쓰고 있는 지금, 이 순간도 상상하지 못했던 일입니다. 도전하게 해주시고, 저를 깊이 들여다볼 소중한 기회를 주신 샤론코치님께 감사드립니다.

엄마에, 엄마에 의한, 엄마를 위한

이보라

'어머 이분은 누군데 이렇게 말씀을 잘하시지?' 우연히 육아카페에서 샤론코치님의 방송을 보고 처음 든 생각이었다. 코로나로 유치원도 갈 수 없던 시기에 엄마들 사이에서 온라인은 그 어느 때보다 뜨거웠다. 맘카페를 시작으로 인스타, 유튜브 모든 것이 책 육아, 홈스쿨이란 단어로 가득 차 있었다.

매일 밤 11시, 다양한 육아방송과 넘쳐나는 정보들 사이에서 나는 어떻게 중심을 잡아야 할지 막막했다. 근데, 첫눈에 이분은 레벨이 다르다고 느꼈던 샤론코치님. 당시 유아 맘이었던 나는 코치님에 대해서는 아는 것이 없었다. 라이브 방송에서 본 코치님의 부드러움과 카리스마는 대단했다. 코치님의 태도, 말투 모두가 처음부터 끝까지 나를 꽉 잡아두는 느낌이었다. 코치님이라는 명칭도 처음 들어봐서 어색했던 기억이 난다. 강의하신다고 했다. 엄마를 위한 강의라고 했다. 처음에는 난 정보를 얻고 싶은건데 왜 내가 공부를 해야하고 강의를 들어야 하는지 의문이 들었다. '20년 10월 코치님의 유아맘클래스' 강의를 들으면서 엄마가 왜 공부를 해야하는지 깨달았다.

샤론코치님의 강의에서 많은 인사이트를 얻었다. 아이를 기다려줄수 있는 여유가 생겼다. 샤론코치님이 강조하는 육아에는 항상 엄마의 성장이 꼭 들어가 있다. 나를 잊어버리고 사는 엄마에게 엄마의 행복, 엄마의 경제력, 엄마의 권위를 항상 강조하셨다. 오로지 아이만 생각하고 지내왔던 내 인생에 코치님을 만나면서, 나를 다시 찾게 되었다.

내가 왜 행복해야 하는지를 느끼고 나와 내 아이의 인생에 있어 우선순위가 무엇인지에 대해서 고민할 기회를 가질 수 있었다. 그 고민의 시간을 지나면서 나는 많이 성장할 수 있었다. 아이의 공부와 나의 공부를 분리했다. 아이의 공부는 결국 아이가 해야 할 몫이라고 인정하고, 내가 성취감을 느끼는 공부를 찾기 시작했다. 나는 아이가 유명한 학원에 들어가는 것을 원하는 것이 아니다. 아이에게 맞는 학원을 찾고 보낼수 있도록 준비를 도와주고 싶다. 아이가 나중에 자신이 좋아하는 일을 하고 건강한 마음을 가질수 있으면 된다고 생각한다. 그런 아이로 키우고 싶어서 옆집엄마 이야기가 아닌 맘카페가 아닌, 책을 읽기 시작했고 정확하고 바른 정보를 얻기 위해서 학교의 공식홈페이지의 입시요강을 찾아본다.

인생 멘토를 많은 이가 꿈꾼다. 샤론코치님을 알게 된 후 나도 나중에 누군가의 멘토가 되어보고 싶다는 꿈을 가지게 되었다.

나는 행복해하고 싶어서 공부한다. 공부하다 보면 내가 조금 더 단단해지는 느낌이 든다. 그리고 이 단단함으로 내 아이를 지키는 힘이 생기는 것 같다. 나의 굳은 자신감을 바탕으로 기준을 바르게 세워야 나보다 더 나은 아이를 키울 수 있는 것이다. 지금은 내 인생에서 아이를 키우는 엄마로서의 지분이 더 많다 보니 육아서를 좀 더 비중 있게 읽는 편이다. 육아하는 방법은 다양하기에 책마다 새로운 이야기를 읽어보는 재미가 꽤 있다. 육아서를 읽다 보면 웃음이 나기도 하고 공감도 되며 슬픔이 올라온 적도 있다. 다양한 감정과 마주할 수 있어서 난 그 시간이 너무 좋다.

그리고 교과과정을 공부하다 보면 좀 더 큰 그림으로 아이의 입시를 준비할 수 있다고 생각한다. 이제 막 초등학생이 된 아이에게 입시라는 단어가 다소 멀게 느껴졌지만, 내 아이의 입시를 위해 절대적으로 필요한 공부라는 생각이 든다. 교과과정에 관한 공부는 샤론코치님의 온라인 강의에서 많은 도움을 받고 있다.

내가 공부하면서 행복하면 결국 그 행복의 기운은 내 아이에게 간다. 그러기에 나는 공부를 멈출 수가 없다.

나의 아이는 유명한 영어학원에 합격한 것도 아니고 유명한 수학학원의 시험을 통과한 것도 아니다. 하지만 난 불안하지 않다. 이 여유로움이 얼마나 중요한 건지를 깨닫기 위해 나는 얼마나 많은 시간을 울고 아이와 싸웠던가.

- 아이를 좀 더 편안한 마음으로 보게 된다.
- 나에 대해 투자하게 된다.

\- 내가 읽고 싶은 책을 하고 내가 배우고 싶은 강의를 듣는다.

\- 내 삶이 소중해졌다.

자신을 사랑할 줄 알고 마음이 단단한 아이로 키우고 싶다. 15년 정도 직장생활을 하면서 여러 사람을 만나다 보니 좋은 학교를 졸업하는 것도 중요하지만, 자신에게 당당하고 긍정적인 태도를 보이는 것이 살면서 꼭 필요한 거라는 걸 깨닫게 되었다. 그러기 위해서는 엄마인 나부터 불안함과 조급함을 버리려고 한다. 항상 자신의 소중함을 인지할 수 있도록 매일매일 알려주고 또 알려주면 나무테가 자라면서 굵어지듯이 우리 아이도 그 누구보다 단단한 아이로 성장하거라 믿는다. 아직은 초등학교 저학년이기에 엄마 주도 학습으로 꾸준히 습관을 만들어 주어야겠다. 그렇게 하다 보면 샤론코치님이 말씀하신 것처럼 자연스럽게 아이 주도학습으로 나아갈 수 있을 것이다. 아이가 스스로 생각하고 결정할 수 있도록 키우고 싶다.

엄마공부를 하다 보니 나에게도 작가가 될 수 있는 기회가 생겼다. 엄마가 공부해서 행복해지고 있다는 걸 이렇게 증명하고 있다.

엄마가 공부하는 이유는 내가 행복하기 위해서입니다.

워킹맘의 하우투

박민지

글을 쓰기에 앞서 일상을 치열하게 살아가고 있는 독자분들에게 저의 하우투가 부담되진 않을까 염려가 되기도 합니다. 글로 남겨진 이야기는 때론 과장되어 보이기도 하니까요. 하지만, 한 분에게라도, 단 한 가지만이라도 도움이 된다면 충분하지 않을까 하는 마음으로 저의 이야기를 조금 나눠볼까 합니다. 저도 역시나 누군가가 해주는 여러 가지 이야기 중 딱 한 가지가 단비 같을 때가 많이 있었기 때문입니다.

저의 육아는 준비 없이 시작되었습니다. 그저 아이를 낳겠다는 마음으로 시작한 것이지, 어떻게 키우겠다는 개념조차 없었습니다. 그때 저의 가장 절친한 친구가 건네준, 육아서의 바이블이라 알려진 《부모와 아이 사이》라는 책 한 권은, 육아에 대한 태도를 완전히 바꿔 놓았습니다. 처음 읽었던 그 책을 시작으로, 한 권 한 권 영역을 넓혀 갔습니다. 같은 작가가 쓴 또 다른 책이나, 같은 책을 읽은 다른 독자들이 읽은 책들을 하나씩 찾아보았습니다. "아이를 키우는 것에 왕도가 없어, 상황이 되는 대로 키우면 되지, 책대로 애가 크는 건 아니야."라는 말을 참 많이도 들었습니다. 그러나, 육아에 정해진 길은 없지만, 부모로 가져야 할 태도와 방향성은 부모가 익혀야 하고, 알고 있어야 한다고 감히 생각해 봅니다. 저희 아이들 역시 함께 크고 있는 과정이니 조심스럽습니다. 하지만, 먼 훗날 뒤돌아보았을 때, 내가 몰라서, 적극적으로 찾아보지 않고 그냥 되는대로 키워 이렇게 됐나 하고 후회하고 싶진 않습니다.

교육에 대한 것 역시 마찬가지입니다. 옆에서 누군가가 하니까, 우리 반에 누구는 어디까지 했다더라 하는 이유로 우리 아이를 몰아세우고 싶지는 않았습니다. 저 자신이나 주변의 누군가보다는 병도 전문가를 찾아가듯, 교육 역시 해당 분야 전문가들의 이야기를 듣고 결정하려고 합니다. 참고해야 할 자료가 있다면, 각 학교의 입학요강이나, 교육부에서 발표하는 자료 원문을 직접 찾아봅니다. 교육 전문가들이 쓴 책이나, 강의를 찾아 공부합니다. 특히, 샤론코치 클래스에서 제공하는 강의들은 시기별, 과목별 훌륭한 강의들로 구성되어 있어 많이 활용하는 편입니다. 직접 확인하고 공부하는 이유는 내 아이가 무언가를 해야 한다면 그것이 충분히 근거 있는 내용이어야 할 것이고, 그래야 그 당위성을 제 아이에게 설명해 줄 수 있을 것이기 때문입니다. 물론, 엄마가 강의 하나 공부한다고 해서 아이가 그만큼 따라오는 것은 아닐지도 모릅니다. 하지만, 아이가 필요로 할 때 적절한 것을 제시해 줄 수 있는 엄마가 되길 바라며, 또 아이가 공부하는 엄마의 모습을 본다는 것만으로도 충분하다고 생각하기에 이 노력을 계속해 볼까 합니다.

한 가지 팁은 '블로그 운영'입니다. 개인 블로그를 하시는 분들이 많이 계시겠지만, 저는 비공개 블로그로 제가 읽은 책들과 수강한 강의를 정리해 둡니다. '마미의 책'이라는 카테고리에는 읽은 내용 중 기억해야 할 내용들을 기록하고, '마미의 로드맵'이라는 카테고리에는 수강한 강의를 과목별로 하나의 글에 정리하여 찾아볼 수 있게 해둡니다. 기억력이 짧은 편이라 '내가 어디서 그걸 봤더라?' 하는 경우들이 많이 있습니다. 그래서 정리를 시작한 것인데, 의외로 다시 찾아보기도 쉽고, 정리해 둔 것을 보면 뿌듯하기도 합니다. 그곳에 아이들의 성장 과정, 여행 기록, 그리고 개인적인 글들도 정리해 두면 유용하게 사용할 수 있습니다. 특히 아이들이 그린 그림이나 글 쓴 것, 배우고 있는 운동의 성장을 기록해 두면 아이가 커가며 한눈에 성장 과정을 볼 수 있습니다(꿀팁을 주신 샤론코치님 감사합니다).

마지막으로, 나 스스로를 채워주는 시간을 가지는 것입니다. 아이를 낳고 육아하면서 나를 채워준다는 생각은 해본 적이 별로 없었습니다. 아이가 커가는 것을 보는 것만으로도 충분했습니다. 워킹맘이라 평일에 아이를 보는 시간이 고작 3~4시간밖에 안 되는데, 아이는 하루의 수많은 시간 동안 엄마를 볼 수 있는 저녁 몇 시간을 기다리며 하루를 지내 왔을 텐데, 그 몇 시간을 다른 것을 위해 쓰는 것이 아이에게 무척이나 미안하고, 죄스러웠습니다.

몇 년이 흐른 어느 날, 남편이 나의 표정을 살피며, "요새 무슨 안 좋은 일 있어?"라고 물었습니다. 정말 아무 일이 없고, 문제가 없는데…. 가만히 생각해 보니, 최근에 기분이 아주 좋았던 적도, 나빴던 적도 없고, 어떤 일에도 아무런 감정을 느끼지 못했다는 것을 깨달았습니다. 그 무렵, 목욕하며 탕 속에 있는데, 물을 바라보며 '이 물속에 들어가 있으면 편안해지겠구나.'라는 생각을 불현듯 하게 되었습니다. 위험했습니다.

그 날 이후로 저는 저를 돌보아 주기로 했습니다. 그중 하나로 금요 철야예배를 가기 시작했습니다. 아이들과 정신없이 다녀오는 일요일 예배는 온전히 집중하기가 어려웠습니다. 나와 내 가족의 안위보다, 나라를 위해, 다음 세대와 청년들을 위해, 또 내 주변의 이웃을 위해 기도하다 보면 어느새 내가 가득 채워져 있는 느낌을 받게 됩니다. 그리고 내 주변에서 나를 살펴봐 주었던 남편, 절친한 친구, 이제는 아이 친구 엄마 이상의 관계가 된 소중한 사람을 떠올리게 됩니다. 일상의 감사가 채워지고, 주변을 더욱 사랑하게 됩니다. 그렇게 내가 나를 돌보아 주게 됩니다.

엄마가 행복해야 아이도 행복합니다. 뒤돌아보니 아이에게만 몰두하는 것이 그리 좋은 방법은 아니었습니다. 우리 각자는 나에게 채움을 주는 그 무엇인가가 있을 것입니다. 그것이 어떤 것이어도, 꼭 엄마가 행복해지는 무엇을 위해 시간을 내시고, 돈을 쓰시고, 마음을 쓰시길 바랍니다. 아이의 옷은 계절마다 철철이 사면서 나 자신의 것은 수만 번 들춰보고 고민하고 계시진 않습니까. 비싸지 않아도, 긴 시간이 아니어도 이것만큼은 온전히 나에게 쓰는 것이라고 정해두시고, 내가 나를 채워주고 돌보아 주는 시간을 가지시길 권해 드립니다.

롤모델을 만나게 되어

오효진

어떤 꿈을 갖고 계시나요?

저는 남편과 결혼할 때 화목한 가정을 이루고 아이를 잘 키우고 싶다는 꿈을 가졌습니다. 화목한 가정에서 아이를 잘 키우고 싶다는 말에는 여러 가지 의미가 있습니다. 저는 남편과 돈독한 관계를 이루는 가운데 부모가 한마음이 되어 아이가 자라는 동안 아이의 정서를 챙기고, 아이의 꿈을 지지해 주고 싶어요. 아이를 잘 독립시킨 다음에도 중요한 것은 나와 배우자의 관계, 부모와 아이와의 관계라고 생각합니다. 아이와 여전히 정서적으로 좋은 관계를 유지하면서 배우자와도 서로에게 가장 소중한 사람이 되어 여생을 즐겁게 살고 싶습니다. 이를 꿈꾸며 현재를 충실히 살아가고 있어요.

수많은 육아서와 자녀 교육에 관한 방송을 보다가 샤론코치님을 알게 되었습니다. 처음에는 샤론코치님을 대치동의 일타 대입 컨설턴트라고만 생각했어요. 그런데 어느 한 방송에서 샤론코치님께서 자녀분들의 영어 학습을 위해 아이들과 디즈니 영화를 봤고, 쉬운 책을 읽혔고, 해리포터 원서를 읽을 때가 되서야 이해를 잘했는지 간단히 문제를 풀어보도록 했다고 말씀하시는 것을 보게 되었습니다. 그 방송에서 엄마의 마음이 느껴졌습니다. 아이를 힘들게 학습시키지 않으면서도 필요한 것을 잘 챙겨주는 따뜻하고 현명한 엄마. 제가 되고 싶은 모습이었습니다. 그 뒤로 코치님께서 나눠주시는 말씀들을 하나씩 제게 새겨 나갔습니다. 그때 제 아이가 만 4세였어요.

'화목한 가정에서 인재난다.' 샤론코치님께서 항상 하시는 말씀입니다. 샤론코치님께서 하시는 말씀의 중심에는 늘 화목한 가정이 자리잡고 있습니다. 코치님께서 말씀하시는 화목한 가정은 어떻게 만드는 것인지 아시나요? 코치님께서는 엄마인 내가 행복해야 한다고 말씀하십니다. 그리고 엄마들이 행복할 수 있도록, 엄마가 자신을 사랑하고 주체적으로 살아갈 수 있도록 알고 계신 것들을 아낌없이 나눠 주시며 도와주십니다.

제게는 가족을 위해 정성스러운 식사를 준비하고, 가정일을 돌보고, 헌신적으로 자식을 키워내는 전통적인 엄마 역할에 대한 롤모델이 있습니다. 이 세상에 단 하나뿐인 사람, 친정엄마이십니다. 엄마가 저를 키워 주셨듯이 저도 정성을 다해 아이를 키우고 있습니다. 그리고 샤론코치님을 알게 되어 전통적인 엄마상에서 100세 시대를 살아가는 21세기 엄마의 모습으로 나아가고 있습니다.

샤론코치님의 자녀들은 모두 성인이 되어 독립했습니다. 샤론코치님께서는 아이를 키우는 동안 쌓아놓은 커리어로 자녀가 성인이 된 이후까지 계속해서 하고 싶은 일을 직접 기획하여 실행하고 계십니다. 주도적으로 인생을 살고 계시는 샤론코치님의 모습이 제겐 큰 귀감이 되었습니다. 아이를 다 키우고 난 이후 어떤 모습이 되고 싶은지, 미래의 저에 대해 고민해 보게 되었습니다. 친정엄마가 전통적인 엄마상의 롤모델이 되어주셨다면 샤론코치님께서는 현대적 엄마의 롤모델이 되어 주신 것입니다.

엄마들을 교육해 주시는 샤론코치님을 보면서 저도 가진 것을 나누며 살고 싶다는 생각을 많이 했습니다. 나누는 것의 가치가 얼마나 큰 것인지 점점 더 깨닫는 중입니다. 샤론코치님께서는 그것을 '복 짓기'라고 말씀하시지요.

샤론코치님을 일찍 알게 된 덕분에 육아의 기본기를 잘 쌓을 수 있었습니다. 아이의 학교생활을 챙기고, 학습 습관을 형성하는 데도 코치님의 보석 같은 조언은 많은 도움이 되고 있습니다. 아이를 존중해 주고 좋아하는 것을 하도록 지원해 주며 행복한 아이로 키우려고 노력합니다. 하지만 대한민국에서 입시를 생각하면 불안감을 떨치기 어렵습니다. 그럴때에는 '샤론코치 클래스'의 여러 강의를 들으면서 미래의 방향을 보고 지금 내 아이의 시기에 필요한 학습이 무엇인지 언제 무엇을 해줘야 하는지 교육의 중심을 잡고 갑니다. 옆집 엄마가 얘기하는 좋다는 사교육이 내 아이에게 꼭 필요한 것인지 아닌지를 판단할 수 있게 되어 불안을 덜게 됩니다. 엄마들이 아이의 입시를 지혜롭게 대비하는 동시에 주체적으로 자신의 인생을 가꿔 나가고, 자존감을 높였으면 합니다. 그 덕분에 따라오는 행복을 가족 모두가 누리게 되면 좋겠어요.

저는 운 좋게 작가가 되어 제 글을 나눌 수 있는 영광을 얻었습니다. 글쓰기를 하며 내가 누구인지, 어떻게 내 삶이 이루어져 왔는지 볼 수 있어 행복했습니다. 다른 작가님들과 글을 나누며 내가 차마 밝히지 못했던 나의 결핍을 마주하고 치유하는 과정도 겪었습니다. 나를 가두지 않고 키워나가는 법을 배워나가는 중입니다. 세상의 많은 엄마가 나로 살기를 멈추지 않고, 나로 사는 것을 지속해 나가면 좋겠습니다.

내가 지금 공부하는 이유

방민희

너무 어린 나이에 사랑만으로 결혼을 했다. 세상에는 우리의 사랑만 존재할 정도로 첫눈에 반했다. 그런데 결혼은 현실이다. 마치 전쟁과도 같았던 신혼 초, 원망하고 각자 원하는 것만 내세웠다. 우리는 부부가 서로를 어떻게 대해야 하는지 몰랐다.

어른으로 성장하고 부모의 마음이 되기도 전에 부모가 되어버린 부족한 어른인 나와 남편은 첫 아이를 낳고 어른이 되어 간다.

거저 얻어지는 인생은 없다. 태어나자마자 귀에 이상이 있을 수 있다는 의사의 말에 아들을 데리고 병원에 갔다.

"신경성 선천성 난청이라고요? 우리 아들이 말할 수가 없다고요?"

"오른쪽은 뼈의 기형도 심해서, 열어 봐야 알겠지만, 인공와우 수술을 하지 않으면 이 아이는 말도 할 수 없고, 자전거도 못 타고 줄넘기 그런 건 당연히 못 하겠지요."

의사의 대답에 하늘이 무너져 버렸다. 그렇게 애타게 열 달을 정성으로 키우고 바랐던 내 아들이 귀가 안 들린다니. "하늘이시여 나에게 왜 또 이러한 시련을 주십니까?"하고 가슴을 쥐어뜯으며 그 자리에 주저앉아 버렸다.

"일단 인공와우 하기 전에 보청기로 재활해야 하니, 본관 2층 가시면. 간호사가 알려줄 거예요. 종이에 적힌 데로 가서 보청기 맞추고 6개월 후에 오세요."

첫째 아이 100일 지나지 않은 얼마 후 서울대학교 병원에서 선천성 난청을 진단받고, 보청기를 맞춘 날 우리 부부는 집으로 돌아가는 길 아무 말도 하지 못했다. 나는 신생아를 안고 우는 것 말고 할 수 있는 게 없었다. 집에 와서 마음을 다잡고 아이에게 보청기를 끼워주는 어리숙한 나의 손과 보청기를 끼지 않겠다고 거부하며 울고 불고하는 아이에게 억지로 보청기를 착용하게 할 수 없었다.

3개월의 시간이 흐르고, 이렇게 내 아이를 세상에 던져 버릴 수는 없었다. 그때부터 정말 매일 처절하게 아이를 위해, 아이를 세상에서 온전히 살아갈 수 있게 만들기 위해 무장했다.

"말을 할 수 없다고? 아니야. 그럴 일 없어. 나는 엄마야. 아이를 낳은 엄마이기에 내가 말은 할 수 있도록 해야 해."

그때부터 나에게는 아이 외에는 아무것도 보이지 않았다. 인터넷과 청각장애에 관한 책과 언어치료를 공부했고, 장애인이 성공한 어머니의 책이 아닌 일반인이 성공한 어머니가 쓴 책을 읽게 되었다. 결국, 우리 아이는 평범한 보통 아이들 속에서 당당하게 살아가게 할 것이었기에 나는 그렇게 많은 육아서와 교육서를 다 찾아보고 읽었던 거 같다.

아이 6개월쯤 보청기를 다시 끼워주었고, 보청기를 끼면 소리가 들린다는 것을 아기가 인지를 했고, 귀에서 보청기를 빼지 않았다. 나는 아이 100일 때부터 아이를 무릎에 앉히고 공부상 하나를 두고 하루 24시간을 아이와 함께 철저하고 처절하게 말 문이 트이기 연습을 했다. 아이 말하기를 위해 언어 카드와 언어치료에서 배웠던 것을 아이와 함께 예습하고 복습하면서, 내가 왜 성악을 공부했는지까지 알겠다는 생각까지 했다.

비강에서 나는 소리, 목에서 나는 소리, 아이의 입 안 연구개를 만져주고 소리가 나는 위치를 아이에게 알려주었고, 아이의 말문이 트이기를 바라며, 목이 쉬어라 책을 읽어 주었다. 내로라하는 전집들의 책을 다 사기 시작했고, 귀가 불편했던 아이를 위해 집으로 오는 선생님 수업대신 모든 영역의 다양한 활동과 학습을 엄마표로 진행하기 시작했다. 융합 독서라고 해서 하나의 주제를 가지고 여러 분야별 책을 10~15권 매일매일 시간표로 만들어 읽어 주고, 주말 되면 책에서 배운 내용을 실제로 체험으로 나가 보고 만지고 할 수 있도록 경험해 주었고, 집에 돌아와 체험했던 것을 또다시 책으로 읽어 주었다.

어린이집과 유치원에 보낼 때, 보청기를 낀 아이를 기관에 보내는 엄마로서 신경 쓸 부분이 많았다. 엄마의 도움은 당연하다는 전제하에 편견 없이 단지 조금 불편하고 손이 가는 아이로 생각해 주기를 바랐다. 감사하게도 좋은 어린이집과 유치원을 만나 아이는 다섯 살 7개월 만에 말문이 트였고, 원장님과 선생님이 부담스럽지 않도록 엄마로서 노력을 많이 했다.

또래보다 느리고 부족한 아이를 키우면서 나의 30대는 끝이 보이지 않는 터널이었다. 남편은 아직도 아이가 처음으로 "아빠!"라고 했던 세 살 때 그 순간을 잊을 수 없다고 한다. 그 후 2년 동안 아이는 매일 5~8시간을 나와 언어치료 재활을 했다. 난청이 있는 아이의 부정확한 발음과 비음의 발성을 없애기 위해 정확한 발음을 위한 훈련을 거듭했다.

정기적으로 청각 검사를 다녔고. 아이가 말문이 트이고 보청기를 통해서 듣고 말하는 것에 큰 지장이 없어졌다. 많은 노력 끝에 아이 여섯 살 때 인공와우 수술은 하지 않기로 했다. 지금도 그때 매일 그렇게 나와 함께 재활하고 말소리 훈련한 동영상을 보면 눈물이 난다.

어릴 때부터 앉아서 책과 놀고 앉아서 색칠 공부하고 공부가 일상이었던 아이는 엉덩이 힘이라는 좋은 학습 습관으로 초등학교에 입학해서도 다양한 학습과 운동에 성과를 보이며 두각을 나타냈다. 핸디캡이 있음에도 내가 가진 불편함은 감사함으로 매일을 열심히 지내는 아이를 보면서 "이제 나만 잘하면 되는 거네? 내가 열심히 해서 아이가 핸디캡을 극복하고, 일반 아이들을 뛰어넘을 수 있게 공부하게 이끌면 되겠다."라고 결심을 했다.

아이 유치원 시절 우연히 읽게 된 『대치동 샤론코치와 SKY 가기』 책이 생각이 났고, 그 책을 다시 읽고 검색창에 샤론코치를 검색하니 『엄마 주도학습』이라는 책이 출간되어 있었다. '엄마 주도학습'

그거 내가 잘하는 거지! 아이의 말문을 트이기 위해 30대를 다 바쳤는데.

'그래, 다시 시작하자.'라고 마음을 먹고 샤론코치님의 책을 읽고 또 읽었다. 그렇게 아이의 학습관을 만들어 주었고, 아이는 엄마와 공부하는 궁합이 맞았기에 항상 성과를 보여주었다.

아이 학습에 힘이 들 때면 샤론코치님의 책『오늘 엄마가 공부하는 이유』를 읽으며 마음을 다잡았다. 코로나 시절 아이에게 사춘기가 올 때쯤, 코치님께서는 인스타그램의 이원 라이브 방송으로 사춘기 아이에 대한 고민의 솔루션을 주셨다. 코로나 시절 커피숍도 갈 수 없었을 때, 샤론코치 온라인 클래스의 명강의들을 들으며 공부했다. 코치님의『초등 엄마 관계』특강을 반복하여 아이와 관계도 회복이 되고, 아이 학습에서도 크게 성장할 수 있었다.

이후 라이브 방송으로 직접 아이들을 세계적 인재로 키운 엄마이자 부모 교육 전문가로서 어디에서도 들을 수 없는 강의를 해주셨다. 샤론코치님의 강의를 듣고 나면 흔들리는 생각과 넘쳐나는 학습 정보들 속에서 중심을 잡을 수 있었다.

항상 코치님께서 말씀하시는 '행복한 가정에서 인재 난다.'라는 말을 삶의 좌우명으로 삼고 열심히 행복하게 성장하고 있다. 덕분에 아이 또한 매일 본인 한계를 극복하고 있으며, 하루 24시간을 48시간처럼 보내며, 긍정적이고 자존감 높은 아이로 자라고 있다. 힘들기로 소문난 사립초에서 학습 외 비교과 학습에서도 성실함을 무기로 오케스트라 바이올린 단원으로 활동하고, 우수한 성적으로 상장을 받고 멋지게 졸업했다.

중학교에 들어가서도 샤론코치님께서 항상 알려주셨던 학습 로드맵으로 학습도 잘하고 바르고 성실한 아이로 좋아하는 것에 몰두하며 결과물로 원하는 상도 받고 즐겁게 학교생활을 하고 있다.

내 인생에 샤론코치님을 만나지 않았다면 어떻게 됐을까? 지금도 이렇게 글을 쓸 수 있음에 감사하다. 매일 아이가 잠이 들면 눈물로 기도하고, '엄마' 소리만 들으면 소원이 없겠다며 병원에 다니던 날들. 이제 그 시절은 우리 가족을 단단하게 해준 추억이다.

지금도 엄마로 성장 중이다. 우리 부부는 가정의 소중함을 느끼며 두 아이를 함께 열심히 키우고 있다. 형이 잘하니 둘째 아이도 사랑이 많고 학습적으로도 성취감을 배우고 있다. 앞으로 엄마로서 무게가 더 무겁지만, 샤론코치님의 발자취를 따르면서 바르고 아름다운 여자이자, 성숙한 엄마로 성장하고 싶다.

아이가 잘하는 걸 내가 성공하는 것으로 착각하고, 나의 훈장으로 여기지 않겠다. 나만의 경험을 더 쌓아 보고 싶다. 내면에 올바름과 성숙함이 점점 채워져 온전히 나의 이름으로 반짝반짝 빛나는 그날을 그려보며, 나의 인생 2막을 응원한다.

안목과 지혜를 얻다

이지희

에세이를 쓰면서 제가 무엇을 힘들어 했는지 알게 되었어요. 성에 차지 않는 아이, 어떻게 해야할지 모르는 혼란스러움, 낮아진 내 자존감. 현재 제가 어떻게 풀어가고 있는지 정리했는데, 현재 진행형인 저에게는 기도이자, 다짐입니다. 아이를 기다려 주기로. 준비하고 있기로. 나 자신은 내가 챙기고 보살피기로.

샤론코치님의 지금 성인이 된 아들 이야기가 큰 도움이 되었습니다. 어떻게 기다려 주었는지, 어떤 힘든 일들이 있었는지, 유아기, 학창시절, 사춘기, 성인까지 어떻게 대하시는지를 실제적인 경험과 솔직한 말씀에 위로를 받았어요. 코로나 전부터 유튜브 라방을 많이 하셔서, 3년이상의 기간 동안 아들이 성장하는 모습, 기다리고 기도하는 코치님의 모습을 같이 생생하게 느꼈거든요. 천천히, 스스로 자립할 수 있을 때까지 기다려 주는 지혜와 기도하는 마음을 배웠습니다.

전문가와 같이하는 유튜브 방송과 강의를 통해서 혼란스러움을 잘 이겨내고 있습니다. 정확한 기준과 실제경험이 있는 방법을 말씀해 주시는 게 좋아요. 엄마가 알고 있어야 한다고. 공부하라고. 사실 쉬운 내용이 아니예요. 남편에게 방송을 같이 보자고 시작하면, 금방 산만해지고, 빨리 결론만 얻고 싶어하는 모습을 보면 이해가 갑니다.

쉽지 않는 내용을 엄마가 이렇게까지 알아야 하나, 나만 안다고 이게 도움이 되나, 아이가 받아들이지 못하는데. 엄마의 기준만 높아져서 힘들어 지는 게 아닐까. 하지만 엄마인 제가 지도를 보듯이 미리 길을 알고 있어야, 아이가 물어볼 때 쉽고 빠른 길을 알려줄 수 있습니다. 해 봤더니 엄마 말이 맞더라, 결과가 좋아야지요. 그래야 아이가 엄마를 믿을 것 같아요. 신기하게도 코치님이 이렇게 하라고 하시는 말씀은 따라하면 참 잘 맞아요. 아마 직접 해보셨기에, 주변에서 많이 보셨기에 그런 조언이 가능한 것 같습니다. 정말 중요한 것을 짚어주시고 구체적인 방법까지 주시거든요. 제 경험상, 코치님이 하라고 하는 것은 얼른 해보는게 도움이 많이 됩니다.

무엇보다도 코치님께 제일 많이 배운 것은 관계의 지혜와 삶을 대하는 태도예요. 나 자신을 어떻게 대하는지, 가족과의 관계, 주변 인간관계에서는 어떤 태도와 거리를 유지해야 하는지. 또 내 일을 어떤 태도도 해야 하는지. 저 위치에서, 굳이 열심히 안해도 되는데, 현재까지도 유튜브 영상 찍기, 편집까지 새롭게 배우고 도전하시는 모습은 감동입니다. 현재까지도 성장하고 계시지요.

사실 저는 인간관계에서 상처를 잘 받고, 쉽게 믿지 못합니다. 그 사람의 아주 깊은 모습까지 좋아할 수 있는 경우는 많지 않더라구요. 겉모습이 이타적이고, 좋아 보일수록 실망도 많이 하게 됩니다. 솔직한 사람이 좋아요. 나는 내가 제일 중요하고, 내 남편, 내 자식이 중요하다. 그 외의 모든 인간관계는 유효기간이 있으니, 있을 때 잘하고 서로 도와주면 되는 것이다. 나는 나를 위해서, 내가 만족할 때까지 절대경쟁을 위해서 일한다고 솔직하게 말씀하시는게 좋아요. '아, 나도 이렇게 말하면 되겠다' 싶었거든요. 저한테 딱 맞는 말씀이었어요. 그렇게 인간관계에 대한 지혜도 얻었네요.

글쓰기를 시작할 때 한 명에게만 도움이 되면 된다고. 그 한 명이 나라도 괜찮다고 생각하면서 시작했습니다. 새로운 도전을 하게 해주신 이미애 샤론코치님, 감사하고 사랑합니다. 건강하게 오래오래, 저희와 같이 계실 수 있기를 소망합니다.

인생의 큰 행운

김미연

샤론코치님과 첫 만남을 아직도 생생히 기억합니다. 답답한 마음을 안고 지내던 중에 TV에서 SBS 스페셜 '사교육 딜레마'라는 프로그램을 시청하게 되었습니다. 아마 교육을 잘 모르는 저에게는 그 시점에서는 그 정도가 최선이었던 것 같습니다. 아주 무지했던 시절입니다. 거실 소파에 누워서 TV 시청을 했습니다. 이 말도 맞는 것 같고 저건 좀 아닌 것 같고. 별생각 없이 TV에 눈만 고정하던 중이었지요. 그러다가 어떤 여성분이 어떤 말씀을 하시는데, '으응?' 하고 소파에서 몸을 일으켰습니다. '어머, 저분 누구지? 너무 맞는 말인 것 같아. 찾아보자!' 그렇게 저는 샤론코치님을 알게 되었습니다. 개인적으로 아이의 엄마로서 무언가 바뀌게 된 첫날이었습니다.

행운의 시작이었습니다. 인터넷에서 샤론코치님을 찾아 블로그에 글도 읽고 오프라인 강의도 참석했습니다. 방송에서는 좀 무섭고 딱

딱하셨는데, 실제로 뵌 모습은 전혀 달랐습니다. 따뜻하고 배려 깊고 때로는 엄격하지만 너무 맞는 말씀을 하시는 샤론코치님, 큰 울림을 느꼈던 시절이었습니다. 그리고 그 느낌은 몇 년이 지난 지금도 똑같네요. '화목한 가정에서 인재 난다.'라는 주제 안에서 자녀의 양육과 교육 그리고 엄마의 성장과 행복에 관해서 이야기하시는 샤론코치님. 항상 공부하라고 말씀하시며 그래야 흔들리지 않고 정도를 갈 수 있다는 조언을 해주었어요. 그래야 마음이 불안해지지 않으니, 아이와도 더욱 잘 지낼 수 있고 그것이 아이가 잘되는 길이라고 하십니다. 그리고 자녀 공부뿐만 아니라 엄마도 성장해야 결국에는 모두 행복해질 수 있다, 인생의 진리 같은 이야기인데도 자주 잊죠. 빠른 길을 찾기 위해 욕심을 부리다가 마음에 상처받고 불안해하던 시기, 샤론코치님과의 인연으로 많은 것들이 변했습니다. 그리고 지금도 공부하고 성장하며 발전하는 중입니다.

인생을 살면서 어떤 사람들을 만나는가는 중요한 일입니다. 사람은 비슷한 성향인 사람들끼리 모인다고 합니다. 그래서 좋은 사람을 만나기 위해서는 본인이 좋은 사람이 되어 있어야 한다고 합니다. 어느 정도는 맞는 말 같습니다. 워킹맘 중에서도 자녀 교육에 관심 있는 분이 많이 있습니다. 저 역시 그랬습니다. 항상 나와 나의 일도 중요했지만, 아이에 관한 일들도 저에게는 중요한 일들이었습니다. 관심을 두는 만큼 보이는 것도 많고 아이에게 해주고 싶은 것들도 많았습니다. 얼마나 돈도 많이 썼는지 저의 지금 기준으로는 생각해 보면 아찔할 정도입니다. 후회해도 이미 지나간 일입니다. 양육과 교육은 제각각 다른 것인데 일반적으로 생각했던 저의 실수이기도 합니다.

샤론코치님을 알게 된 것은 정말 저에게 큰 행운입니다. 그리고 그 이후로 많은 것들이 변화되었습니다. 아이에 관한 부분들뿐만 아니라 저의 인생 전반에도 많은 도움이 되었습니다. 책을 쓰는 일과는 큰 관련이 없는 일을 하다가 저서를 내게 된 지금의 상황을 봐도 저의 인생이 얼마나 달라졌는지 알 수 있습니다. 너무도 감사드린다고 말씀드리고 싶습니다. 그러기에 주변에 좋은 사람들이 있는 것은 너무도 중요한 일이고, 좋은 인연을 만나기 위해 스스로 준비하는 것이 필요하다고 생각합니다. 그 준비라는 것이 거창한 것이 아닙니다. 의지와 긍정적인 마음으로 묵묵히 공부하는 시간을 갖는 것이 중요하다고 생각합니다. 그렇다면 언젠가는 그 인연이 나의 인생을 성장시킬 소중한 기회로 찾아올 것입니다.